Felicitas Geduhn

# SOMMER

Felicitas Geduhn

# SOMMER

Roman

S. Marix Verlag

## ERSTER TEIL – Sommer 1989



## ZWEITER TEIL – Herbst 1999 bis Frühling 2000



## DRITTER TEIL – Sommer 2015



## ANHANG



# Inhalt

Für M. und F.

*In sibirischen Wintern ist es oft so kalt, dass man noch Stunden später die Umrisse des Menschen erkennt, der durch die weiße Luft gegangen ist. An besonders eisigen Tagen halten die in den einsamen Häusern wohnenden Schulkinder morgens Ausschau, ob sie die vertrauten Konturen ihres Lehrers entdecken. Ist kein Umriss zu sehen, fällt die Schule aus und die Kinder können sich den beschwerlichen Weg sparen. Es kam vor, dass besonders schulhungrige Kinder, deren einzige Abwechslung das Lernen mit ihren Freunden war, auf dem Weg zur Schule erfroren sind. So unglaublich kalt ist es dort an der Grenze zu Jakutien. Deswegen hat man sich auf die Sache mit den Umrissen geeinigt. Eisluft als Übermittlerin von Nachrichten. So habe ich es irgendwo gelesen.*

*Es gibt diese Dinge, die liest man ein Mal, man fliegt in dem Moment scheinbar zufällig über sie hinweg, und dann vergisst man sie nie wieder. Man vernimmt diesen einen Gedanken, diese eine Geschichte, denkt vielleicht beiläufig: »Ach, sowas«. Und später, bei jedem angeblichen Minustemperatur-Rekord, über den berichtet wird, denkt man von neuem darüber nach.*

*Meine Geschichte, die Geschichte meines, nein, unseres Lebens, spielt im Sommer. Die Sommer meiner Kindheit sind flirrend heiß und staubig. Mehr als einmal drohten unsere kleinen Zündelversuche auf die knisternden Wiesen der Flusslandschaft überzugreifen, sodass wir hektische Löschversuche unternahmen. In all den Jahren hat es nur ein einziges Mal geregnet und das war für alle überraschend. Die Grillsachen und Klappstühle brachten wir schnell in die Sicherheit des immerkühlen Hausflurs und sahen dort bei geöffneter Tür dem rauschenden Regenteppich zu. Lange und mit Staunen. Vermischten sich eben noch unsere Stimmen zu einem lebhaften Gewirr, so war es jetzt geradezu andächtig still vor diesem gleichmäßigen Fluss des Regens. Ich weiß heute noch, wie mein Atem stockte, wie wir verstohlene Blicke zu den anderen warfen und schnell wegblickten, wenn sie es bemerkten. Keiner wollte gestört werden und keiner wollte stören. In dem Sommer, von dem ich erzählen will, begegneten wir zum ersten Mal in unserem Leben der Kälte Sibiriens.*

# ERSTER TEIL
## Sommer 1989

## Vier Wochen noch

Der Sommer knallte. Alles knallte. Die Sonne, der Himmel, der Asphalt. Es war der Sommer 1989 und alle waren was mit Null. Martin und ich zehn, Oma und Fanni siebzig, Martins Mutter, also meine Tante, vierzig. Eigentlich waren wir ein Jahr zu früh damit dran, sagte Martin. Im nächsten Jahr hätte es besser gepasst, weil dann auch das Jahr nullte. Martin mochte es, wenn die Dinge passten. Wenn es so aussah, als würde alles einer bestimmten Logik folgen und einen Sinn ergeben. Das Leben als Mathebuch.

Erst im Nachhinein wussten wir, dass im Jahr danach gar nichts mehr gepasst hätte. Normalerweise ist es ja der Sinn, der sich einem im Nachhinein erschließt. Hier war es der Unsinn, der sich uns in seiner Gänze offenbarte.

In diesem Sommer strickten Martin und ich lauter Geheimnisse und stellten fest, jeder hier strickte seine Geheimnisse. Manche von ihnen waren versierte Geheimniskrämer und in ihrer Mimik schon nachlässig geworden, wir waren noch blutige Anfänger. Und gerade weil wir noch in den Anfängen steckten, achteten wir umso mehr auf Anzeichen, die die anderen enttarnten. Ein, nur ein zuckender Mundwinkel oder ein Wimpernschlag zu viel konnten verräterisch sein. Dann warfen Martin und ich uns zum Zeichen, dass sie uns ins Netz gegangen waren, einen schnellen Blick zu und Martin hob seine rechte Augenbraue. Später, in einem ruhigen Moment, machte er sich einen entsprechenden Vermerk in sein Notizbuch. Ohne dieses längst fleckige Heft, das mein Cousin überall mitschleppte, hätten wir in diesem Sommer vielleicht alle Fäden aus den Händen verloren.

Vor uns lagen vier Wochen Sommerferien. Genauso viele lagen hinter uns. Bergfest. Ab jetzt würden wir rückwärts zählen und uns rückwärts erinnern.

An dem Tag, als uns das klar wurde, lagen wir bäuchlings ausgestreckt auf der Straße und stützten unser Kinn auf dem heißen Asphalt ab. Es war um die Mittagszeit, wir hätten uns keinen besseren Zeitpunkt aussuchen können.

»Guck dir das an. Der alte Schröder hatte recht.«

Ich folgte Martins begeistertem Blick. Vor unseren Augen lag die Straße Richtung Kreisstadt unter Wasser und ging irgendwo fließend in den Himmel über. Links und rechts begleiteten staubig-hellbraune Wege die nasse Straße. Hinter uns näherte sich stotternd ein Auto.

»Kannst du direkt reinspringen und losschwimmen. Und irgendwann bist du in Timbuktu.« Martin kicherte, sprang auf und knuffte mich in die Seite.

Timbuktu war Martins Sehnsuchtsort, seit er im letzten Schuljahr das flüssige Lesen entscheidend für sich voranbringen konnte und allerlei wundersame Wörter entdeckte, die er in seinem Notizbuch verewigte. Timbuktu stand für etwas, das man dringend im Leben und am besten schon in diesem Sommer erreichen musste.

Seit ich Martin kannte – so wie man jemanden kennt, über den man etwas erzählen kann – hatte er ein ausgeprägtes Interesse für schräge Experimente aller Art. Da kam ihm der Versuchsaufbau seines Lehrers für gelangweilte Sommerferienkinder gerade recht.

Wir warteten, bis sich das Auto entfernt hatte, und schmissen uns wieder auf die Straße. Immer und immer wieder. Dabei vergrößerten wir den Abstand zwischen unserer Sichtachse und der Straße mit jedem Mal ein Stückchen mehr.

Es war ein komplizierter Versuchsaufbau. Und ein langwieriger, da Martin jeden Zwischenstand gewissenhaft in sein Buch übertrug und auch, weil wir wegen der Autos ständig unterbrechen mussten.

Ich war mir sicher, derart ausführlich hatte es der alte Schröder gar nicht gemeint, blieb aber bei Martin. So war es meistens. Martin brannte für eine Idee und ich leistete ihm treu Gesellschaft, indem ich mit ihm brannte. In stillem Einverständnis hatten wir schon früh unsere Rollen gefunden und verteilt. Nur selten mussten wir etwas ausdiskutieren.

Hier also galt es jetzt, Folgendes zu beweisen: Je weiter wir unsere Sichtachse von der Straße nach oben verlagerten, den Winkel also vergrößerten, desto weniger blieb von der Luftspiegelung oder Fata Morgana zu sehen; sie wurde kleiner. Martin liebte Je-desto-Sätze.

»Nur einmal noch. Stell dich auf die Zehenspitzen und mach dich groß. So groß du kannst!«, rief mein emsiger Cousin mir die Regieanweisung zu und ich streckte mich so gut ich konnte, ohne das Gleichgewicht dabei zu verlieren.

»Weniger, viel weniger«, rief ich zurück und dachte, es wäre leichter, wenn wir uns einfach etwas zum Daraufstellen holen würden. Martin war begeistert, krakelte etwas in sein Buch, lief los und ich hinterher.

»Es ist so«, setzte er an. Mir war warm, ich hatte Durst, aber keine Geduld und Lust mehr. »Je näher man dran ist, desto mehr sieht man sie. Je kleiner man ist, desto näher ist man dran. Wir sind kleiner. Wir sind Kinder. Weiter unten, verstehst du? Wir sehen viel mehr. Erwachsene sind zu weit oben.«

»Ich sehe, dass ich etwas zu trinken brauche. Oder Eis. Am besten beides«, antwortete ich.

»Und dann entgeht ihnen so was. So was Unglaubliches – ein ganzer See, einfach auf die Straße gekippt«, überging Martin meinen Einwand. »Na ja, bis auf einen.« Plötzlich blieb er stehen. Es war, als würde der Vorhang fallen und das letzte bunte Bühnenbild mitnehmen. Was blieb, war ein farbloser Junge, aus dem das Leuchten von eben gewichen war. »Er würde sich runterbeugen. Obwohl er riesengroß ist. Hat er immer gemacht.«

Ich hätte antworten können, dass er – soweit ich mich erinnern konnte, und im Erinnern war ich eigentlich ganz gut – doch gar nicht riesengroß war, und selbst wenn, konnte man nicht wissen, ob er immer noch das Gleiche tun würde wie damals.

»Wir suchen ihn und zeigen es ihm«, sagte ich stattdessen, weil es so leichter war.

Martin würde wegziehen, ein gutes Stück geradeaus, die nasse Straße vor uns entlang, dann links. Zu einem neuen Vater, den seine Mutter heiraten wollte. Die Hochzeit sollte in vier Wochen sein.

Martin schaute mich an und ich konnte sehen, wie Farbe in ihn zurückkehrte – Farbton für Farbton, wie beim *Malen nach Zahlen*.

»Echt?« Bunt und ungläubig schaute er mich an.

Ich nickte heftig, legte alle Kraft in mein Nicken, so lange, bis mir Martins Lachen breit genug erschien. Er knuffte mich wieder in die Seite, ich knuffte ihn zurück und wir rannten los.

Vier Wochen. So viel Zeit blieb uns, um seinen ersten und Original-Vater zu finden – diesen Vater, an den sich keiner von uns richtig erinnerte, den wir aber zum riesengroßen Helden stilisiert hatten, allein, weil er ein Original war.

Wir liefen zu uns nach Hause auf den Kleinen Hof, Martin immer eine Schrittlänge vor mir.

Der Kleine Hof hieß wahrscheinlich nur so, weil es gegenüber immer auch den Großen Hof gab, und umgekehrt galt dies auch für den Großen Hof. Ohne den anderen wären sie beide nur jeweils irgendein Hof gewesen und uns hätte vielleicht etwas gefehlt, um den Konstanten unserer Welt eindeutige Namen zu geben. Der Kleine und der Große Hof grenzten unmittelbar an die weite Auenlandschaft vor der Elbe, die wiederum unterteilt wurde in eine Vor dem Deich und eine Hinter dem Deich. Wir hatten unsere eigene Sprache. Wir hatten Große Runden, Kleine Runden, Achterrunden und eine Schlafende-Schlangen-Runde. Wir hatten die Sinnlose Brücke, die so hieß, weil es nichts gab, das sie überbrücken konnte, die Weideninsel, den Tiefen Tümpel und den Lehmbunker. Das waren die Koordinaten, innerhalb derer sich unsere Welt drehte.

Zur anderen Seite der Höfe lag die Asphaltstraße Richtung Stadt, die zugleich unseren Radius begrenzte. Beide Höfe wurden eingerahmt von den typischen dunkelroten Siedlungshäusern der Zwanzigerjahre. Dazwischen verteilten sich Rasen, Wäschestangen mit gespannten Leinen, die uns als Netze beim Federballspiel dienten, ein paar Beete, Hecken und Sitzecken – alles wie zufällig und auch ein bisschen nachlässig mit einem Würfelbecher über den Hof gekippt. Der Kleine Hof war nicht nur kleiner, er war auch langweiliger. Den Kindern und anderen Bewohnern des Großen Hofs haftete dagegen immer etwas Geheimnisvolles an – und ihr Hof war verwunschener, verwinkelter und mit höhergewachsenen Sträuchern und Bäumen bepflanzt, die ihr eigenes vegetatives Wegenetz bildeten.

Ein Sommerbild. Wie die grün melierte Auslegeware, die meine Tante damals bei meinem Einzug vor unseren Augen ausgerollt hatte. Meine Oma hatte ihr kleines Zimmer für mich geräumt und endlich einen Anlass gefunden, die alten, ochsenblutfarbenen Dielen zu überdecken. Martin und ich hatten an der Wand gelehnt und gespannt zugesehen, als die zimmerbreite Rolle wie eine Welle auf uns zuraste und sich die Velourslandschaft, die der draußen so ähnelte, vor uns ausbreitete. An den wenigen Tagen, an denen Rausgehen wegen des Wetters oder anderer Umstände wirklich nicht ging, trafen wir uns auf meinem Teppich und bauten unsere Welt auf dem Rechteck aus Kunstfasern nach.

Manchmal stellte ich mir vor, ich würde in einem unbeobachteten Moment einfach weitergehen, hin zu den Bergen, die die Scheuerleisten waren, oder hin zur Türschwelle, die das Meer war, und dort meine Zelte aufschlagen. Dann fragte ich mich, ob ich jemand anderes werden würde und alles anders verliefe. Aber das verriet ich nicht einmal Martin.

Martin wohnte mit seiner Mutter in der Wohnung über uns. Sein Zimmer war über meinem Zimmer, mein Schrank unter seinem Schrank, mein Tisch unter seinem Tisch. Mein Bett hatte ich wenige Tage nach dem Einzug an die andere Wand gerückt, genau unter Martins Bett, damit ich ihn nachts gleich über mir wusste.

Martin hatte die bessere Aussicht. Ich selbst schaute nur auf die Schuppen, die zu einer Seite des Hofes lagen wie an einer Schnur aufgefädelt. Martins Mutter war tagsüber auf ihrer Arbeitsstelle im Glaskombinat, Martin deshalb fast immer bei uns. Wenn er abends in die Wohnung nach oben ging, fehlte mir sofort etwas.

Außerdem hatten wir – eigentlich war er es gewesen – ein System entwickelt, mit dem wir uns über Klopfzeichen unterhielten, wenn wir abends in unseren Betten lagen. Ständig dachte sich mein Cousin neue Kombinationen aus, die ich mir aber nie merken konnte, sodass es meistens bei einfachen Abfolgen blieb. Lebenszeichen, ohne die wir bald nicht mehr einschlafen konnten und unruhig den nächsten Morgen abwarteten, wenn sie ausblieben.

»Hab ich schon von draußen gerochen«, sagte Martin, als wir uns auf die Bank in der Küche zwängten und unsere Oma uns zwei Teller hinschob.

Oma war vor kurzem siebzig geworden und erwartete wie an jedem ersten Sonntag im August ihre vier Freundinnen zum Nachmittagskaffee. Schon seit dem Aufstehen hatte ich den Geruch von Kuchen in der Nase. Die Geburtstage unserer Familie wurden immer mit zu viel Essen für zu wenige Leute gefeiert, denn aus ihrer ostpreußischen Heimat hatte meine Oma die unumstößliche Regel mitgebracht, dass für jeden Gast ein halber Kuchen einzuplanen ist. Noch Tage später aßen wir an den Resten.

»Ihr könnt mir helfen und den Tisch decken. Wenn ihr aufgegessen habt«, sagte sie.

Da Martin den Mund voll hatte, murmelte ich für uns beide etwas zurück, das als Zustimmung gewertet werden konnte. Ich formte die Krümel auf der Decke zu Linien und Kreisen und gab den Kreisen Gesichter, die mich ratlos anschauten.

»Kommen die Zwillinge auch? Kann ich sie sehen?« Zwei Krümel flogen im hübschen Bogen aus Martins Mund und landeten auf dem Tisch.

Die Zwillinge waren neben der Experimentiererei und dem Angeln Martins drittes großes Wunder und hatten daher ein eigenes Registerblatt im Notizbuch. In unserer Vorstellung war das Zwillingsdasein eigentlich etwas zutiefst Kindliches und Verspieltes, das untrennbar mit den jungen, höchstens jugendlichen Jahren eines Menschenlebens verbunden war. In meiner vierten und seiner fünften Klasse gab es auch Zwillinge, die ebenfalls Martins Forschungsinteresse beflügelten. Dass es nun zwei identisch aussehende, alte Menschen geben sollte, hatten wir lange nicht glauben können, sondern den beiden Damen einen feinen Sinn für Humor unterstellt.

»Du kannst jedenfalls ›Guten Tag‹ sagen«, meinte meine Oma beiläufig, während sie Kaffeepulver in den Filter füllte und dabei den Messlöffel jedes Mal sauber glattstrich. Auf meine runden Krümelgesichter rieselten winzige dunkle Sommersprossen, die sie sofort freundlicher aussehen ließen.

»Ich muss überprüfen, ob sie wieder das Gleiche anhaben.« Martin trommelte bedeutungsvoll mit den Fingern auf dem Notizbuch, das auf seinem Schoß lag. Der Saum seiner kurzen Hose war hochgerutscht und gab den Blick auf den noch weißen Teil seines Oberschenkels frei, den kleineren Teil, der in diesem Sommer noch keine Sonne gesehen hatte.

»Das musst du von deinem Opa haben. Drei Koffer voll mit Aufzeichnungen, Bildern und was weiß ich noch. Ständig hat er etwas geschrieben und den Leuten Löcher in die Bäuche geguckt. Am Ende wollte uns keiner mehr besuchen, weil sie Angst hatten, dass sie danach ein Bild von sich oder eine Geschichte über sich in der Zeitung finden würden.«

»Oh, echt?« Martin war begeistert. »Hast du die noch? Auf dem Dachboden?«

»›Am Ende‹?«, fragte ich, was nicht gehört oder aber übergangen wurde.

»Entsorgt. Was sollte ich denn damit? Die konnten schließlich keine Kinder ernähren«, sagte Oma und zerstörte Martins aufkeimende Hoffnung auf einen Schatz, den er heben konnte. Sie wandte sich dem guten Geschirr zu, das sie abgezählt vor uns hinstellte. Das Thema war für sie erledigt.

Unsere Oma blieb, bis auf wenige Jahre, ohne Mann. Diese wenigen Jahre müssen voll von dem uns unbekannten Opa gewesen sein. Manchmal sprach sie beiläufig von ihm wie vom nächsten Wetterumschwung und wir stutzten dann kurz, weil seine Erwähnung ein Bruch in der Erzählung, im gerade Geschehenen war. So, wie sie von ihm sprach, mit dem ungewohnten Klang in ihrer Stimme, wirkte er stets viel vertrauter, als es sich für uns anfühlte. Wir brauchten immer ein paar Atemzüge, um unsere Gedanken wieder zurechtzupuzzeln und mit dem weiterzumachen, womit wir gerade beschäftigt waren: Experimente, Notizen oder dem Treiben um uns herum zuzusehen. Das Bisschen, das wir über ihn wussten, ließ kein Bild in unseren Köpfen entstehen.

Als meine Eltern »abhandenkamen«, fügte sich meine praktische Oma, ohne auch nur einen Moment zu zögern, in ihre neue Rolle und nahm mich bei sich auf. Sie sorgte dafür, dass die Dinge liefen. Und die Dinge liefen, jedes Jahr, jeden Sommer, wie immer und immer wieder neu. Wenn auch nicht so wie in den anderen Familien, die wir kannten.

In meiner Klasse gab es mit mir nur drei Kinder, die »komisch« waren. Bei Martin waren es zwei. Komisch war kein Wort, das wir benutzten, um uns zu beschreiben. Es kam von den anderen und ich hatte es zufällig aufgeschnappt, als sich zwei Mitschülerinnen über mich unterhielten und nicht damit rechneten, dass ich in Hörweite war. Als sie mich bemerkten, reagierten sie selbst komisch, zwirbelten nervös ihre losen Haarsträhnen zu kleinen Löckchen und fragten mich zum ersten Mal, ob ich mitspielen wollte. Ich wollte natürlich nicht mitspielen. Seitdem fühlte ich mich oft wirklich komisch, wenn ich mit anderen Kindern zusammenkam. Bei Martin war es wohl ähnlich und wir beschlossen, unter uns zu bleiben. Das besiegelten wir mit unserem Blut. Seins in meinem, meins in seinem – so, wie wir es im Fernsehen gesehen hatten. Es tat auch nur ein kleines bisschen weh.

Ich selbst hätte meinen Cousin ganz anders beschrieben. Er war der Klügste von allen. Er erledigte seine und meine Hausaufgaben in Windeseile, damit wir mehr Zeit für die wichtigen Dinge hatten. Meine Lehrerin fand nie einen Fehler. Er war der Schnellste. Als Omas Hündin noch jünger und ihr Jagdtrieb ausgeprägter war, waren keine freilaufende Katze und kein umherhüpfender Vogel vor ihr sicher. Martin fing Luzy immer wieder ein, egal, wie viel Vorsprung sie hatte. Er war der Lustigste. Während ich mir keinen einzigen Witz merken konnte, hatte er sie alle abgespeichert und wurde nicht müde, sie in passenden und unpassenden Momenten zu wiederholen. Er selbst lachte dabei am lautesten, auch nach dem hundertsten Mal noch. Und ich lachte, weil er lachte. Er war der Tierliebste. Er adoptierte Hasen, Meerschweinchen, Frösche und Insekten. Alle erhielten einen Namen, eine Beerdigung und konnten sich lebenslang seiner aufopfernden Liebe gewiss sein. Er war der Beste. Ohne ihn wäre alles nichts Halbes und nichts Ganzes gewesen. Es wäre vielleicht sogar überhaupt nichts gewesen.

Wir kamen nach und nach dahinter, dass unser Makel für die anderen darin bestand, dass wir nicht aus angeblich normalen Familien mit einer normalen Mutter, einem normalen Vater und vielleicht noch einem normalen Geschwisterkind stammten. Ich hatte keine Mutter, keinen Vater, dafür eine alte Oma. Martin hatte nur eine Mutter und sprach von einem Vater, den nie einer zu Gesicht bekommen hatte. Solange wir unter uns waren, spürten wir nichts von diesem Makel.

Der Geruch von warmem Apfelkuchen stand schwer in der Küche, vermischte sich mit der Mittagshitze und ich fragte mich, ob das jetzt immer so bleiben würde. Ob der Geruch sich einnisten würde in den angegrauten Tapeten, der karogemusterten Decke auf dem schmalen Tisch, den dünnen Gardinen und den altweißen, an den Ecken abgestoßenen Kanten der Küchenschränke. So wie der Alte-Leute-Geruch.

Im vorangegangenen Herbst war ich mit der Hortgruppe im Ort unterwegs gewesen, um Obst und Gemüse zu älteren Menschen zu bringen, die nicht mehr gut selbst einkaufen konnten. Es muss noch warm gewesen sein. Wir alle waren kurzärmelig unterwegs, als wir uns am späten Nachmittag vor der Turnhalle trafen. Unangemeldet platzten wir in die nur hastig sortierten Leben der Alten, erhaschten unerwünschte Blicke auf die in Eile drapierten Sofakissen und leergeräumten Tische. Nur das verlegen-freundliche Gebaren und dieser Geruch – meterdick und beißend – verrieten, dass wir gerade unsere Nase in etwas steckten, das uns nichts anging. Wenn ich mich anstrenge, kann ich ihn noch immer riechen, so lange hing er in meiner Nase und in meinen Gedanken fest. »So riechen alte Leute«, hatte später jemand von uns gesagt. Essen, Medizin, Staub, das Leben, das geht. Wir redeten dann nicht weiter darüber.

»Wusstest du, dass Zwillinge oft eine Geheimsprache haben? Eine, die nur sie verstehen, wie eine Art Zwei-Leute-Sprache? Als ob sie ihre eigene Miniinsel hätten«, überlegte Martin, während er fünf Gedecke auf dem zum Essen eigentlich zu niedrigen Wohnzimmertisch verteilte.

Wir kannten und wussten lange nur von Fanni, der einen Zwillingshälfte. Sie war die Freundin einer Nachbarin und ging regelmäßig auf dem Hof ein und aus. Dann kam der Tag, als Fanni doppelt vor uns stand und wir unsere etwas zu beiläufige Erziehung vergaßen und sie unverhohlen anstarrten.

Zwei kegelförmige Körper in der gleichen altmodischen Kleidung, ordentlicher Rock, Bluse, auf dem Kopf die akkurate, weißgelockte Haarkappe. Wie ein rätselhafter Komet trat Fannis Ebenbild Hedi in unser Leben, und obwohl sie fortan häufiger auftauchte und Gast bei den Kaffeerunden war, wurde ihre Anwesenheit zumindest für uns nie selbstverständlich.

Ich mochte Fanni. Der Blick, mit dem sie mich bedachte, war sanft und klug. Wir wussten voneinander, ohne je mehr miteinander zu sprechen als das übliche Hallo und Guten Tag. Ohne es benennen zu können, ordnete ich die Alten in meinem Umfeld – ich war umgeben von alten Leuten – schon früh bestimmten Kategorien zu, die darüber Aufschluss gaben, wie sie mich fanden, und umgekehrt, wie ich sie fand. Alles beruhte auf Gegenseitigkeit, das Mögen und das Nichtmögen. Fanni und ich mochten uns und mehr wussten wir nicht darüber. Anders war es mit Hedi, wir waren uns auf den ersten Blick nicht geheuer. Das kometenhaft Unheimliche, mit dem sie in unser Leben getreten war, konnte sie in unseren Augen nie ganz ablegen. Die Schwestern wohnten gegenüber im Großen Hof. Ohne Männer und ohne Tiere (das erste verstand ich nicht, das zweite Martin nicht) in einer Souterrainwohnung, die wir Kellerwohnung nannten, weil wir Souterrain nicht aussprechen konnten. Und das machte die Großer-Hof-Magie komplett. Es hätte mich nicht gewundert, wenn sie über ihre eigene Geheimsprache verfügt hätten.

## Drei Wochen noch

»Anna … Anna!«

Zu leise gesprochen, als dass es schneller zu mir hätte durchdringen können. Martin konnte die A's in meinem Namen nie richtig dosieren. Immer waren sie zu leise und zu lang, beide, sodass mir mein Name aus seinem Mund oft nur um die Ohren huschte wie der Wind in den Elbwiesen, den ich manchmal hörte, wenn ich abends, leises Herz, im Bett lag und zusah, wie das übriggebliebene Licht vom Tag Muster an die Wände malte. Der Klang meines Namens verfing sich in meinen Träumen und Martin nahm einen neuen Anlauf.

»Los, aufstehen, Anna.« Dabei zog er mit einer Hand meine Decke weg und angelte mit der anderen nach meinen Klamotten, die auf dem Teppich verteilt lagen.

»Warum bist du schon wieder da?«, murmelte ich in mein Kissen und zog die dünne Decke zurück.

»Mach schon, das war abgemacht.«

Ein T-Shirt, das nach gestern roch, landete auf meinem Gesicht. Vorsichtig sammelte ich alle Körperteile zusammen, um sie aus dem Schutz der Decke zu befreien. Auf der Bettkante fiel es mir dann wieder ein und ich strahlte Martin an, der dankbar und erleichtert zurückstrahlte.

Wahllos packten wir in der Küche Lebensmittel in unsere Rucksäcke, verabschiedeten uns für einen Tag draußen und stürmten vor die Tür, wo uns die Sonne ohne Vorwarnung ins Gesicht knallte. Ich legte die Hände schützend auf meinen hellbraunen Pony, bis sich meine Augen an das Licht gewöhnt hatten. Prüfend und mit der Routine von Zehn-, fast Elfjährigen vergewisserten wir uns, dass die Welt heute noch unsere Welt von gestern war, nickten uns zu und rannten die Straße runter.

Martin hatte nichts dem Zufall überlassen. Jede Minute war durchgeplant. Als wir in den Bus stiegen, hatte ich das Gefühl, nur noch aus Herz zu bestehen. Ein einziges riesiges Herz, das bis in die Haarspitzen pochte und bestimmt gleich aus den Ohren herausfiel. Mir wurde bewusst, dass man verschieden planen kann. Nämlich einmal den besten Fall, in dem alles so gut geht, wie man es sich wünscht, mit einer Portion Glück vielleicht sogar ein bisschen besser. Und einmal den schlechtesten Fall, bei dem alles in die Hose geht, weil vielleicht ein Busfahrer komische Fragen stellt. Erwachsene schienen dazu zu neigen.

»Wo wollt ihr denn hin?«, schmetterte er uns da auch schon entgegen und stierte uns an.

Ich war sofort bereit, ihm alles Geld zu überlassen und den Rückzug anzutreten, als Martin ihm mit fester Stimme den Namen der Station mitteilte: »Zwei Kinder. Puschkinallee. Bitte.« Er musste das geübt haben.

»Wenn du so nett fragst.« Der Busfahrer lachte, als hätte Martin einen seiner guten Witze gemacht. »Zwei Kinder. Mit extra Rückfahrkarte, bitte schön.« Mit einem Zwinkern und klebrigen Händen drückte er uns die Fahrkarten in die Hand.

Unsere Knie auf den Sitzen der letzten Reihe schauten wir nach hinten aus dem Fenster, wie unser Kosmos sich von uns entfernte und schließlich zur spiegelglatten Fata Morgana wurde.

Unser Zeitplan geriet zum ersten Mal durcheinander, als wir uns vor dem einfachen, verputzten Mehrfamilienhaus in der Puschkinallee wiederfanden. Wir standen dort, wechselten nervös von einem Fuß auf den anderen, bissen auf unseren sommerspröden Lippen herum und vergruben die verknoten Finger unserer Hände in den Taschen. Einer hätte den Anfang machen müssen, aber ausgerechnet das hatten wir nicht besprochen. So vergingen Minuten, die in der Planung nicht vorgesehen waren.

Im Matheunterricht bekamen wir ab und zu die Aufgabe, in gezeichneten Bildern von Gegenständen oder Landschaften geometrische Formen zu erkennen, mit bunten Stiften nachzuzeichnen und korrekt zu benennen, weshalb es sich für mich in diesem Moment anfühlte, als sei ich direkt in ein solches Bild geraten. Wir standen also vor einem großen, auf der langen Seite liegenden

Rechteck mit einem weiteren braun abgeblätterten Rechteck als Tür sowie fünfzehn gleichmäßig darin verteilten Quadraten, die Fenster. Auf allem thronte ein gleichschenkliges, ehemals bestimmt rotes, nun vermoostes Dreieck. Das Haus sah nicht schlechter aus als die anderen Häuser in der Puschkinallee, die keine Bäume säumte und die daher den Namen Allee eigentlich nicht verdient hatte. Aber es sah eben auch nicht besser aus, und auf gar keinen Fall wie eine Umgebung, in der Helden wohnten.

Die Enttäuschung war Martin anzusehen. Alles an ihm schien ein bisschen zu hängen – die Augen, die Mundwinkel, die Schultern, sogar der Oberkörper hatte an Spannung verloren, als würde sich der ganze Junge der Straße entgegenhängen, um sich dort müde und erschöpft von einer Hoffnung, die sich nicht zu erfüllen schien, hinzulegen und den Kummer wie einen Rausch auszuschlafen.

»Ich glaube, es gibt auch noch eine Puschkin*straße*, das hier ist ja die Allee.« Ich legte alle Betonung auf den Teil mit der Straße und alle künstliche Zuversicht in meine Stimme. Es hätte doch sein können, dass Martin einfach nicht richtig zugehört hatte, dass er nach dem Anfang mit Puschkin in seinen Gedanken schon wieder weggeflogen war und dass wir deswegen einfach am falschen Ort waren. Hätte sein können.

»Sein Name steht aber am Klingelschild in der Mitte«, antwortete Martin trotzig und drückte schon den schwarzen Halbmond seines Zeigefingernagels auf den Knopf.

Aus einem der geöffneten Fenster über uns war ein deutliches Schnarren zu hören, das nicht einmal im Ansatz einem echten Klingeln glich. Ich schlenderte zur gegenüberliegenden Straßenseite, um vielleicht einen Blick durch die Fenster zu erhaschen, aber auch, um – ohne, dass Martin es mir ansehen konnte – mir schon einmal einen geeigneten Trost zu überlegen.

»In meiner Klasse heißen auch zwei so«, rief ich. »Robert und die komische Katrin. Und von denen die Eltern, Geschwister und die Großeltern und Tanten und Onkels und alle. Fast jeder heißt so. Am Ende von dem Film, den ich gestern im Fernsehen gesehen habe, kam der Name mindestens zehnmal vor. Stell dir vor, wir hätten so einen Nachnamen, wie ihn alle haben.« Meine Stimme überschlug sich und Martin versuchte ein müdes Lächeln, was ihm nicht gut gelang.

»Ich fänd den Namen gut«, sagte er genau in dem Moment, als über uns eine laute Stimme lospolterte.

»Wartet ihr auf den Weihnachtsmann, oder was?« Ein Mann aus dem linken Quadrat in der mittleren Reihe, ausgerechnet aus der mittleren Reihe, starrte zu uns hinunter. »Hier gibt's keine Geschenke, geht nach Hause.«

Den Kopf weit im Nacken, versuchte ich gegen die hochstehende Sonne anzublinzeln, um besser erkennen zu können, wer uns da so dringend weghaben wollte.

»Guten Tag«, rief Martin neben mir in den Himmel. »Wir sind von der Luxemburg-Schule. Für ein Projekt sollen wir in der Nachbarschaft rumfragen, wer Hilfe gebrauchen kann. Altpapier, Glas, Einkaufen. So was. Wir sind ›Gruppe Puschkinallee‹.«

Ich starrte Martin an und zischte: »Spinnst du?«

Mein Cousin kam in Fahrt: »Machen Sie uns auf? Dann können wir im Haus fragen und die Liste abhaken, die wir von der Schule bekommen haben.«

Das Fenster wurde ohne ein weiteres Wort zugeschmissen. Unschlüssig verlagerten wir einmal mehr das Gewicht unserer gedankenschweren Körper von einem Fuß auf den anderen. Verstohlen schaute ich zu Martin, der gerade einen unsichtbaren Stein vor sich her kickte und durch die ins Gesicht fallenden dunklen Haarsträhnen immer wieder einen Blick zur Eingangstür warf. Die Minuten schlugen wieder einmal Kapriolen und erschienen mir endlos. Die Sonne stand jetzt genau über uns, der Asphalt verschluckte unsere Schatten und Martin wartete auf ein Wunder.

»In alten Häusern sind die Klingeln doch sowieso nie richtig angeordnet, glaube ich. Man darf nicht denken, unten ist unten, Mitte ist Mitte und oben ist oben. Der untere Klingelknopf gehört oft ganz nach oben, der mittlere nach unten und der unten in die Mitte. Total schwierig für die von der Post. Hat Michael aus meiner Klasse erzählt. Seine Mutter trägt Briefe aus. Der muss es wissen«, sagte ich vorsichtig, als plötzlich die Tür geöffnet und aufgehalten wurde.

»Was denn nun? Habt ihr's euch anders überlegt? Doch keine guten Taten für die lieben Nachbarn?«, drang die Stimme von eben aus dem nun schwarzen Rechteck der Haustür.

Mein gerade noch so mutiger Cousin stand wie festgewachsen und kurz hatte ich Sorge, dass er mit seinem kleinen Schatten zusammen im Boden versinken würde. Vielleicht war es der Anflug eines Lachens in der Stimme des Mannes, der dafür sorgte, dass ich Martin am Shirt zupfte, und entschlossen Richtung Rechteck stapfte. Wahrscheinlicher ist, dass es etwas war, dem ich erst viel später nachspüren konnte und das die Quelle unseres Kindheitszaubers war: Je kleiner einer von uns wurde, desto größer wurde der andere.

Es vergingen keine zwanzig Minuten, als sich die Haustür wieder öffnete und Martin mir über die Straße entgegenkam. In der Zwischenzeit hatte ich, um den Schein zu wahren, wirklich bei den anderen Nachbarn geklingelt und unsere Hilfe angeboten. Nur eine einzige Frau mit einem brüllenden Baby auf dem Arm hatte geöffnet und mir die Tür direkt wieder vor der Nase zugeworfen. Das Brüllen hatte ich bis auf die Straße gehört.

»Und?«, fragte ich vorsichtig.

Martin schüttelte den Kopf auf eine Weise, die mich zögern ließ, weiter zu bohren. Beides, das Brüllen des Babys und Martins Kopfschütteln, begleiteten mich ein gutes Stück des Rückwegs.

Ein paar Tage später erschien mir der Moment günstig: »Weiß er es? Hast du es ihm gesagt?« Wir saßen gerade an der Spitze unserer Buhne, an der ein kleiner, kitzelnder Wind vorbeizog. Zwei Fische hatten schon angebissen und alle beide hatten wir – nicht, ohne dass Martin sie vermessen und die Daten im Buch notiert hatte – wieder zurück in ihren schmutzigen Fluss entlassen. Dass der Fluss derart schmutzig war, wussten wir da noch nicht. Von diesen Dingen lasen wir erst Jahre später in den Zeitungen. Damals war er einfach nur *unser* Fluss und ob er schmutzig war oder nicht, hätte für uns ohnehin keine Rolle gespielt.

Statt einer Antwort holte Martin die Angel ein und packte alles zusammen.

Nach unserem geheimen Ausflug bekamen wir beide erst einmal drei Tage Stubenarrest und Martin für die Dauer der Sommerferien einen festen Freitagnachmittagstermin in der Puschkinallee – ›Altpapier, Glas, Einkaufen, so was‹. Sein Vater konnte Hilfe gebrauchen, sagte Martin. Ich versprach, ihn zu decken.

Unsere bis dahin zeitlosen Wochen bekamen einen Freitagsriss. Ein Riss, der sich mittwochs schon zart, donnerstags in aller Deutlichkeit ankündigte und samstags noch nachklang. War uns der Wochentag bisher gleichgültig gewesen, so widmete ich ab sofort meine ersten Gedanken nach dem Aufwachen dieser Frage. Ein Suchen und Kramen in meinen inneren Schubladen, sobald ich die Augen aufschlug: Erleichterung von Sonntag bis Dienstag, ganz schlicht, ganz schön. Von Mittwoch bis Samstag dagegen trat ein neues Gefühl in meine Tage, für das ich erst einmal einen Namen finden musste. Es zog in der Mitte, machte das Einatmen schwerer, das Ausatmen geräuschvoller, kürzer, auch gehetzter, die Lider und Glieder schwerer. Schwerer Mut. Schweren Mutes. Schwermut.

Hallo, Schwermut.

## Zwei Wochen noch

*Erdbeere, Juli 1989.*
Während ich noch schlafträge vor meinem Frühstück saß, zeichnete mein Blick zum hundertsten Mal die nach rechts geneigten Bögen der Schrift meiner Oma auf dem Marmeladenglas nach. Es fehlte nicht viel und die Buchstaben wären einfach umgefallen. Sütterlin. Sieht aus, wie es klingt. Schön, aber vergangen.

Am Anfang der Ferien hatten die alten Zwillinge Oma und mich in ihren Garten am Rand der Kreisstadt eingeladen, um späte Erdbeeren zu pflücken. Wir kamen vormittags und blieben bis zum Abend, den ganzen Tag hockte ich zwischen ihren Erdbeerpflanzen. Die grüne und rote Farbe auf meinen Knien und Schienbeinen bekam ich erst nach zwei Tagen und nur mithilfe einer groben, schmerzhaften Bürste wieder vollständig abgewaschen.

Am dritten Tag nach dem Besuch – meine Schienbeine und Knie hatten jetzt eine neue Fleckigkeit, da die Erdbeerstellen zwei ganze Tage lang nichts von der neuen Sonnenbräune abbekommen hatten – standen etwa zwanzig noch warme Marmeladengläser beschriftet und ordentlich aufgereiht auf dem Küchentisch.

So funktionierte das also mit der Konservierung. Die Erdbeeren, der Gartentag und das ganze Gefühl aufbewahrt in einem einfachen Glas mit Gummiring, etikettiert und betitelt in einer Schrift, die bald keiner mehr würde lesen, geschweige denn schreiben können. Schon im Winter würden wir die Marmelade aufgegessen haben. Wenn meine Oma Gläser an die Nachbarn verschenkte, viel früher.

Mit dem Gefühl von Verrat im Bauch packte ich am Nachmittag absichtlich nur einen kleinen Beutel mit dem Nötigsten – Schlafanzug, Wechselwäsche und Waschzeug, das Buch, in dem ich manchmal las, wenn die Nächte zu dunkel, zu lang oder zu beides waren, um einzuschlafen. Meine Oma hatte mir erst im Nachhinein und nur beiläufig die längst beschlossene Tatsache eröffnet, dass die Pflückerei eine Art Testlauf gewesen war. Da sie meine Tante zum Hochzeitsausstatter in eine weiter entfernte Stadt begleiten würde, und mit ihr dort in einer Pension übernachten sollte, würde ich eine Nacht im Sommerhaus der alten Zwillinge verbringen … müssen.

Bis zu diesem Tag hatte ich noch nie woanders geschlafen als in meinem Zuhause, in meinem vergangenen und meinem aktuellen. Ich wusste nicht, was man für eine Übernachtung mitnahm und ich wusste auch nicht, wie man so etwas überhaupt aushalten sollte. Lange hatte ich abgewogen, was sich besser anfühlen würde – mich mit der tröstenden Sicherheit von möglichst vielen vertrauten Dingen zu umgeben oder mich mit der Tatsache zu beruhigen, dass es ja nur eine Nacht sein sollte.

Die Tür fiel so heftig zu, dass der kleine Wagen meiner Tante noch ein Weilchen vibrierte. Ein Nachbeben, das mir Zeit gab, mich zusammenzunehmen und meiner Tante und meiner Oma ein »Tschüss dann« in das heruntergekurbelte Fenster hineinzurufen. Ein zweites Weilchen stand ich nur da und sah zu, wie das Auto im Staub der Straße kleiner und farbloser wurde. Die Antwort hörte ich nicht mehr.

Obwohl keine zwei Wochen vergangen waren, erkannte ich den Ort und sein Drumherum nicht auf Anhieb wieder. Das Grundstück grenzte an ein Maisfeld, das ich beim ersten Mal gar nicht bemerkt hatte. Der Mais stand fast doppelt so hoch, wie ich groß war. Weil das Maisfeld so groß war, war der Himmel so klein.

Erst als ich sicher war, dass das Auto nicht zurückkommen würde, bewegte ich mich wieder. Mein Herz und meine Gedanken holperten und stolperten wie meine Schritte.

Die Schwestern waren nirgends zu sehen. Bis Hundert gab ich mir und ihnen. Bei Neunundneunzig spätestens würde ich mich umdrehen und gehen. Falscher Ort, falsche Zeit. Jemand musste sich vertan haben.

»Anna. Na? Traust du deinen Augen nicht?« Fanni.

Ich hörte sie lachen, zum ersten Mal. Tiefer und lauter, als ich gedacht hätte.

Sie machte sich lustig über mich. Eine alte Kränkung schien an ihren Rändern aufzureißen. Sie machte sich lustig darüber, dass ich dort stand, mit meinem Beutel, suchend und unruhig. Etwas traf mich an der Schulter, kullerte vor meine Füße und blieb dort liegen. Ich schaute in das Grün über mir und sah Fanni in einer Astgabel sitzen. Mit einer weiteren gelben Eierpflaume zielte sie gerade nach mir. Ein Auge kniff sie dabei zu. Im Gegenlicht sah sie aus wie eine Piratin.

Flink krabbelte sie vom Baum zu mir herunter und wischte sich immer noch lachend die zerschrammten Hände an ihrem alten, fleckigen und zu großen Männerhemd ab. Die obersten Knöpfe des Hemdes standen offen und gaben den Blick frei auf ihren Hals. So sah der Lehmboden auf den Elbwiesen aus, wenn es wieder einmal wochenlang keinen Regen gegeben hatte – zerfurchte Risse, zerrissene Furchen in trockenem Braun. Oder wie das von mir zusammengeknüllte und von meiner Oma stets wieder aufgefaltete und glattgestrichene Papier, in das die Pakete der fernen und unbekannten Verwandtschaft eingewickelt waren. Eine lockere Halskette, auf der ungleichmäßig dunkelbraune, orangene und goldene Bernsteine aufgefädelt waren. Auf dem Kopf trug Fanni ein rotes Käppi mit einer dicken, ehemals wahrscheinlich weißen, nun grauen *13* über dem Schirm. Alle, die ich kannte, und die ungefähr so alt waren wie ich, wollten so ein Käppi besitzen und keiner von allen besaß eins. Ihre sonst so akkuraten Locken lugten darunter hervor und klebten ihr an der Stirn.

»Du kannst es wohl nicht erwarten, wieder von hier wegzukommen«, sagte sie mit einem Kopfnicken zu dem Beutel, den ich mir an die Brust drückte. Mit sanftem Nachdruck, dem ich nichts entgegensetzte, nahm sie ihn mir ab und schob mich in Richtung des kleinen Steinhauses, das inmitten der Wiese lag, und uns mit blinden Augen entgegensah.

Ich stakste wie ein Storch, der den Frosch vor sich im Gras nicht erschrecken will. »Nein«, murmelte ich so leise, dass ich mir nicht sicher war, ob ich es wirklich gesagt hatte. »Ich traue meinen Augen nicht.«

Fanni lachte schon wieder und es war ein Lachen, das tief aus dem Bauch nach oben durch die Kehle sprudelte. Ein Lachen, dem man anhörte, dass es sich nicht hätte aufhalten lassen.

Plötzlich ahnte ich, dass ich Fanni eben zum ersten Mal gesehen und sie sich bisher vor mir und vielleicht vor den anderen versteckt gehalten hatte.

»Ich zeige dir, wo du schlafen kannst.« Sie ging vor und drehte ihren Kopf über die Schulter, wie um sicherzugehen, dass ich ihr folgte.

Meine Augen brauchten ein bisschen, um sich an die Dunkelheit in dem Haus, das offensichtlich nur aus einem einzigen Raum bestand, zu gewöhnen. Schmale Lichtbalken, in denen munterer Staub tanzte, durchquerten den kleinen Raum, als wollten sie ihn vermessen. In der Mitte ein dunkler Holztisch mit drei verschiedenen Stühlen, eine kleine Kommode unter dem Fenster neben der Tür und an der langen Wand gegenüber links und rechts gestreifte Vorhänge von der niedrigen Decke bis zum Steinboden. Dazwischen eine Spüle mit einem Regal darüber. Auf dem Regal lag Geschirr – soweit ich erkennen konnte, keine zwei Teile davon passend zueinander.

Fanni führte mich zur linken Ecke des Raums und blieb vor dem Vorhang stehen. Mit dem Ausdruck einer Zauberin, die gleich einen neuen Trick vorführen wollte, sah sie mich an und zählte von drei herunter. Bei null zog sie mit einem Ruck den Stoff zur Seite.

»Tada.«

Ich sah auf eine Schlafkoje in Höhe meines Bauchnabels. Mit einem heimlichen Seitenblick schätzte ich ab, dass sie Fanni ebenfalls nur bis zu den Hüften reichen konnte. Sie musste klettern, wenn sie schlafen wollte.

An allen drei Seiten waren Bilder und Fotos, teilweise in einfachen Holzrahmen, teilweise mit goldenen Reißzwecken direkt an die Wand geheftet. Es waren so viele, dass sie die Wand dahinter fast vollständig bedeckten. An der Kopfseite hatte jemand ein astlöchriges Brett mit einer kleinen Klemmlampe angebracht. Es war zu dämmerig im Haus, und in dieser Nische erst recht, als dass ich hätte erkennen können, was auf den Bildern zu sehen war.

Das laute Ticken einer Uhr schien unsere Atemzüge zu begleiten.

»Ich werde sie doch wieder abnehmen. Ich wusste gleich, dass das keine gute Idee war. Hedi hat sie aufgehängt, als ich einmal nicht da war. Sie findet Uhren irgendwie gut.«

Ich nahm mir vor, besser auf meine Regungen zu achten, auch auf die allerkleinsten.

»Ich zeige dir noch was. Komm.« Fanni zog den Vorhang wieder zu und ich folgte ihr nach draußen in den Garten.

Vor einem Busch blieben wir stehen. Den Blick ins undurchsichtige Grün der Blätter geheftet, sagte sie in fast feierlichem Tonfall: »Oder du schläfst hier.«

Nach meinem frisch gefassten Entschluss gab ich mir Mühe, unbeeindruckt auszusehen. Als sie sich bückte, die knapp über dem Boden befindlichen Zweige beiseiteschob und hindurchkrabbelte, tat ich es ihr nach, als wäre es das Normalste der Welt.

Wieder aufgerappelt, kicherte sie und machte die ausladende und großartige Geste einer Theaterschauspielerin auf der Bühne: Wir standen aufrecht in einer Blätterhöhle, die so groß war wie mein Zimmer zu Hause. Zwischen zwei weißen Baumstämmen hing eine Hängematte mit Decken, der Boden war mit kleinen Teppichen und dicken Kissen ausgelegt. Auf einer Metallkiste standen ein Kassettenrekorder und eine Blechdose. Es fiel nur wenig Licht an einzelnen Stellen durch die Blätter.

»Nun sag schon, wie findest du es?« Fanni schaute mich mit der brennenden Erwartung eines Kindes an, das seinen Eltern eine Erfindung präsentiert.

Ich lächelte, weil es gar nicht anders ging. »Toll. Es ist toll.«

Fanni schien fast ein bisschen erleichtert. »Gut. Dann können wir ja jetzt etwas essen. Ich freue mich, dass du da bist, Anna.«

»Ich freue mich auch, dass ich da bin.«

Wir saßen nebeneinander auf der Bank vorm Haus und sahen dabei zu, wie Fannis Schwester Hedi mit einem Karton, den sie auf beiden Händen balancierte, durch das Gartentor auf uns zukam. Wäre Rasen nicht grün, sondern blau, dann hätte man annehmen können, wir blickten auf eine Boje, die bei leichtem Wellengang hin- und her- und uns entgegenschwappte.

Der Anblick war so unwirklich wie in einem der Träume, die sich zwischen dem Zu-früh-aufgewacht-Sein und dem Wieder-in-den-Schlaf-finden in jede Faser schleichen und den ganzen Tag an einem kleben. Nur der nächste Schlaf, der nächste Traum vermochte, dieses Gefühl abzuschütteln und durch ein neues zu ersetzen.

Wir aßen Eistorte, jede zwei Stücke. Hedi, die bisher kaum etwas gesagt hatte, ließ uns danach allein. Aus einem Schuppen, der fast auseinanderzufallen schien und sich, vielleicht um nicht umzufallen, an den Stamm eines Baumes gelehnt hatte, drangen ab und zu Geräusche zu uns herüber, deren Ursprung ich nicht hätte benennen können. Holz, Werkzeug, Metall, alles Mögliche und alles durcheinander.

Wir legten unsere Köpfe auf der Rückenlehne ab, und weil die Sonne blendete, rutschten wir auf der Bank ein bisschen tiefer nach unten in den Schatten, den das Haus warf.

»Erzähl mir was, Anna.«

»Was denn?«

»Du hast freie Auswahl.«

»Von der Schule?«

»Alles außer Schule.« Fanni lachte.

»Ich habe ein Buch dabei. Ich könnte vorlesen«, schlug ich zögernd vor.

»Später. Erzähl mir von Anna. Wie ist sie so?«

»Anna? Welche Anna?«, fragte ich verwirrt und schaute zu Fanni hinüber, die den Blick konzentriert auf die wie flüchtig hingetupften Wolkenflecken richtete.

»Die Anna da.« Fanni machte eine Handbewegung in meine Richtung, ohne ihre Augen vom Himmel zu lösen.

Ich folgte ihrem Blick, konnte aber nichts erkennen, außer der weißen Watte, die sich meine Mutter zwischen die Zehen geklemmt hatte, damals, wenn sie sich die Fußnägel lackiert hatte. In Rot. Immer verschiedene Töne von Rot.

»Ich bin zehn, fast elf Jahre alt und mag gerne Eistorte. Leider gibt's die zu selten. Vielleicht zum Geburtstag. Ich hoffe, zum Geburtstag.«

»Was magst du noch?«

»Ich lese gerne Geschichten. Bin gern draußen, am liebsten mit Martin. Manchmal auch gerne alleine«, sagte ich und schickte leiser hinterher: »Manchmal aber auch nicht.«

»Warum?«

»Warum? Was ist das? Ein Frage-Antwort-Spiel?«

»Genau. Das Frage-Antwort-Spiel. Jetzt darfst du. Es gibt nur eine Regel: ehrlich sein.«

»Und wenn man nicht antworten kann? Oder will?«

»Dann gibt's noch die zweite Regel, die es aber eigentlich doch nicht gibt. Man darf aussteigen aus dem Spiel. Hilft aber nicht. Die wichtigen Fragen kommen sowieso wieder, weil sie so gern eine Antwort wollen.« Fanni schmunzelte.

»Okay. Ich bin. Was ist deine Lieblingsfarbe?«

»Blau natürlich.«

»Wieso ›natürlich‹?«

»Himmel. Wasser. Roggenblumen.«

»Roggenblumen?«

»Roggenblumen. Und Gold, Bernsteingold.«

»Was ist dein Lieblingsessen?«

»Eistorte. Hast du das nicht gesehen?« Fanni kicherte. Ihr Kichern ging fast nahtlos über in ihre nächste Frage: »Ihr dachtet, wir wären Hexen, oder?«

»Hexen, Verrückte, Mörderinnen oder alles zusammen. Wir dachten, ihr haltet Wölfe in eurer Wohnung und versteckt Edelsteine im Schaumstoff von euren Matratzen.« Ohne zu zögern, sagte ich das.

Wir lachten so sehr, dass wir noch ein Stückchen tiefer in die Bank rutschten. Der Schatten kam mit.

»Wie ist es, einen Zwilling zu haben?« Ich begann, Spaß an dem neuen Spiel zu entwickeln.

»Wie ist es, keinen zu haben?« Fanni sprang plötzlich auf, schnappte sich eine Eierpflaume vom Boden, die sie mir zuwarf und die ich nicht fing.

»Regel Nummer drei: Eine Gegenfrage ist keine Antwort.« Ich ließ die Frucht liegen und begann, das Geschirr zusammen zu räumen.

Der Nachmittag und der frühe Abend vergingen ganz leise. Ich lag mit meinem Buch in der Hängematte und konnte mich später an kein einziges gelesenes Wort erinnern. Ständig fielen mir die Augen zu. Immer wieder blätterte ich zurück und las die ersten Sätze von neuem.

Nur die Mahlzeiten und das Licht schienen diesen losen Tag zusammenzuhalten. Weil ich abends keinen Hunger hatte, sagte Fanni: »Ich wüsste etwas, das hungrig macht. Hast du Lust?«

»Was soll das sein?«

»Zeig ich dir. Wir können gleich los. Ich muss nur noch ein paar Sachen aus dem Schuppen zusammensuchen.«

»Los? Jetzt noch?« Die Sonne stand tief, mein sitzender Schatten streckte sich der Länge nach dem goldgrünen Maisfeld entgegen. Zu Hause war nach dem Abendbrot Drinnenzeit. Draußenzeit war bis Abendbrot, im Winter bis Straßenlaterne.

»Such du schon mal den Rollfix, der muss hier irgendwo sein. Ich hole den Rest.«

Ich wollte noch fragen, was ein Rollfix war, aber Fanni verschwand schon in der Bretterbude, die sie Schuppen nannten.

Um das Haus herum und in den Büschen entdeckte ich jede Menge Gerätschaften, von denen ich die meisten nicht benennen konnte. Aus einer Ecke des Gartens holte ich ein kleines Wägelchen mit einer Ziehstange und wusste sofort, dass ich gefunden hatte, wonach wir suchten. Das blaue Metall war an vielen Stellen rostig und die Räder quietschten. Fanni hatte in der Zwischenzeit allerlei Zeug vor dem Schuppen aufgestapelt und strahlte mich unternehmungslustig an.

Ich dachte an die Angst, die seit Tagen in meinem Bauch gewohnt und sich vollgefressen hatte, bis sie heute Mittag, als das Auto meiner Tante zu Staub wurde, fast geplatzt wäre. Und ich dachte, dass vielleicht auch das Gute ansteckend ist. Wie ein Schnupfen, der von einem zum anderen springt, bis der Frühling kommt und ihm den Garaus macht. Jedenfalls spürte ich, wie Fannis Strahlen auf mich übersprang.

Wir zogen den eiernden und quietschenden Wagen am Feld vorbei durch das hohe Gras der Elbwiesen. Fanni an einer Seite des Griffs, ich an der anderen. Der Weg war mühselig. Die Landschaft war an dieser Stelle flussabwärts ganz anders als dort, wo ich wohnte. Der Fluss verlief hier unterhalb eines dicht bewachsenen Hochufers, und offenbar hatten sich bisher nicht genügend Menschen ihren Weg hindurchgebahnt, als dass ein guter Pfad daraus hätte werden können.

Fanni fluchte ein bisschen vor sich hin. Die grauen Kunststoffrohre auf dem Rollfix kullerten hin und her, sodass der Wagen immer wieder ins Kippeln geriet.

»Was hast du eigentlich mit den ganzen Rohren und den Brettern vor?«, unterbrach ich ihr Grummeln.

Ihre Miene hellte sich auf. »Wart's ab, du siehst es gleich. Kannst du mit Werkzeug umgehen? Ist das nicht sogar ein Schulfach? Werken?«

»Die Sachen, die wir dort machen, sind eher kleiner. Ein Vogelhaus war das Größte bisher. Und dafür brauchten wir keine Rohre.«

»Vogelhaus ist gut. Damit lässt sich doch was anfangen. Wir machen etwas Ähnliches.« Fanni kicherte, als wir gerade aus dem hohen Gras heraustraten und die Elbe mit einem Mal vor uns lag. Unwillkürlich hielten wir inne und vergaßen für einen kurzen Moment zu atmen. Schmal und durstig wie ein krankes Tier erschien sie mir. Es hatte seit Wochen nicht geregnet, das Ufer war breit und entblößte das sonst auf dem Grund versteckte Geröll.

Ich ahnte, was Fanni vorhatte.

»Das schaffen wir doch nie«, sagte ich mutlos in die Stille hinein. »Eine Rohrleitung vom Haus hierher, um den Fluss zu wässern? Das funktioniert niemals.«

Fanni betrachtete mich erst eine ganze Weile verständnislos, bevor ihr Gesichtsausdruck in Belustigung wechselte. »Dass du mir eine so verrückte Idee zutraust, auf die ich selbst nicht gekommen wäre, betrachte ich mal als Kompliment. Ich fühle mich geehrt, Anna. Aber ich kann dich beruhigen. Heute versorgen wir ausnahmsweise einmal nicht den achtlängsten Fluss unseres Kontinents mit neuem Wasser. Wir bauen stattdessen ein Floß.«

Es war eindeutig mehr als nur die Hitze des Tages, die mir in den Kopf stieg, ich wurde rot.

»Aber nicht mehr heute. Es wird bald dunkel. Immerhin haben wir nun schon alles hier, was wir dafür brauchen. Wir laden die Sachen unter der Weide ab und machen morgen weiter. Hilf mir mal.«

Als wir fertig waren, setzten wir uns an die Spitze einer Buhne und schauten still, jede in ihren Gedanken, unserem rötlichen Abendfluss dabei zu, wie er sachte in die Nacht floss. Wie kann ein Fluss so sehr Zuhause sein, wo er doch nie derselbe ist, der er eben noch war?

»Warum bauen wir eigentlich dieses Floß?« Mit dem Fuß schnippte ich einen kleinen Stock ins Wasser. Er würde nicht weiter als bis zur nächsten Buhne kommen.

»Es kann nicht schaden, eins zu haben, denke ich.«

»Nur, um eins zu haben?«

»Ich habe etwas zu erledigen. Dafür brauche ich es.«

Ich schaute Fanni an, sie mich nicht.

»Hilfst du mir?«, fragte sie stattdessen.

Mir fielen die Geschichten ein, die Martin und ich uns über die Zwillinge zurechtgelegt hatten. Vor ein paar Stunden noch hatte ich fast an sie geglaubt. Ich wunderte mich darüber, wie weit weg das jetzt schien und darüber, dass ein paar Stunden manchmal so viel und manchmal so wenig waren.

»Ja, ich helfe dir.«

Ich brauchte ein bisschen, um mich zu erinnern, wer ich war und wo ich war, als ich morgens erwachte. Wir hatten am Abend beide nicht bedacht, dass die Dämmerung in einem so dicht bewachsenen und unwegsamen Ufergebiet viel dunkler war. Fast hätten wir uns ein Nachtlager unter den Weiden hergerichtet, als wir ziemlich weit entfernt den tanzenden Punkt einer Taschenlampe sahen. Schimpfend hatte uns Hedi zurück zum Haus gebracht und müde war ich in das Bett hinter dem linken Vorhang gefallen.

Es musste fast Mittag sein, die staubtrüben Lichtbalken ähnelten denen vom Zeitpunkt meiner Ankunft am frühen Nachmittag zuvor. Ich blickte mich um und stellte fest, dass Fanni den Großteil der Bilder und Rahmen von den Wänden entfernt haben musste. Ein paar verblasste Postkarten von Orten, die mir nichts sagten (Grüße aus dem schönen Sauerland und aus der märchenhaften Sächsischen Schweiz), ein gesticktes Bild mit der Strophe eines Schlaflieds, drei kleine, am Rand gezackte Schwarz-Weiß-Fotos – eine gefleckte Katze vor einem Backsteinhaus, eine Berglandschaft und ein Foto von zwei Mädchen, offensichtlich Zwillinge, einem älteren Jungen und vermutlich den Eltern.

Ich kannte diese arrangierten Familienfotos von meiner Oma. Immer wieder zog es mich zu ihnen hin und erwartungsvoll blätterte ich dann durch die schwarzen Kartonseiten und das flattrige Pergamentpapier der dicken Fotoalben. Dabei achtete ich darauf, keine Knicke oder Risse zu hinterlassen, die mich verraten hätten.

Ich überlegte, warum Fanni ausgerechnet dieses Familienfoto hatte hängen lassen. Vielleicht hatte sie es übersehen, war in Eile gewesen? Vielleicht. Vielleicht auch nicht.

Den ganzen Nachmittag brachten wir mit dem Bau des Floßes unten am Fluss zu. Das Wenige, das wir in der ersten Zeit sprachen, beschränkte sich auf Sachliches und auf Informationen zu Aufbau und Funktionsweise. Fannis Bewegungen waren langsamer als am Tag zuvor. Ein paar Mal ging sie zur Spitze der nächsten Buhne und blieb dort für eine Weile auf einem großen Stein sitzen. Ich machte alleine weiter und vermied es, zu ihr hinzusehen. Mit jedem Wiederkommen erschien sie mir bisschen müder. Wir kamen nicht gut voran und es war klar, dass wir an diesem Tag unser Werk nicht vollenden würden.

»Machst du alleine weiter, wenn ich weg bin?«, fragte ich, während ich ein graues Rohr mit dickem Seil umwickelte, so, wie Fanni es mir gezeigt hatte. Die zurechtgesägten, aneinander fixierten und an den Enden verschlossenen Abwasserrohre sollten das Herzstück von Fannis Floß sein. Als Auftriebskörper würden sie es später über Wasser halten.

»Ich dachte, du kommst wieder und wir machen das zusammen.«

»Wie weit ist es eigentlich mit dem Fahrrad von mir hierher?«

»Eine halbe Stunde vielleicht. Wenn man nicht trödelt. Ich zeichne dir den Weg auf.«

»Ich könnte vielleicht zusammen mit Martin kommen. Zum Helfen. Er geht oft zum Angeln.«

»Und weil er angelt, kann er auch ein Floß bauen?«

»Ist doch beides mit Wasser. Das kann der.« Ich schnappte mir das nächste Rohr. »Bleibt ihr den ganzen Sommer hier?«

»Ich bleibe hier. Hedi hat Einiges zu erledigen. Sie fährt morgen mit dem Bus zurück.«

»Ist der Junge auf dem Foto euer Bruder?« Die Frage kullerte mir einfach aus dem Mund wie ein zu saures Bonbon. Ich bereute es im selben Augenblick.

Fanni schaute überrascht zur mir herunter und ich vermied es, sie anzusehen. »Ja«, antworte sie, mit dem langgezogenen a, das Martin auch immer für meinen Namen benutzte. Nach einer Pause fuhr sie fort: »Da sind wir zwölf Jahre alt, Hedi und ich. Als wir dreizehn waren, gab es unseren Bruder schon nicht mehr. Er ist an einer Grippe gestorben.«

»Meine Eltern sind auch tot.« Ich hatte das Gefühl, einen Schmerz von mir zum Tausch anbieten zu müssen.

»Ich weiß, Anna.«

»Vermisst du ihn?«

»Ja.«

»Immer noch? Wird das nicht weniger?«

»Es wird anders, aber nicht weniger. Vielleicht sogar mehr, wie so ein Hunger, der immer größer wird und erst Ruhe gibt, wenn man ihm zu essen gibt. Ständig muss ich ihn füttern.«

»Womit fütterst du ihn?«

»Mit Gedanken an ihn. Zu ihm hindenken. Nicht von ihm wegdenken.«

»Kannst du dich noch an viel erinnern?«

»Er war ein richtig guter großer Bruder. Einer, mit dem man angeben konnte. Man wusste, er kommt, wenn man sagt, dass man ihn braucht. Ohne zu fragen, warum.«

Wir hatten uns inzwischen auf den steinigen Boden gesetzt und gruben mit unseren Schuhspitzen kleine Mulden in den Sand.

»Wie ist das bei dir?«, fragte Fanni.

»Ich weiß nicht genau. Meine Erinnerungen sind wie Fotos in meinem Kopf. Obwohl meine Eltern gar keinen Fotoapparat hatten. Es sind auch nur ein paar, nicht einmal ein kleines Fotoalbum voll. Ich denke nicht so viel darüber nach.«

»Vielleicht werden es wieder mehr, wenn du dir nicht zu viel Mühe gibst, weniger daran zu denken. Und irgendwann kannst du dann darin blättern.«

»Wo sind eigentlich all die anderen Fotos und Sachen hin? Die ganze Wand an deinem Bett war voll.« Ich bohrte das Loch noch ein bisschen tiefer.

»Sie gehören mir nicht. Ich habe alles in eine Kiste gepackt, die ich noch übergeben muss. Deswegen auch die Sache mit dem Floß. Es wäre gut, wenn wir nicht zu lang damit warten.«

»Warum der Aufwand mit dem Floß? Könntest du sie nicht mit dem Bus oder Fahrrad hinfahren?«

»Kannst du dir mich auf einem Fahrrad vorstellen?« Fanni lachte. Offensichtlich belustigte sie die Vorstellung von sich selbst auf einem Fahrrad. »Ein Bus fährt da nicht hin und zu Fuß ist es zu weit für mich. Das macht mein Bein nicht mit. Mein Herz sowieso nicht. Die Elbe fließt direkt an ihrem Fenster vorbei. Sie kann sie jeden Tag sehen. Muss nur rausgucken.«

Ich nickte nur. Meine Mulde war inzwischen so tief, dass Wasser hineinsickerte.

»Schauen sie denn in die Kamera?«

Vielleicht weil ich nichts antwortete und auch sonst keine Reaktion zeigte, aus der man hätte ablesen können, dass ich die Frage verstanden hatte, ergänzte Fanni: »Auf deinem Erinnerungsfoto, meine ich.«

»Es ist schon so lange her. Ich glaube, ich habe es vergessen. Wenn ich vorher gewusst hätte, was passiert, hätte ich mir alles eingeprägt. Auch ihren Blick und wohin er geht.«

»Was trägt deine Mutter?«

Sie sagte *trägt* statt *trug* und ich stutzte kurz deswegen. Die Fotografien, die immer nur so kurz in meinem Kopf aufblitzten, wie es gedauert hätte, eine Kamera auszulösen, waren wieder ein bisschen blasser geworden. Ich musste sie erst erneut auf mich wirken lassen, um ihnen neue Farbe einzuhauchen.

»Gerade als sie ihm über die Ohren streicheln wollte, hat der Esel nach ihr geschnappt. Eigentlich war er total zahm und mochte es, wenn man seine Ohren in die Hand nahm. Rudi hieß er. Aber manchmal hatte er eben einen schlechten Tag. Wir waren oft in diesem Tierpark in der Stadt. Früher war er viel größer. Wir haben die Tiere gefüttert und waren auf dem Spielplatz, den es jetzt nicht mehr gibt. Mama streckt gerade den Arm quer von sich weg und hüpft zur Seite. Sie springt so richtig, ihre Beine sind in der Luft. Ihr Zopf auch. Ich erkenne nicht genau, ob sie lacht oder ob sie sich erschrickt. Beides irgendwie.«

»Ich kenne den Moment. Das Lachen von eben ist noch nicht ganz weg und das Erschrecken noch nicht ganz da.«

Ich rutschte ein bisschen zur Seite, damit ich meine Mulde, die inzwischen ein kleiner Bach geworden war, mit dem Fuß verlängern konnte. Vielleicht schaffte ich es noch, bis zum großen Fluss zu graben. »Wieso prägt man sich ausgerechnet einen Schreckmoment ein?«

»Vielleicht, weil er einem Angst macht. Besonders, wenn er jemandem passiert, den man sehr liebt. Und vielleicht auch, weil man insgeheim hofft, dass man ihn überwinden kann, wenn man ihn nur lang genug ansieht. Als würde er sich dann aufbrauchen.«

Fannis schwarze Schuhspitzen waren zerkratzt und ich überlegte, ob es sich um alte Kratzer handelte oder ganz frische. Vielleicht eine Mischung. Mit der Spitze grub sie eine Verbindung von ihrem Bach zu meinem, während ich meinen Teil verbreiterte.

»Und? Ist da was dran?« Mir gefiel die Idee, dass man Gefühle auf Vorrat fühlen könnte. Dann würde ich gleich damit anfangen, alles Schmerzende leer zu fühlen.

»Nein«, sagte Fanni. Sonst sagte sie nichts. Und ich fragte nicht nach.

»Was ist mit deinem Vater? Ist er auch auf dem Bild?«

»Der steht neben ihr. Ganz gerade und anders als sie. Kurz danach stolperte sie und er fing sie auf. Wie man einen Ball auffängt.«

»Und der Schreck?«

»Der war dann weg. An diesem Tag.«

Unseren kleinen Bach dem großen Fluss zuzuführen, schafften wir an diesem Nachmittag nicht mehr.

Als ich später auf der Rückbank des Autos meiner Tante saß und wieder nach Hause fuhr, stellte ich mich schlafend, um mit geschlossenen Augen alles farbig und besser sehen zu können – den Esel Rudi, ihren Zopf, das Lachen, den Schreck, den Kuss am Ende, der den Tag gut und unendlich gemacht hatte.

Beim nächsten Mal würde ich Fanni fragen, wer »sie« war, vor deren Fenster die Elbe floss.

# Sieben Tage noch

Wenn ein vorhersehbares Ende näher rückt, ändert man oft die Maßeinheit für die verbleibende Zeit. Aus Monaten werden Wochen, aus Wochen Tage, aus Tage Stunden. Erschienen die vor uns liegenden Wochen der Sommerferien bisher endlos, so merkten wir jetzt, dass unser Zeitkontingent schrumpfte, dass es kleiner, vielleicht zu klein wurde für das, was wir noch vorhatten. Also schraubten wir die Zahlen der Maßeinheit nach oben. Sieben Tage noch, einhundertachtundsechzig Stunden. Insgeheim spürten wir natürlich, dass das kaum etwas an dem Gefühl des schwindenden Sommers änderte, versicherten uns aber gegenseitig, dass das Ende noch lange, lange hin war, Zeit genug, um unsere Pläne zu verwirklichen und den Lauf der Dinge zu unterbrechen.

Martin und ich drehten schon zum zweiten Mal die Schlafende-Schlangen-Runde und überquerten zum dritten Mal die Sinnlose Brücke. Das war unser Versuch, den Tag in die Länge zu ziehen und den Zeitpunkt hinauszuzögern, an dem aus einem »Sieben Tage noch« ein »Sechs Tage, danach fünf« werden würde.

Die Hündin hechelte, die Zunge hing ihr lang aus der Schnauze und schlenkerte wie ein ausgeleiertes rosa Gummiband im Takt ihrer Trippelschritte. Luzy war älter als ich und im Gegensatz zu früher, als ihr die Spaziergänge nicht lang genug sein konnten, blieb sie jetzt öfter sitzen, um zu zeigen, dass sie langsam genug davon hatte.

Martin und seine Mutter würden übergangsweise ein paar Tage bei uns wohnen. Aus der Wohnung über uns hatten sie früher ausziehen müssen und das Haus seines neuen Vaters war noch nicht fertig vorbereitet für die Ankunft von zwei weiteren Menschen mit Tieren. Auf Martin wartete unter dem Dach ein Zimmer mit Schrägen, dessen Fläche über die gesamte Breite und Länge des Hauses ging. Die Giebelseite, die zu unseren Wiesen und zum Fluss hin ausgerichtet war, bestand bis zum Fußboden aus Glas. Der neue Vater hatte außerdem versprochen, dass eine brandneue Gitarre und ein brandneues Teleskop für Martin im Zimmer bereitstehen würden.

Vor einigen Monaten, als klar wurde, dass seine Mutter und dieser Mann heiraten und sie zu ihm ziehen würden, hatte sich Martin das Haus angesehen, das nur sieben Minuten und dreiundzwanzig Sekunden vom Kleinen Hof entfernt lag. Ich hatte den ganzen Nachmittag ungeduldig auf ihn und auf das, was er zu erzählen hatte, gewartet.

»Als ob ich fliegen würde, Anna. Wenn ich die Zehenspitzen und die Nasenspitze ganz dicht an das Glas drücke, fühlt es sich an wie fliegen«, schwärmte er, als wir fröstelnd, weil es für Anfang März zu kalt war, auf dem zugeschütteten Eingang des Bunkerbergs saßen, bis die Straßenlaternen angingen und wir euphorisch angesichts dieser Aussichten nach Hause liefen.

Die darauffolgende Nacht dann hatte ihr Werk getan und Zweifel in uns gesät. Die ganzen nächsten Wochen schnitt keiner das Thema mehr an. In der naiven Hoffnung, alles könnte noch kippen, wenn wir nur einfach nicht daran glaubten, machten wir weiter wie bisher und verfeinerten unsere vertrauten Gesten und Rituale.

Erst in der Mitte des Sommers, nach der Sache mit der Fata Morgana und als uns mehr Einzelheiten offenbart und konkrete Termine benannt wurden, hatten wir das Thema zunächst zaghaft, dann mit Nachdruck wieder aufgegriffen und einen ganz konkreten Plan ersonnen, den Martin in seinem Notizbuch mit »Die Suche nach dem einzigen Original« betitelte. Das war natürlich ein bisschen doppelt gemoppelt formuliert, unterstrich aber die Ernsthaftigkeit unseres Vorhabens.

Unsere erste gemeinsame Fahrt in die Puschkinallee und Martins darauffolgende Freitagstermine waren Teil des Plans. Zwei weitere Male war Martin allerdings ohne mich dort gewesen. Er hatte mir anschließend nichts erzählt und ich hatte nichts gefragt. An den beiden Freitagen brach er direkt nach dem Mittagessen auf, um den ersten Nachmittagsbus zu erwischen. Pünktlich zum Abendessen war er wieder zurück. Hätte mich jemand nach ihm gefragt, hätte ich gesagt, dass das Freizeitheim die Sternenwächter-AG ins Leben gerufen und Martin einen der begehrten Plätze ergattert hatte. Zuerst wollten wir einen Angelkurs für Fortgeschrittene als Ausrede bemühen, aber gerade noch rechtzeitig fiel uns ein, dass Martin dann immer seine Ausrüstung dabeihaben müsste. Über Sterne hatte er viel gelesen, falls jemand Fragen stellen sollte. Außerdem wartete ein Teleskop auf ihn. Da konnte ein bisschen Vorbereitung aus Sicht seiner Mutter sicherlich nicht schaden.

An diesen beiden Freitagen und auch an den Samstagen danach studierte ich meinen Cousin besonders aufmerksam und hörte noch genauer auf das, was er sagte, damit mir das Geheimnis, das sich möglicherweise zwischen uns verbarg, nicht entging. Alles, was ich über seine Erlebnisse in der Puschkinallee zu wissen glaubte, hatte ich daher aus meinen Beobachtungen. Aber besonders erhellend war es nicht. Aus irgendeinem Grund, der mich verletzte, obwohl ich ihn nicht einmal kannte, traute ich mich nicht zu fragen, was dort passiert war. Die Tatsache, dass es etwas so Bedeutsames gab, das Martin lieber für sich behielt, obwohl wir es noch gemeinsam ausgeheckt hatten, war für mich kaum zu fassen. Drucksend und einsilbig tänzelten wir in diesen Tagen umeinander herum.

Wir verließen gerade den Deich, als plötzlich ein unbekannter, zottiger, bunter Hund aus den Büschen sprang und sich wild und wütend auf Luzy stürzte, die nicht einmal halb so groß war wie er. Luzy, die in ihren knapp dreizehn Jahren bisher nichts anderes gelernt oder gar nötig gehabt hatte, blieb starr stehen, klemmte den Schwanz ein und zitterte wie trockenes, kleines Laub. Ich schrie panisch nach ihr, während sich der Zottel an ihr zu schaffen machte. In dem Fellgerangel konnte ich sie kaum noch erkennen. Während ich dumm und kreischend an Ort und Stelle verharrte, zögerte Martin keine Sekunde, rannte auf die Hunde zu, stolperte, stürzte, schrie, versuchte aufzustehen, was nicht klappte, und krabbelte auf allen Vieren zu den beiden hin. Entschlossen packte er den anderen Hund und es gelang ihm, ihn von Luzy lösen. Ebenso feige wie ich, die ich heulend dastand, haute der Hund ab in die Büsche, aus denen er gekommen war. Martin zog die wimmernde Luzy an sich, vergewisserte sich, dass sie noch ganz war, kauerte sich mit ihr zusammen auf den staubigen Boden und schluchzte. Beide schluchzten. Ich hockte mich wackelig zu ihnen hin, grub meine eine Hand in das weiche Fell der Hündin und legte meine andere Hand in Martins Nacken. So harrten wir stumm zusammen aus, bis wir ruhiger wurden und aufstehen konnten. Luzy ging es gut, bis auf ein paar lose Fellbüschel, und Martin ging es gut, bis auf zwei aufgeschürfte Knie und das erstickte Nachschluchzen, das oft dem bitteren Weinen folgt. Sein Gesicht war schmutz- und tränenverschmiert.

Wir gingen mit langsamen und vorsichtigen Schritten, wie um das Gehen auszuprobieren.

»Ich hatte ihn größer in Erinnerung«, sagte er schließlich.

Da ich nicht sicher war, ob dieser Information eventuell noch mehr folgen würde, schwieg ich. Ich überlegte, ob Martin nur die körperliche Größe seines Vaters meinte, als er meinen Gedankengang unterbrach: »Ich helfe ihm bei allem Möglichen. Er repariert Sachen von Leuten und bekommt Geld dafür. Dabei helfe ich. Wir reden nicht viel, wir kommen ja gar nicht dazu.«

Ich nickte und fragte mich, was das wohl für Reparaturen sein mochten, dass zwei, die sich erst verloren und dann wiedergefunden hatten, nicht dazu kommen sollten, ein paar wichtige Worte miteinander zu wechseln.

»Morgen fährt er in den Urlaub und hat mir einen Schlüssel für die Wohnung gegeben. Damit ich sein Meerschweinchen füttern und den Käfig saubermachen kann. Ich mach so was ja«, ergänzte mein Cousin schließlich.

»Ja. Stimmt. So was machst du ja gerne«, antwortete ich nach einer Pause, in der ich überlegte, was eine angemessene Reaktion wäre.

»Das Meerschweinchen hat so einen Futterspender, in den immer etwas nachrutscht. Wasser auch. Das reicht für ein paar Tage. Dann muss nachgefüllt werden. Und auch streicheln und so.«

»Okay«, sagte ich und wir beschleunigten unsere Schritte. Das war möglich – jetzt, wo wir uns vergewissert hatten, dass das Gehen noch funktionierte.

# Fünf Tage noch

Wir steckten im Dazwischen. Zwischen zwei Schuljahren, zwei Jahreszeiten, zwei Häusern, zwei Vätern, zwischen Leicht und Schwer. Morgens roch es nach Herbst, abends nach Sommer. Vormittags packten wir Kisten für das neue Zuhause bei einem neuen Vater, der so tat, als ob er einen alten einfach ersetzen könnte. Mit weichen Knien schwankten wir hin und her und hielten einander fest.

Die Erwachsenen um uns herum waren zu beschäftigt, um unser haltloses Treiben zu bemerken. Wann immer es möglich war, stahlen wir uns davon und lebten in unsere letzten Sommerfluchten hinein. In diesen Tagen waren wir uns, ohne viel sagen zu müssen, so nah wie vielleicht nie wieder. Weil wir es beide spürten, trauten wir uns kaum noch zu sprechen und beschränkten uns auf Wesentliches. Aus Angst, dass sonst vielleicht etwas dabei kaputtgehen könnte – wie bei einer Vase, die man ein bisschen zu lange bewundernd in den Händen dreht.

Martin wollte mir zuerst kein Wort glauben. Er schlief bei mir im Zimmer, neben meinem Bett auf der blumengemusterten Luftmatratze, die noch nie mit mir auf dem Wasser gewesen war. Seine Mutter schlief auf dem Sofa im Wohnzimmer. Flüsternd – die Tür war nur angelehnt und ein schmaler Lichtstreifen teilte meine Bettdecke in zwei Hälften – erzählte ich ihm von der echten Fanni, die nun doch keine Mörderin, noch nicht einmal eine Hexe war. Seine Neugier siegte und er kam am nächsten Tag mit zum Haus der Zwillinge.

Fanni erwartete uns schon. Als wir auf den Feldweg einbogen, sahen wir sie mit dem vollgepackten Rollfix vor dem Gartentor stehen. Sie trug eine grobe Latzhose und wieder das Käppi mit der grauen *13*. Mein Herz pochte so heftig, dass ich dachte, man würde es sehen können. Weil die Fahrradfahrt bergauf anstrengend gewesen war und ich den Anschluss an Martin nicht verlieren wollte. Weil ich unbedingt wollte, dass Fanni Martin und Martin Fanni mochte. Weil ich mich auf das Floß freute. Und weil ich sah, dass Fanni erschöpft wirkte und versuchte, es vor mir zu verbergen. Ihre Freude darüber, dass wir uns so schnell wiedersahen, konnte sie aber auch nicht verstecken: Sie umarmte mich erst fest, fasste mich mit beiden Händen an den Schultern, hielt mich ein Stück von sich weg und betrachtete mich. Dann strich sie mir eine lange Haarsträhne, die mir über die Wange gerutscht war, aus dem Gesicht. Ich hielt ihrem Blick stand und schluckte. Ich war so ungeübt im Umgang mit solchen Gesten, dass ich nichts Geeignetes zurückgeben konnte und mich wie ein Stock benahm.

»Anna hat gesagt, es ist in Ordnung, dass ich mitkomme«, unterbrach uns Martin, dem seine Verlegenheit deutlich anzusehen war.

»Sehr gut. Wir brauchen noch anständige Ruder, damit wir vorwärtskommen. Bekommst du das hin?«, fragte Fanni und übergab ihm den Griff des Wagens.

Damit war das Eis gebrochen und Martin in seinem Element. Den ganzen Weg bis runter zum Fluss referierte er über Fließgeschwindigkeiten im Allgemeinen und die Fließgeschwindigkeit unserer Elbe im Besonderen sowie deren Abhängigkeit von der Uferbeschaffenheit und die sich daraus ergebenden Anforderungen an funktionstüchtige Ruder. Seit er vor einigen Jahren eine alte Angel im Schuppen gefunden hatte, hatte er mitunter ganze Tage an der Elbe zugebracht, hatte sie studiert und war mit nichts nach Hause gekommen als einem neuen Zug im Gesicht. Ein Zug, den man nur aus einem bestimmten Winkel sehen konnte und vielleicht nur, wenn man Martin so gut kannte wie ich. Wir hörten ihm zu und Fanni zwinkerte mir zu. Mein holpriges Herz beruhigte sich.

Als wir unser Floß unter der Weide hervorzogen, war ich überrascht und stolz, wie viel wir schon geschafft hatten. Mit dem Abstand einiger Tage bot sich mir der Blick auf ein Gefährt, das ganz eindeutig als ein Floß zu erkennen war. Martin pfiff anerkennend durch die Zähne.

Fanni wies uns an, was noch zu tun war. Ich kümmerte mich mit ihr zusammen weiter darum, die Plattform zum Abschluss zu bringen, Martin baute zwei Paddel aus dem, was Fanni an Material dafür mitgebracht hatte. Wir konnten es kaum erwarten, das Floß auszuprobieren und verschwendeten keine Zeit. Irgendwann waren wir schließlich nur noch mit schönen und überflüssigen Details beschäftigt, hier ein Glattschleifen, da ein Zurechtzurren. Fanni stemmte die Hände in die Seiten und setzte den Schlusspunkt: »So.«

Wir hielten inne. Darauf hatten wir gewartet.

»Anna und Martin. Martin und Anna. Es reicht. Das hier ist ein fertiges Floß. Das schönste übrigens, das ich je gesehen habe. Und ich habe viele gesehen in den letzten siebzig Jahren. Das könnt ihr mir glauben.«

Wir lachten und blickten voller Stolz auf das, was wir geschaffen hatten. Martin, Fanni und ich.

»Bevor wir zu einer ersten kleinen Fahrt in See, nein, in den Fluss stechen, braucht unser Kind einen Namen, damit wir es taufen können. Ideen?« Fanni sah uns erwartungsvoll an und ich wünschte, wir hätten das vorher gewusst und uns vorbereiten können. Martin und ich hätten die ganze Nacht nach dem einzigen und perfekten Namen suchen können.

»Tom Sawyer«, schlug Martin vor. »Daran musste ich als allererstes denken, als Anna mir von dem Floß erzählt hat.«

»Was haben wir mit Tom Sawyer zu tun? Nee. Ich finde, es muss irgendwas sein, das sich gut anfühlt, wenn man den Namen ausspricht oder an ihn denkt«, widersprach ich.

»Also ich habe ein prima Gefühl, wenn ich an Tom Saywer denke«, sagte Martin.

Fanni stand breitbeinig vor uns und grinste. Ich dachte, dass sie jetzt besser und munterer aussah als vorhin bei unserer Ankunft, und war erleichtert.

»Fanni!«, rief ich.

»Ja?«

»Fanni?«, fragte Martin.

»Fanni«, rief ich erneut. »Das Floß heißt Fanni. Na klar.«

Martin erhob sich und gab mir ein ungeduldiges Zeichen, dass ich ebenfalls aufstehen sollte. Feierlich hob er zu einer Rede an, der ersten Rede seines Lebens.

»Wir taufen dies Schiff,

das uns sicher tragen wird über diesen Fluss,

das uns begleiten wird auf unseren Abenteuern, das uns treuer Freund, nein unsere treue Freundin sein wird, und das wir mit guten Gedanken bedenken –

feierlich auf den Namen Fanni.«

Aus einem Korb, den ich bis eben auf dem Rollwagen nicht weiter beachtet hatte, holte Fanni eine große Flasche Orangenlimo und drei Gläser.

Sie reichte Martin und mir ein randvolles Glas und schenkte sich selbst eines ein. Den Rest, der noch in der Flasche war, spritzte sie lachend und ausgelassen über das Floß, bevor sie sich wieder an uns wandte: »Auf Fanni! Danke, Anna und Martin. Ohne euch gäbe es keine zweite Fanni. Dann wäre ich einfach nur ein normaler Mensch ohne Boot.«

Die Gläser klirrten und die Limo sprudelte in meine Nasenlöcher, dass es kitzelte. »Auf Fanni und Fanni«, ergänzte ich und trank mein Glas im zweiten Zug leer.

»Dann mal los. Wollen wir mal sehen, wie weit wir damit kommen.« Fanni breitete ein paar kleinere Gummimatratzen auf dem Deck aus und stellte den Korb dazu.

Zu dritt schubsten wir das Floß knirschend vom steinigen Boden ein kleines Stück in den Fluss hinein. Fanni streckte die Hand nach mir aus. Ich griff sie und gab ihr den nötigen Halt, um sicher auszusteigen, und nahm dann neben ihr Platz. Martin kam als letztes an Bord und mithilfe des Ruders stieß er uns vom Uferbereich ins Fahrwasser. Dann setzte er sich zu uns und wir überließen uns dem ruhigen Tempo der Elbe. Ich war in meinem bisherigen Leben beinahe täglich am Fluss gewesen, ein paar Mal auch bis zu den Knien im Fluss, aber nun zum ersten Mal auf dem Fluss. Es erschien mir so logisch und selbstverständlich, dass ich gar nicht begriff, warum wir die Gelegenheit nicht viel früher ergriffen hatten. Fanni hatte sogar Essen mitgenommen, Brote, Obst und Eis, das wir direkt aus dem Isoliergefäß löffelten.

Satt und zufrieden lagen wir auf Deck und schauten in den Himmel, den wir mit einer Geschwindigkeit von durchschnittlich drei Kilometern pro Stunde, so erklärte es uns Martin, immer gegen ein neues Stückchen Himmel eintauschten.

In unserer Geschäftigkeit hatte ich ganz aus den Augen verloren, was überhaupt Auslöser unseres Vorhabens gewesen war. »Wohin fahren wir eigentlich? Hattest du nicht etwas zu erledigen?«, fragte ich und stupste Fanni an.

»Später. Das hier ist erst einmal der Test, ob das Ding hält und nicht samt Ladung auf Grund geht.«

»Hattest du Zweifel daran? Natürlich hält es. Das ist beste Ingenieursarbeit«, erwiderte Martin mit gespielter Entrüstung.

»Ich will nur sichergehen.«

Später, als mich Fanni zum Abschied wieder an sich drückte, flüsterte sie mir etwas ins Ohr, das genauso kitzelte wie die Limo. »Übermorgen?«

Wieder hielt sie mich ein Stückchen von sich weg und betrachtete mich.

Ich nickte.

## Drei Tage noch

»Aber *ich* will nicht heiraten. Und nicht weg von hier.«

»Es gibt dort ein Teleskop. Du hast dir schon immer eins gewünscht.«

»Da wusste ich das noch nicht.«

»Was wusstest du nicht?«

»Dass Teleskope ein Dreck dagegen sind.«

»Was ist mit der Gitarre?«

»Ich kann doch gar nicht Gitarre.«

»Wir könnten es lernen. Zusammen.«

»Der kann seine Gitarre behalten.«

»Was ist mit dem Fliegen?«

»Ohne dich?«

»Ich komme jeden Tag.«

»Und ich hab Angst.«

»Wovor?«

»Vor morgen.«

»Vor dem Meerschweinchen?«

»Ja.«

»Können Meerschweinchen beißen?«

»Ja.«

»Okay.«

Schmuckloses Rechteck mit Quadraten und Dreieck obendrauf. Wir waren in der Puschkinallee, die sich den Namen Allee noch immer nicht verdient hatte. Wir standen vor dem Geometriehaus und ich konnte mich nicht entscheiden. Einerseits war es, als wären wir erst gestern hier gewesen und hätten auf einen guten Anfang oder ein gutes Ende gehofft. Andererseits war es eine Ewigkeit her, sodass ich mich kaum noch erinnern konnte, wer wir damals gewesen waren.

Martin schob einen der beiden Schlüssel ins Schloss, erwischte den falschen und mir schoss durch den Kopf, ob das vielleicht so sein sollte. Ob es einfach Menschen gab, die immer zuerst den falschen Schlüssel wählten, auch wenn es nur zwei gab, und die Chancen, den richtigen zu nehmen, eigentlich so schlecht nicht standen.

Im fast dunklen Hausflur tasteten wir nach einem Lichtschalter und fanden keinen. Wir nutzten das Licht des flüchtigen Moments, bevor die Haustür hinter uns ins Schloss fiel, um uns zu orientieren. Briefkästen, Kinderwagen, Roller und Dreirad rechts, Treppenaufgang geradeaus. Auf halber Treppe angekommen ging das Licht an, eine Tür schlug über uns zu, eilige Schritte kamen uns entgegen, huschten grußlos und mit gesenktem Kopf an uns vorbei. Trübes Licht, aber Licht.

Es war ein altes Haus. Die Farbe an den Wänden und am Geländer war anscheinend nie ausgebessert worden. Schmutziger Lack hatte sich in großen Stücken abgelöst, war heruntergefallen und hatte sich zwischen den rissigen und durchgetretenen Dielen angesammelt. Vor der Wohnungstür hatte Martin wieder vergessen, welchen der Schlüssel er unten benutzt hatte und welcher uns diese Tür öffnen würde. Wieder zwei Versuche.

Die Luft aus der Wohnung schlug uns schwer und stickig entgegen. Ich sah mich um. Martin nicht. Er ging in ein Zimmer auf der rechten Seite und ich dachte, dass das wahrscheinlich das Zimmer mit dem Meerschweinchen sein musste.

Eine Wohnung, das Zuhause eines Menschen, den ich in jüngerer Zeit nur ein kurzes Mal gesehen und der sich bei dieser Gelegenheit nicht von seiner besten Seite gezeigt hatte. Die wenigen früheren Male zählten nicht, hatten Martin und ich beschlossen.

Seit diesem einen Mal, als er in seinem Quadrat im Gegenlicht aufgetaucht war, war er immer bei mir und zwischen Martin und mir gewesen. Seitdem dachte ich, ich würde so gerne einen guten Menschen und einen guten Vater aus ihm machen. Einen, der sich hinunterbeugt – zu dem spiegelnassen Sommerasphalt und zu seinem Sohn. Einen echten und besten Originalvater für den besten Sohn.

Jetzt ahnte ich, dass diese Wohnung nicht zu einem passte, wie ich ihn gern für Martin hätte. Nichts hier stand, lag oder hing derart, dass man hätte sehen können, ob sich jemand Gedanken darüber gemacht hatte, wie die Dinge zusammengehören. Wer das mit *Dingen* schon nicht hinbekommt, bekommt es mit Söhnen vielleicht erst recht nicht hin, dachte ich. Alles war achtloser Zufall.

Mein Blick fiel auf mich selbst im Spiegel über einer Kommode. Hinter mir die Wohnungstür, zwei Kleiderhaken, einer mit einer schwarzen Trainingsjacke, der andere leer. Kurz war ich überrascht, mich hier zu sehen und fragte mich, wo ich hingeraten war, als es mir wieder einfiel und ich Martin in das Zimmer folgte. Mein Cousin stand in der Mitte des Raums mit einem schwarz-weißen, wuscheligen Meerschweinchen auf dem Arm und bewegte sich nicht.

»Sah das hier immer so aus?«, fragte ich und erhoffte mir Anhaltspunkte.

Martin schüttelte kaum sichtbar den Kopf. »Der Fernseher ist weg. Und der Teppich«, sagte er sehr langsam und kraulte dabei das Tier. Mit dem Kinn deutete er zu einem bekritzelten Zettel, der an der Box des Schweinchens hing: »Wenn du ihn nicht haben willst, frag mal die von oben. P.«, stand darauf geschrieben.

»P.?«, fragte ich und schöpfte kurz Hoffnung.

»Peter.«

»Wohin wollte er eigentlich in den Urlaub?« Ich griff nach seiner nun freien und leeren Hand.

»Balaton. Ungarn.« Martin grub sein Gesicht in das Fell des Tieres, das jetzt mit Martins langen Haarsträhnen gar nicht mehr wie ein Meerschwein aussah, sondern wie eine neue Art, die man erst noch erfinden musste.

Da ich mit den einzelnen Buchstaben unseres Klopfalphabets nicht gut zurechtgekommen war, hatte Martin Zeichen erfunden, die die Klopfsignale mit Rhythmen und Takten kombinierten. Dazu hatte er zunächst eine Liste mit den seiner Meinung nach wichtigsten Wörtern und Sätzen angelegt und diese dann mit Abkürzungen hinterlegt, die wir auswendig lernten und übten.

Ich hielt seine Hand und drückte zweimal eine Viertel- und zwei Achtelnoten. Martin nickte und wir gingen. Im Vorbeigehen zog ich die Jacke vom Haken, um später das Meerschweinchen, das noch einen Namen brauchte, darin einzuwickeln. Dann gingen wir los, um, wie eben händedrückend abgemacht, ein Eis zu essen.

Dieser und alle folgenden Sommer wurden ein Stückchen und um ein großes P kleiner.

## Zwei Tage noch

Ich musste sie wohl suchen. Fast hätte ich mir das alte Fahrrad aus dem Schuppen geholt, um die Gegend nach ihr zu durchkämmen, als ich auf die letzte Idee kam und leise hinter dem Vorhang nachsah.

Dort lag sie. Sie schlief, und erschrak. Allein meine Anwesenheit reichte aus, um sie aus dem Schlaf zu reißen. Da wir keine Uhrzeit abgemacht hatten, war ich gleich nach dem Mittagessen gekommen. Zuhause hatte ich erzählt, dass Fanni Hilfe mit den Pflaumen bräuchte. Und das stimmte ja auch. Mit den Pflaumen und dem anderen.

Ich erschrak über ihren Schreck und darüber, dass sie mehr als eine Sekunde zu lang brauchte, um mich zu erkennen. Ich war zu früh. Ich hätte später kommen sollen. Ich hätte eine Uhrzeit mit ihr vereinbaren sollen. Nie wieder ohne. Das schwor ich mir.

»Ich dachte, ich komme lieber rechtzeitig. Weil es vielleicht länger dauert. Das, was du vorhast«, sagte ich entschuldigend.

»Alles gut.« Fanni richtete sich auf. »Wir können erst los, wenn es dämmert. Aber wenn du mir vorher bei den Pflaumen helfen könntest? Es sind so viele in diesem Jahr.«

Ich musste lachen und weihte Fanni in meine Ausrede ein, damit sie mitlachte. Fanni tat mir den Gefallen.

Nachmittags fiel sie einmal fast von der Leiter, sodass wir unsere Positionen tauschten, ich oben, sie unten. Beim Entkernen schnitt sie sich in den Finger und ich nahm ihr das Schneiden ab. Erst als die Sonne tiefer stand und das Licht mit sich nahm, wurde sie ruhiger.

Wir saßen gerade am Esstisch und schnitten Obst, als Fanni ihre Arbeit unterbrach, an die Tür trat und prüfend in den Himmel sah. »Dann wollen wir mal. Wir nehmen den Rollfix mit. Und was zum Überziehen. Abends wird es schnell kühler.«

Im Garten bedeutete sie mir mit einer Handbewegung, dass sie meine Hilfe brauchte. Zusammen luden wir die große und schwere

Metallkiste aus der Blätterhöhle auf den Rollfix und machten uns eiernd und quietschend auf den Weg.

»Wieso fragst du eigentlich nicht, was ich vorhabe, Anna?«

Ich hatte selbst so oft darüber nachgedacht, dass ich sofort wusste, worauf ihre Frage abzielte. »Ich möchte nicht, dass du denkst, mit mir werden die Dinge komplizierter, weil ich zu viele Fragen stelle. Und dass du es dir anders überlegst.«

Fanni lächelte und richtete in der beginnenden Dunkelheit ihre gesamte Konzentration auf ihre Füße und darauf, wohin sie traten.

»Sagst du es mir jetzt?« Mutig geworden, fügte ich an: »Wer ist sie denn, die die Elbe jeden Tag sieht?« Ich bereute es sofort.

Fanni schwieg. Und erst nach einer gefühlten Ewigkeit und drei weiteren Nuancen Spätsommerabendblau setzte sie wieder zum Reden an: »Ich zeige sie dir. Es fällt mir leichter, sie dir zu zeigen, statt über sie zu reden.«

Ich sagte nichts weiter, Fanni auch nicht.

Routiniert und eingespielt schoben wir unser Floß auf den Fluss, stießen uns ab und ließen uns stromabwärts treiben. Die Ufer links und rechts waren dicht bewachsen. Ein Mann saß mit seinem Hund und einem Bier an der Spitze einer Buhne und ein Paar diskutierte auf seinem Spaziergang laut Hand in Hand. Von hinten sahen sie mit den flatternden freien Armen aus wie ein großer, wildgewordener Vogel. Sie nahmen uns wahr und wir sie und es schien, als ob mit dem Schwinden des Tages und einem kurzen Blickkontakt ein stilles gegenseitiges Versprechen abgegeben wurde: Wir sagen niemandem, dass wir euch gesehen haben, und ihr sagt niemandem, dass ihr uns gesehen habt. Es bleibt unser Geheimnis.

Auf dem Wasser ging mir jedes Zeitgefühl verloren. Ich hätte nicht ansatzweise bestimmen können, ob drei oder dreißig Minuten vergangen waren. Inzwischen sahen wir die Lichter vereinzelter erleuchteter Fenster zwischen den Bäumen nicht weit vom Ufer entfernt. Auch die Häuser waren schemenhaft zu erkennen, dunkelgrau mit gelben Flecken, wie streunende Katzen in der Nacht.

Seit ich bei meiner Oma wohnte, schaltete ich immer erst dann das Licht ein, wenn es wirklich nicht mehr ohne ging, wenn ich lesen wollte und die Buchstaben eines Worts zu einem dunklen Fleck verschwammen, wenn ich malen wollte und die Farben nicht mehr voneinander unterscheiden konnte.

Die Menschen hier gingen großzügiger mit ihren Lichtquellen um. Sie machen es sich gemütlich, dachte ich. Je mehr Katzenaugen es wurden, desto aufrechter saß Fanni und spähte in die dunkelblaue Dämmerung.

»Da. Das ist es«, flüsterte sie heiser und ich zuckte zusammen, da es so lange so still gewesen war.

Vor uns am Ufer lag ein großes Gartengrundstück mit einem Haus, dessen gesamte untere Etage erleuchtet war. Ein dunkles, warmes Gelb. Ich hätte dafür einen Klecks von dem leuchtenden Rot in das helle Gelb meines Tuschkastens gegeben und die Farbe nur tupfend auf das Blatt aufgetragen. Dann hätte es ungefähr die Farbe dieses Lichts.

»Das Bürgermeisterhaus?« Ich staunte und meine Stimme war ein bisschen zu laut für die Stille, die uns umgab.

Fanni legte mir ihren Zeigefinger auf den Mund.

Alle Kinder, die ich kannte, kannten auch dieses am Tage weißleuchtende Haus, an dessen Seite sich ein achteckiger Turm mit kleinen Rundbogenfenstern und blauem Dach den Blättern einer Buche entgegenstreckte. Ich hatte das Haus schon oft auf Postkarten gesehen, die im Vordergrund die Elbe abbildeten, und sogar versucht, es abzuzeichnen. Deswegen war ich mir sicher, dass der Turm acht Ecken haben musste. Woher es seinen Namen hatte, wusste ich nicht, aber alle sprachen immer nur vom »Bürgermeisterhaus«. Immer wieder kam es vor, dass Kinder versuchten, über den Fluss in den weitläufigen Garten zu gelangen, um dort herumzuspionieren. Manche von ihnen waren mit abenteuerlichen oder sogar schaurigen Geschichten zurückgekommen. Das Bürgermeisterhaus war zu etwas wie dem sagenumwobenen Spukschloss unserer kleinen Stadt geworden. Martin und ich hatten jedoch nie wirklich daran geglaubt, nicht einmal daran, dass überhaupt je ein Kind sich in den Garten hineingewagt hätte. Wir glaubten nur unsere eigenen Geschichten. Das erschien uns schwer genug.

»Wir bleiben hinter der Buhne. Gib mir das Rohr.«

Ich manövrierte uns zu der Stelle, auf die Fanni zeigte, und reichte ihr das Rohr, das sie in den Grund stieß, um das Floß mit einem Seil daran zu befestigen.

»Hier können wir gut sehen und werden selbst nicht gesehen«, sagte sie.

Ich kletterte vom Floß auf die großen Ufersteine, duckte mich und spähte über den Rand der Buhne zum Haus.

Die erleuchteten breiten Terrassentüren kamen fast einer Einladung gleich, den Menschen dort drinnen dabei zuzusehen, wie sie ihren Abend gestalteten.

Ich fühlte mich unwillkürlich an unser kleines Kino im Ort erinnert. Außer zu Schul- oder Hortveranstaltungen, an denen auch der letzte Platz besetzt war, waren wir dort meistens die Einzigen in den Nachmittagsvorstellungen. Wir versteckten uns in der Loge, zählten die wenigen Köpfe im Saal und warteten darauf, dass das Licht aus- und der Vorhang aufging. Hier am Ufer der Elbe war der Vorhang schon geöffnet, mit dem Unterschied, dass die drei auf der Leinwand nichts von ihrer Aufführung wussten. Ein Mann, eine Frau, ein Junge, ungefähr in meinem Alter, vielleicht ein bisschen älter. Der Junge saß an einem Tisch, auf dem alles Mögliche herumstand, vielleicht Reste vom Abendessen, und schrieb irgendetwas. Die Frau saß in einem Sessel und blätterte beiläufig in einem Buch oder einer Zeitschrift, während der Mann vor einem geöffneten Schrank stand, Dinge herausholte, die er der Frau hinhielt, indem er sich zu ihr umdrehte. Sie unterhielten sich. So ging das eine ganze Weile. Fanni und ich, wir beide, starrten wie gebannt. Wenn auch jede aus anderen Gründen und wenn auch nicht klar war, wer von uns aus welchen Gründen.

»Wer sind die Leute?«, flüsterte ich und drehte meinen Kopf zu Fanni.

»Pscht«, zischte sie zurück und nickte knapp zum Haus hin. Die Frau war gerade aufgestanden, ging zur Terrassentür, öffnete sie und blieb in der offenen Tür stehen. Der Junge, der ihr gefolgt war, rannte an ihr vorbei und verschwand im Dunkel. Wir duckten uns tiefer. Aus dem Garten hörten wir aufgeregtes Hundegebell, das der Tonlage nach von einem kleinen Hund kommen musste. Dazu das Lachen und Rufen des Jungen. Die Frau, die immer noch auf dem von drinnen erleuchteten Teil der Terrasse stand, hielt die Arme vor der Brust verschränkt und rieb sich mit den Händen die Oberarme. Ihre Schultern hoben und senkten sich. Sie lachte. Dieses Heben und Senken hätte beides sein können – Lachen und Weinen, das wusste ich schon.

»Kay, Theo. Kommt rein«, rief sie in den Garten und Fanni neben mir hielt die Luft an, als ihre Stimme so unerwartet und klar zu uns herüberdrang.

Wenig später sprang der kleine Hund um die Beine der Frau.

»Kay, das gilt auch für dich. Rein mit dir«, rief sie noch einmal, während sie den Hund hochnahm, ihn sich vor das Gesicht hielt und lachend und liebkosend ihre Nase in sein Fell steckte.

So wie Martin und ich dem Meerschweinchen unsere Nasen ins Fell gesteckt hatten, weil das Fell das einzig Tröstliche in der Wohnung seines Vaters gewesen war.

Die Frau auf der Terrasse brauchte keinen Trost. Ihre freie Hand legte sie dem Jungen auf den Rücken und schob ihn sanft vor sich her.

»Das ist sie«, sagte Fanni leise.

Ich hörte, wie sie weich lächelte.

»Ewa. Meine Tochter. Vor dreißig Jahren haben wir zum letzten Mal miteinander gesprochen. Solange mein Bein es noch mitgemacht hat, bin ich manchmal mit dem Rad auf die andere Elbseite gefahren und habe dort in den Büschen gesessen und nachgesehen, ob es ihr gut geht. Aber man hat keine so gute Sicht von dort. Richtig sicher war ich mir nie.« Fanni sprach langsam, hangelte sich von einem Wort zum anderen. Als ob sie die Worte erst suchen, finden und im Kopf ausprobieren musste, ob sie aneinandergereiht Sinn ergaben.

»Deswegen sind wir hier?«

»Ich möchte sichergehen, dass sie bekommt, was ich ihr schuldig bin. Als sie noch klein war, haben wir oft das Frage-Antwort-

Spiel gespielt. Stundenlang. Wir beide haben es auch schon gespielt, weißt du noch?« Ich wusste es natürlich noch und nickte. »Ewa und ich haben keine Gelegenheit ausgelassen. Sogar beim Zähneputzen haben wir nicht damit aufgehört. Bis das Leben dazwischen kam und ich ihr keine Antworten mehr geben konnte. Da war sie gerade einmal zehn Jahre alt. Ich denke täglich an sie. Und meine Gedanken sind jetzt in dieser Kiste. Apropos Kiste. Wir könnten sie einfach hier auf die Buhne stellen. Als Kind liebte sie es, auf Buhnen zu sitzen. Immer ganz an der Spitze.« Fannis Stimme brach, vielleicht war es auch ein kleiner Ast, der unter meinen Schuhen knirschte.

Um etwas zu tun zu haben, griff ich die Kiste und zog sie vom Floß herunter auf die Steine.

Umgeben von Elbstille machten die drei Menschen im Haus weiter, jeder für sich und doch irgendwie miteinander. Ich konnte nicht aufhören hinzusehen und überlegte, ob ich den Jungen vielleicht aus der Schule kannte. Unser Ort war zu groß, um alles und jeden gesehen zu haben und zu klein, um ungesehen zu bleiben, wenn man es wollte. Er klappte ein Heft zu, räumte ein paar Sachen auf dem Tisch zusammen und stand auf, um sich aus der angrenzenden Küche etwas zu trinken zu holen. Dann bewegte er sich rückwärts auf die Wohnzimmertür zu, sprach etwas in Richtung seiner Eltern, prostete ihnen scherzhaft mit dem Glas zu und schickte ihnen mit der anderen Hand einen Kuss durch die Luft. Seine Eltern antworteten mit Lachen.

Wenig später ging hinter einem der Fenster im oberen Stockwerk ebenfalls das Licht an und der Junge tauchte am Fenster auf, um einen Vorhang zuzuziehen. Wer sollte denn von draußen schon hineinsehen können?

»Und?«, fragte ich wenig später, als wir wieder auf dem Rückweg waren und Fanni mit der Taschenlampe den Weg leuchtete. Das Floß zog ich hinter mir her.

»Und?«

»Eine Frage ist keine Antwort. Regel Nummer drei.«

»Und ›und?‹ ist keine Frage.«

»Meinst du, es geht ihr gut?«

»Eben ging es ihr gut.«

»Was ist in der Kiste?«

»Die letzten dreißig Jahre.«

»Ganz schön klein dafür, die Kiste.«

»Nein. Großes braucht nicht unbedingt viel Platz. Ich bin dran.« Sie lächelte. Ich hörte es an der Stimme. »Bekommst du keinen Ärger, wenn du so spät nach Hause kommst?«

»Ich habe schon gesagt, dass es sein könnte, dass ich bei dir übernachte. Weil es so viele Pflaumen sind.«

Unser Lachen war tröstlich, für uns beide.

Als ich mich später in der Bettnische einrollte, fiel mir auf, dass das Foto fehlte, auf dem Fanni mit ihren Eltern, ihrer Schwester und ihrem verstorbenen Bruder zu sehen war.

## Nicht mal mehr ein Tag

Martin hatte seit zwei Tagen nicht gesprochen. Nicht einmal das Nötigste. Umso mehr redete ich. Abends lagen wir nebeneinander auf dem Rücken, ich in meinem Bett, er auf der Luftmatratze, die immer mehr Luft verlor, und schauten an die Decke. Es wurde jetzt früher dunkel und mein Zimmer war mit allem, was sich darin befand, ein gleichmäßiges Grau.

Ich hatte ihm mein Bett angeboten, als weicheren Trost. Er schüttelte den Kopf. Ich erzählte ihm von den neu entdeckten Monden des Neptuns und davon, dass es Monde gegeben hatte, die einfach verschollen waren, verschwunden von der Bildfläche. Ich fragte ihn, wie es sein könne, dass Sterne und Monde einfach verschwanden. Martin antwortete nicht. Ich hatte beobachtet, dass die Fata Morganas auf unserer Straße immer öfter ausblieben, und bot Martin an, dass wir unsere Versuchsreihe von vor vier Wochen wiederholten, um festzustellen, woran das liegen könnte. Er lehnte ab, indem er mit den Schultern zuckte, ganz langsam, sodass ich ganz genau hinsehen musste. Ich hörte immer wieder von Menschen, die aus ihrem Sommerurlaub in Ungarn am Balaton nicht zurückkehrten. Davon erzählte ich Martin nichts, weil ich wusste, dass er es auch wusste.

Ich redete für Martin mit. Wenn meine Oma oder seine Mutter ihn etwas fragten, antwortete ich. Da sie immer irgendwohin sahen und nur selten uns anschauten, wenn sie mit uns redeten, fiel das nicht weiter auf. Wenn ich mir etwas zu essen aus dem Schrank holte oder eine Scheibe Brot abschnitt, brachte ich ihm etwas mit oder schnitt eine zusätzliche Scheibe ab, die ich jedoch ein paar Stunden später wieder wegräumte, weil sie trocken geworden war. Ich legte sie zu den anderen hart gewordenen Brötchen und Brotkanten, die meine Oma in einer Tüte in der Speisekammer sammelte. Immer wenn die Tüte voll war, nahm eine Bekannte sie mit und verfütterte die Reste an ihre Tiere. Seit Martins Freitagsterminen wurde die Tüte schneller voll. Ich fragte mich nicht, wie lang das so weitergehen würde und ob mir irgendwann mein Mund zu trocken für diesen Lebensstil werden würde. Ich holte vorsorglich meine Notizen zu unserem Klopfcode wieder hervor und bemühte mich, mir alles einzuprägen.

Nach zwei Tagen versuchte ich, mir den Klang von Martins Stimme ins Gedächtnis zu rufen und stellte fest, dass sie mir schon jetzt entwischte. Wie ein Schmetterling, der aus den hohlen, rettenden Händen in die Freiheit fliegt. Das brachte mich auf die Idee, es mit der Stimme meiner Mutter und der meines Vaters zu probieren. Nichts. Sie waren mir beide abhandengekommen. Ich beließ es bei einem Versuch und versicherte mir, dass Stimmen fliegen können: weg von einem und zu einem zurück.

Am Tag des Polterabends gingen wir zwei Große Runden und eine Achterrunde. Wir wären noch weitergelaufen, wenn Luzy nicht einfach in den Weg zum Kleinen Hof nach Hause abgebogen wäre. Dabei überlegte ich, ob das jetzt schon unser ganzer Sommer gewesen war. Wie würden wir ihn wohl in Erinnerung behalten und in den folgenden Sommern über ihn reden? Wie würde er in unsere Geschichte eingehen? Ich dachte all das laut für Martin mit und formulierte die Antworten, die ich mir wünschte.

»Wenn keiner guckt, hauen wir einfach ab. Irgendwann sind sie zu beschäftigt und bekommen von uns sowieso nichts mehr mit. Erwachsene sind so. Die meisten jedenfalls«, sagte ich und stellvertretend für meinen Cousin lieferte ich die Antwort gleich dazu: »Du hast einfach immer die besten Ideen, Anna.«

Im echten Leben trottete Martin weiter neben mir her, blieb stehen, wenn ich stehen blieb und sah mit mir zu, wie die Erwachsenen auf dem Kleinen Hof alles für die Party am Abend vorbereiteten. Sie bauten Pavillons und Grills auf, holten Tische und Stühle aus den Wohnungen, Schuppen und Kellern und spannten Girlanden zwischen den Wäschestangen. Arbeitskollegen meiner Tante brachten aus dem Glaskombinat einen ganzen Anhänger voller Thermometer, Barometer und Laborgläser, die sie mitten auf dem Rasen abluden. Einige Nachbarn machten Scherze darüber und mutmaßten, dass das Brautpaar dem Eheglück wohl selbst nicht traue, da schließlich doch jeder hier wisse, dass Glas anstelle von Porzellan Unglück brächte. Martin und ich hatten es ja sowieso kommen gesehen, das Unglück.

Weil wir beide nur herumstanden und in den Augen der Erwachsenen nichts Produktives beitrugen, kassierten wir immer wieder Kommentare: Wir sollten es nur abwarten. Mit zehn könne man uns das vielleicht noch durchgehen lassen, aber nicht mehr lange, dann sei es vorbei mit der untätigen Herumsteherei. Je nach Alter der Kommentatoren war es entweder Krieg, der offenbar mit elf begonnen oder verloren, Mauern, die gebaut oder Tiere, die eingeschläfert werden würden. Auf jeden Fall, so die Prophezeiungen, wäre der Spaß bald vorbei. Dann lachten sie und klopften sich gegenseitig auf die Schultern. Wir taten unbeeindruckt, und als Antwort nickte ich ihnen für Martin und mich knapp zu. In Wahrheit bekam ich es mit der Angst zu tun und beschloss, dass wir aufpassen würden. Aufeinander.

Als ich mir viel später am Abend sicher war, dass keiner mehr Notiz von uns nahm und wir uns selbst überlassen waren, griff ich Martins Hand und zog ihn sanft mit mir von den feiernden Erwachsenen weg.

Außer Hörweite weihte ich ihn knapp ein: »Jetzt sind wir dran.«

Ich hatte einen Teil von Martins Angelausrüstung eingepackt, zwei Schlafsäcke und ein paar Sachen, von denen ich glaubte, dass man sie nachts unten am Fluss gut gebrauchen konnte.

Als wir endlich vom Kleinen Hof weg waren und es keine Lichter mehr gab, an denen wir uns orientieren konnten, leuchtete ich uns mit einer Taschenlampe, wenngleich wir hier jede Biegung und jeden Ast, der sich uns in den Weg bog, auswendig kannten und der Schein der Taschenlampe nur bestätigte, was wir ohnehin wussten.

Das Klirren und Scheppern des springenden Glases wurde leiser und je weiter wir uns entfernt glaubten vom drohenden Unglück der Erwachsenen, desto ruhiger wurden unsere Schritte. Ich lotste uns zu unserem kleinen Uferabschnitt, wies Martin einen

Platz auf einem großen Stein zu und drückte ihm die Angelrute ohne Schnur und Haken in die Hand. Martin umklammerte den Griff mit beiden Händen und fokussierte die Angelspitze, wie er es immer tat. Dann setzte ich mich neben ihn, so nah, dass sich unsere Oberschenkel, unsere Arme und Schultern berührten. Seine Beine waren ein bisschen länger als meine und sein Knie ragte ein bisschen über meins hinaus, aber insgesamt waren wir wie aus einem Guss. Als hätte sich derjenige, der uns damals in Form gegossen hatte, gedacht, dass es für das, was wir in diesem Leben würden tragen müssen, eine Verbindung bräuchte, die nicht ohne weiteres gekappt werden könne. Die Wolldecke, die ich mitgenommen hatte, legte ich über uns und hielt sie eng vor meiner Brust zusammen.

Mir fiel eine Geschichte ein, von der ich nicht wusste, ob sie wahr oder einem Märchen entsprungen war. Eine kleine Gruppe von sibirischen Kindern war im Winter auf ihrem langen Schulweg erfroren, weil sie sich kurz für eine Pause in den Schnee gesetzt hatte und vor Erschöpfung eingeschlafen war. Man fand nur noch ihre kleinen, starren Körper, aneinander gekauert zum Sterben.

Ich lauschte der rettenden Wärme, die leise durch meinen Körper kroch und gab mir Mühe, die Redepausen trotz meiner Müdigkeit nicht zu lang werden zu lassen, um Martin nicht an den Schlaf und an die Kälte zu verlieren.

Es hatte noch immer kein Fisch wie durch ein Wunder angebissen, als die Wolken in einem kurzen Moment den leuchtenden Mond freigaben und ich etwas Großes, nicht weit von uns und nicht weit vom Ufer, im Wasser liegen sah. Der Fluss schlug leise dagegen und umspielte es, als wollte er es in den Schlaf schaukeln.

Ich schlüpfte unter der Decke hervor und wickelte sie fest um Martin. Die Wolken hatten sich schon wieder geschlossen. Mit der Taschenlampe in der Hand rannte ich – etwas in mir ließ mich rennen – zu der Stelle hin. Als mir das Wasser bis zu den Waden stand, ging ich in die Knie und tastete suchend, mit den Fingerspitzen meiner rechten Hand.

Ihre Bernsteine, aufgefädelt auf einer Kette, schwarz in der

Nacht. Gelb, orange und braun, eigentlich. Bernsteingold. Warm in meiner Hand, die sie umfassten. Alles andere kalt, eiskalt, sibirienkalt.

Ich sah zu Martin, Martin sah zu mir, er ließ die Angel fallen.

Die Kälte, das Geräusch, unvergessen.

# ZWEITER TEIL
Herbst 1999 bis Frühling 2000

## Zurechtkommen

Eine Stunde noch. Ich sah mich im Lesesaal um und machte zwei Kandidaten ausfindig. Einen gab es eigentlich immer, heute sogar zwei. Das konnte am Wetter liegen. Gestern noch eindeutig Herbst, heute ein Rückfall in den zu heiß gewesenen Sommer. Er war so heiß gewesen, dass alle die kühleren Tage herbeigesehnt hatten. Und heute dann die unerwartete Erinnerung an diese matten Wochen. Es machte alle schläfrig – als hätte sich die Erfüllung eines langgehegten Wunschs auf den letzten Metern doch noch zerschlagen.

Merkwürdigerweise waren es meistens Männer, die vergaßen, wo sie sich befanden und die einfach nachgaben, wenn ihnen die Augen zufielen. Ich behielt sie im Blick und hoffte, dass sie von selbst aufwachten, bevor einer von uns Angestellten den Weckdienst würde übernehmen müssen. Das Wecken mochte keiner meiner Kollegen.

In den bis dahin zweieinhalb Jahren meiner Ausbildung hatte ich gelernt, alle Schlafsignale – vor, während und nach dem Schlaf – zu deuten. Ich konnte den Moment genau ausmachen, wenn jemand begann, mit den schweren Buchseiten und seinen schweren Lidern zu kämpfen. Sogar Wetten hätte ich abschließen können, wie lange es noch dauern würde, bis er das Blättern ganz sein ließ und tiefer in den Sessel rutschte, ein letzter Rundumblick durch den Lesesaal, wie um sich des Ortes und der Tatsache zu vergewissern, dass keiner hinsah, und sich dann vom Schlaf übermannen ließ. Die Dramaturgie des Einschlafens. Schnell schaute ich dann weg, versuchte den Anblick, respektvoll und auch peinlich berührt, wieder zu vergessen und betete, dass wenigstens sein Mund geschlossen und trocken bleiben würde.

War ich alleine in meiner Schicht, begann ich etwa zwanzig Minuten vor Schließung mit einem Weckprogramm, das ich im Lauf der Zeit für mich entwickelt hatte. Wenn ich mit Laura zusammen den Spätdienst innehatte, ließen wir oft Schnick-Schnack-Schnuck entscheiden. Laura, die tagsüber Psychologie studierte und zur Finanzierung ihres Studiums Abendschichten in der Bibliothek übernahm, gewann dank Anwendung von *»umgekehrter Psychologie«*, wie sie mir erklärte, bestimmt siebzig Prozent unserer kleinen Duelle. Ich hoffte auf die übrigen dreißig Prozent. Den Schlafenden jedenfalls war zu wünschen, dass ich übernehmen musste.

Laura hatte es sich zur Mission gemacht, ihnen das öffentliche Einschlafen ein für alle Mal zu verleiden. Wie ein Feldwebel brüllte sie ihnen direkt ins Ohr, dass sie hier raus müssten, und zwar sofort, und rüttelte gleichzeitig an ihrer Schulter. Eine Sirene hätte nicht wirkungsvoller sein können. Noch bevor überhaupt ihre Augen ganz geöffnet waren, sprangen die Leute auf und rannten hinaus, als wäre das Gebäude kurz davor, über ihren Köpfen einzustürzen.

Manchmal kamen sie am nächsten Tag wieder, um ihre in der Eile zurückgelassenen Sachen abzuholen. Kleinlaut meldeten sie sich dann an der Information, erzählten leise, was am Vortag geschehen war. Laura genoss diese Momente sichtlich.

Ich dagegen blieb bei meiner Methode und mir entging nicht, wie Laura darüber mit den Augen rollte. Immer begann ich damit, dass ich mich zwanzig Minuten vor Schließung in der Nähe der Schlafenden herumschlich, ein bisschen lauter mit anderen Besuchern sprach, als es im Lesesaal eigentlich erwünscht war, mich räusperte und geräuschvoll Bücher in die ihm am nächsten liegenden Regale räumte. Wenn das alles nichts half, etwa zehn Minuten vor Schließung, stolperte ich mit einem Bücherstapel gegen den Lesesessel, sodass ein Buch unglücklich auf den Schläfer fiel. Dieser wachte auf und seine Reaktion fiel ganz anders aus als bei Laura. Er war empört angesichts des Unvermögens dieser jungen Auszubildenden und oftmals entschuldigte ich mich anschließend errötend und wortreich.

An diesem Tag hatte ich Glück. Die beiden Schläfer hatten einen leichten Schlaf – einmal Räuspern im Vorbeigehen genügte.

Nach der Arbeit ging ich wie immer zu Fuß nach Hause. Je nachdem, wie der Tag in der Staatsbibliothek verlaufen war, wählte ich meinen Rückweg. Entlang der vierspurigen Magistrale, wenn der Lärm der Straße das Surren der Bibliothek übertönen sollte. Ein Reset gegen dieses Surren, das mich ansonsten den ganzen Tag und womöglich über Teile der Nacht begleiten würde. Eine Suppe aus Flüstern, Rascheln und dem Rauschen der Klimaanlage. Oder ich wählte, nach stillen Tagen im Büro oder im Magazinkeller, den deutlich längeren Weg durch den Park und entlang des großen Sees. An Tagen etwa, an denen ich in der Großstadt die Geräusche der Kleinstadt suchte.

Manchmal, was eher selten vorkam, ging ich nach einer gemeinsamen Schicht mit Laura noch etwas mit ihr essen oder trinken.

Die Wohnung, in der ich ein Zimmer zur Untermiete bewohnte, gehörte Marta. Sie war die Hauptmieterin, wie sie gerne und oft betonte. Marta war eigentlich nur am Wochenende zu Hause, nur ausnahmsweise und unregelmäßig an den Wochentagen. Bei mir war es umgekehrt, ich war unter der Woche in der Wohnung und nur manchmal an den Wochenenden.

Damit entsprach ich ziemlich genau dem Suchprofil der Anzeige, die Marta vor zweieinhalb Jahren aufgegeben hatte. Das Haus stand in einer bunten Straße, die man nur im Zickzack entlanggehen konnte, so belebt war sie. Die Wohnung selbst befand sich zum Teil im Erdgeschoss, zum Teil im Souterrain. Wenn man aus der Küche in den kleinen geschlossenen Garten trat, schien die Straße mit ihrem Geplapper weit weg.

Es hatte viele Bewerber für das kleine, möblierte Zimmer gegeben und Marta hatte ein paar Auswahlgespräche in ihrer Küche organisiert. Sie selbst saß auf der einen Seite, ich gemeinsam mit zwei anderen Interessenten ihr gegenüber. Auf dem Tisch standen Tee und Kekse, beziehungsweise das, was davon übrig war. Aus den Kekskrümeln und der irgendwie kaputten Marta schloss ich, dass es schon vor uns Bewerberrunden gegeben haben musste. Während Marta ausführte, wie sie sich das Leben in einer WG vorstellte und was ihre Bedingungen waren, schaute ich an ihr vorbei aus dem hohen Fenster und hinein in den kleinen Garten.

Es war ein Tag zwischen einem zu langen Winter und einem Frühling, der einer von den guten zu werden schien. Die beiden anderen aus meiner Gruppe disqualifizierten sich schnell, weil sie der Wohnung ausgerechnet eine besondere Wochenendeignung zusprachen, da man samstags sozusagen von der Bar ins Bett hinein- und am nächsten Mittag ins Frühstückscafé aus der Haustür wieder herausfallen konnte. Eine Ein- und Ausfallwohnung. Marta wollte keine Ein- und Ausfallmitbewohner.

Ich zeichnete gerade mit den Augen den alten Baum im Garten nach, als etwas aus dem noch durchsichtigen Blätterwerk nach unten fiel. Eine lange braune Schnur stand für den Bruchteil eines Atemzugs in der Luft und löste sich dann auf. Ein Vogel, wohl verletzt. In genau diesem Moment dazu befragt, was für ein Typ ich denn sei, und nicht wissend, worauf Marta konkret hinauswollte, antwortete ich, dass ich mich mit beidem auskenne, mit dem Leben und mit dem Sterben, mit dem Sterben vielleicht ein bisschen besser. Marta hatte zuvor erwähnt, dass sie ehrenamtlich Sterbende in einem Hospiz oder in ihrer gewünschten Umgebung begleitete, wenn ihre Zeit es gerade zuließ. Außerdem willigte ich ein, mich unter der Woche um Martas Schildkröte zu kümmern, da ich außerdem ein tierlieber Typ sei.

Noch während des Gesprächs hatte ich die Zusage erhalten und schon einen Monat später zog ich mit zwei Koffern in das kleinste Zimmer der Wohnung am Ende des langen Flurs ein. Von dem Vogel, oder seinen Resten, war da nichts mehr zu sehen gewesen.

Als ich den Wohnungsschlüssel im Schloss drehte, hörte ich von drinnen Marta laut sprechen und war sofort ein bisschen enttäuscht. Am liebsten kam ich in die Wohnung, wenn sie leer war. Man spürte die Leere schon, wenn man im Flur stand, als würde sie einen freundlich begrüßen. Marta ging es bestimmt nicht anders. Wäre es nicht eine Geldfrage gewesen, hätten wir beide sicherlich lieber ohne die andere dort gelebt.

Marta winkte mir mit einer Hand zu und versuchte ein Lächeln, während sie das Telefon ans Ohr hielt, angestrengt zuhörte und sichtlich Mühe hatte, ihrem Gesprächspartner nicht ins Wort zu fallen. Sie schnappte nach Luft, und nach Satzanfängen.

Ich schlich durch den Flur in die Küche, hängte meinen Beutel über die Lehne eines Stuhls, winkte zurück und ging in mein Zimmer, wo ich mich aufs Bett setzte und nichts anderes tun konnte, als mitzuhören. Marta tat immer alles, was sie tat, laut, ob Telefonieren, Lachen oder Weinen. Flüstern konnte sie überhaupt nicht. Einmal hatte ich mitbekommen, wie sie mit einem Freund in der Küche über mich sprach. Jedes einzelne Wort hatte ich gehört.

»Das kannst du doch nicht machen! Mann! Was hab' ich denn damit zu tun?« So ging es die ganze Zeit. Der Sinn erschloss sich mir nicht. Irgendwann wurde es still und nach einer sicheren Weile ging ich zurück in die Küche, machte mir selbst etwas zu essen und öffnete Marta einen Wein. Das war zum Ritual geworden. Obwohl wir uns selten sahen, hatten wir doch eine Ahnung davon bekommen, wie die andere tickte. Nämlich eine mit dem und die andere gegen den Uhrzeigersinn. Wein war unser Türöffner, wenn wir uns nach Wochen zum ersten Mal in unserer jeweils gefühlt eigenen Wohnung begegneten und für eine ungewisse Zeit wieder warm miteinander werden mussten.

»Hi, Anna.« Marta ließ sich auf den Küchenstuhl fallen, zog die Knie hoch, stellte die Füße auf dem Sitz ab und umarmte sich, während sie das Kinn auf den Knien ablegte.

Mir fiel eine Gipsplastik ein, die ich im Kunstunterricht in der neunten oder zehnten Klasse hergestellt hatte. Schicht für Schicht hatte ich die feuchte Gipsbinde übereinander aufgetragen, ohne vorher auch nur eine Idee davon gehabt zu haben, was einmal daraus werden sollte. Nach einer Weile entstanden ganz von allein so etwas wie Proportionen. Die Rolle mit der Gipsbinde war leer, als der Po noch nicht rund genug und die Knie und Schultern noch nicht spitz genug waren. Ich musste eigens noch einmal los, um eine weitere Rolle zu besorgen. Damals hatte ich lange nach einem Titel für die Plastik gesucht und keiner erschien mir passend. *Marta auf ihrem Küchenstuhl* wäre es vielleicht gewesen.

Ich schob ihr den Wein über den Tisch und ohne den Kopf von den Knien zu heben, löste Marta ihre eigene Umarmung und umfasste stattdessen das Glas mit beiden Händen.

»Bist du nicht ein bisschen früh dran, Anna-Baby?«

Anna-Baby nannte sie mich nur, wenn sie sich selbst alt und müde fühlte und sich resignierend in diesem Gefühl suhlte. So hatte sie es mir einmal ganz am Anfang unseres Zusammenlebens entschuldigend erklärt, als ich noch nicht verstecken konnte, dass diese Ansprache mich traf. Marta hatte im Frühjahr ihren fünfundvierzigsten Geburtstag in der Wohnung und im Garten gefeiert, groß und bis es draußen hell wurde. An diesem Tag war ihr von ihrem Alterskummer nichts anzumerken gewesen. Das Loch kam erst hinterher. Genau wie die Nachbarn, denen ich am nächsten Tag im Treppenhaus begegnet war und die sich bei mir über den Lärm und den Zigarettenrauch, der aus dem Garten nach oben in ihre Schlafzimmer gestiegen war, beschwert hatten.

»Ich werde wahrscheinlich übernommen. Ich hatte heute ein Gespräch«, sagte ich anstelle einer Antwort.

»Kein Grund zur Freude?«

»Wieso?«

»Du sagst das, als ob dein Hamster gestorben wäre.«

»Welcher Hamster?«

»Mensch, Anna«, rief Marta ungeduldig. »Aber von mir aus kannst du das Zimmer behalten. Es kann nur sein, dass wir uns öfter sehen. Mein Projekt bei der Anwaltskammer läuft aus, wie ich gerade gehört habe. Besser gesagt, mein Job in dem Projekt. Das Projekt läuft wohl dann einfach ohne mich weiter. Das heißt, ich werde auch unter der Woche viel mehr hier sein.« Sie nahm einen Schluck Wein, als wäre es Limo. »Wir werden also zurechtkommen müssen.« Ihr war anzusehen, dass sie selbst nicht an ein Zurechtkommen glaubte.

»Ich kann mich trotzdem weiter um Greta kümmern, wenn du willst.«

»Wahrscheinlich bin ich bald froh, wenn ich überhaupt noch was zu tun habe. Dann sitze ich wie eine schrullige Alte im Garten und kraule meiner Schildkröte den Panzer wund.«

»Du hast doch noch andere Projekte«, sagte ich, wusste aber, dass der Job bei der Anwaltskammer derjenige war, der Marta das meiste Geld einbrachte. Nebenbei, aber das würde Marta abstreiten und ich würde es nicht aussprechen, machte er sie zu dieser gut vernetzten Frau, die immer auf dem Sprung zum nächsten großen Ding war.

Marta schob mir das Weinglas zurück und ich füllte nach.

»Ich kann wieder mehr Tote annehmen, stimmt«, fügte sie an und meinte ihre ehrenamtliche Arbeit.

Ihr rechtes Bein rutschte dabei vom Stuhl und mein erster Impuls war, ein neues Stück Gipsbinde von der Rolle zu schneiden, es in eine Schale mit Wasser zu tauchen und die kaputtgegangene Stelle zu reparieren. Marta reparierte sich selbst und ohne meine Hilfe. Nach einer Weile erhob sie sich hölzern wie eine Gliederpuppe, stellte ihr Glas auf der Arbeitsplatte ab und machte ein paar unpassende Dehnübungen an der Spüle.

»Schlaf schön, Anna-Baby«, säuselte sie, schlurfte aus der Küche und bis in ihr Zimmer.

Ich blieb noch ein wenig sitzen, wie immer, wenn Marta den Raum verließ, den wir eben noch gemeinsam beatmet hatten.

Einatmen. Ausatmen auch.

Immer mittwochabends rief ich meine Oma an. Meine zurückgelassene Oma in der zurückgelassenen Kleinstadt. So jedenfalls sah sie es, sprach es aber nie aus, sondern platzierte die Botschaft zwischen allen Zeilen.

Der Mittwoch teilte meine Wochen in zwei Hälften. Vor dem Telefonat, nach dem Telefonat. Ich dachte nicht an die zweite Hälfte bis zu dem Moment, in dem ich am Dienstagabend den Daumen auf dem Schalter meiner Nachttischlampe liegen hatte und herunterzählte, manchmal ab drei, häufiger ab dreißig. Licht aus- und Gedanken anknipsen. Klack. Zack. Eine ganze Kindheit.

Ein ganzes Leben. Der Mittwoch selbst war mein gesprächigster Tag. Ich wurde zur ungewohnt und durchgängig scherzenden und interessierten Kollegin, Freundin, Mitbewohnerin. Bis zum Abend, wenn ich mit dem Telefon in meinem Zimmer saß und dachte: ›Jetzt muss ich, sonst wird es zu spät‹. Wie immer hob meine Oma sofort ab.

»Ich wollte mich gerade hinlegen«, sagte sie statt einer Begrüßung oder gerade als Begrüßung.

»Ich musste heute länger arbeiten. Eine Kollegin ist krank und wir waren nur zu zweit im Lesesaal. Es war ganz schön was los. Ich weiß nicht, was die Leute haben. Vielleicht liegt es daran, dass es bei uns eine Klimaanlage gibt und die Leute eine Abkühlung brauchen. Wie geht's dir? Ist es bei dir auch so heiß?« Ich redete immer viel, damit es nicht lange leise blieb.

»Kommst du am Wochenende? Ich habe schon eingekauft.«

»Ich weiß noch nicht genau. Kann sein, dass wir eine Veranstaltung im Haus haben. Ich sage dir nochmal Bescheid.«

»Gut. Aber rechtzeitig. Nicht wieder erst einen Tag vorher.«

»Ist gut.«

Dann sprachen wir noch ein bisschen über die Nachbarn und den Rest Familie, der uns verband. Ich fragte alle ab, als ob ich eine Liste hätte, die es abzuhaken galt. Meine Oma antwortete und machte hinter jedem Satz eine Pause, damit ich meinen Haken setzen konnte. Am Ende unserer Telefonate wusste ich, wie es um die Gesundheit der anderen stand, wer ein neues Auto oder eine neue Frau hatte, wessen Enkel ein Haus bauten oder das zweite Kind bekamen und bei wem einfach nichts passiert war seit dem letzten Gespräch. Das traf auf die meisten zu.

»Ich rufe wieder an. Du kannst auch anrufen. Nacht«, verabschiedete ich mich.

»Nachti.«

## Winterquartiere

Kay kam im Herbst. Die Bäume sahen aus, als hätten die Kinder der Stadt ihre gelben, orangenen und roten Buntstifte angespitzt und die gesammelten und gekräuselten Anspitzreste über den Parks ausgekippt. Am Wochenende hatten sich die Bäume dazu entschieden, all ihr buntes Laub innerhalb eines einzigen Tages abzuwerfen, damit die Stadt mit ihren Menschen im Anspitzlaub versinken würde.

Mir waren keine Ausflüchte mehr eingefallen. In den zwei Jahren, die ich schon in dieser Stadt war, hatte ich alle aufgebraucht.

Schon am Samstagmorgen war die Wohnung durch die Lücken in den Bäumen in ein neues und staubhelles Licht getaucht. Zwei Nachrichten erwarteten mich. Eine hing am Kühlschrank, hastig handgeschrieben auf dem Terminzettel einer Zahnarztpraxis: *Bekomme heute Abend Besuch. Wird laut, lang und langweilig (für dich). Vielleicht hast du (besser) was vor? M.*

Eine weitere Nachricht erreichte mich über meine Mailbox, abgehackt und rauschend wie die Landschaft, in der sie aufgenommen wurde: »Hey Anna. Ich bin's. Kay. Ziemlich stürmisch. Auf der ganzen Strecke Sachen auf den Gleisen. Keine Menschen und keine Tiere. Keine Ahnung, wann ich ankomme. Ich melde mich wieder.«

Ich hörte mir die Nachricht zur Sicherheit ein zweites Mal an, aber es gab keine Uhrzeit, die vom Rauschen verschluckt wurde und zu der ich mich irgendwo hätte einfinden sollen. Ich wunderte mich über die Sachen, Tiere und Menschen und über deren Verbindung zu den Gleisen. Ich rief nicht zurück und schickte keine Nachricht als Zeichen, dass die Botschaft mich erreicht hatte.

Es war das erste Mal, dass ich Kays Stimme hörte, seit ich in der Stadt wohnte. Auch beim dritten Hören gab es keinen Hinweis auf eine Uhrzeit. Überhaupt keinen Hinweis dazwischen.

Als im vorangegangenen Monat der Dienstplan der Bibliothek veröffentlicht worden war, hatte ich einem Kollegen, von dem ich wusste, dass er aufgrund seiner Familie ungern Wochenenddienste übernahm, angeboten zu tauschen. Montagnachmittag gegen Samstagvormittag. Dankbar hatte er das Angebot angenommen und ich war erleichtert gewesen, dass ich an zwei Samstagen dieses Monats verplant war. Kay gegenüber würde es einen beschäftigten Eindruck machen, wenn ich sagen konnte, dass wir uns erst nach Dienstschluss würden sehen können.

Außerdem mochte ich die Samstage in der Bibliothek. Zu den üblichen Besuchern gesellten sich die, die lesen wollten, ohne dass es einem höheren Zweck diente. Keine Seminar- oder Doktorarbeit, die über allem schwebte und die Lektüre schwermachte. Viele brachten sich eigene Bücher mit, andere hatten Leserausweise, mit denen sie zwar lesen, aber nichts ausleihen konnten. An die Stelle der unterschwelligen Hektik, die sonst alles begleitete, trat ein gleichmäßiges Dahinfließen. Seit ich im Sommer zugesagt hatte, die Stelle anzutreten – die bestandene Abschlussprüfung vorausgesetzt – durfte ich eigenständig Bibliotheksführungen organisieren und durchführen.

»Das ist eine Anerkennung deiner Arbeit hier, Anna«, hatte die Abteilungsleiterin hochtrabend zu mir gesagt und nicht geahnt, wie wenig sie mir damit einen Gefallen tat. Trotzdem hatte ich mich bedankt, für die Wertschätzung, die zu erwartenden Einblicke und die neuen Möglichkeiten. Meine Vorgesetzte hatte so etwas wie Karriere in diesem Haus gemacht und achtete penibel darauf, was nach draußen drang und welches Bild man abgab.

Während ich mich immer um die Führungen drückte, machte Laura sie zu ihrer großen Bühne. Sie war es, die am Ende sogar Applaus erhielt, für den sie sich tief vor ihrem Publikum verbeugte und sich bedankte.

Ich sah Kay, als sich die Fahrstuhltür für mich und meine Besuchergruppe öffnete und uns ins Foyer entließ. Er saß mit dem Rücken zu mir auf einer altroten Sitzlandschaft. Sie bestand aus einzelnen Würfeln und Quadern und hätte genauso gut in einem Indoor-Spielplatz als kombiniertes Kletter-Stapel-Gerät stehen können. Kurz bekam ich Lust, selbst darauf herumzuturnen und die Würfel neu anzuordnen. Zu einem Haus vielleicht, in das man hineingehen und aus dessen Fenstern man schauen konnte. Oder zu einem Sprungturm. Ein hoher, so hoch, dass man sich oben fragen würde, wie man nur jemals so weit nach oben klettern konnte.

Er saß angelehnt, den linken Arm flach auf der Lehne, und sah aus, als würde er in einem Boot auf stillem Gewässer treiben. Soweit ich das von meinem Standpunkt aus beurteilen konnte, saß er einfach nur da und schaute aus dem Panoramafenster vor sich auf die große Treppe und die stark befahrene, stumme Hauptstraße. Stumm, weil sich die Fenster auf dieser Seite nicht öffnen ließen. Seinen Kopf hielt er aufrecht, nicht gesenkt wie die anderen Lesenden, deren Kopf scheinbar ohne Hals zwischen den Schultern feststeckte. Seine Haare waren zerzaust, bestimmt vom Wind, und auch länger als letztes Mal. Sein Blick schien etwas zu verfolgen, sein Kopf drehte sich ins Profil. Fanni, dachte ich, kniff die Augen zusammen und blinzelte. Und Ewa. Ein zuckendes und splitternd fragiles Kay-Ewa-Fanni-Bild, ein Familienbild, das nur die Dauer des Blinzelns währte. Diese drei glücklichen Unglücklichen, aufgefädelt wie die Bernsteine auf Fannis Kette damals.

Ich hörte, wie sich die Tür hinter mir wieder schloss. Ein bisschen zu abrupt verabschiedete ich mich von den Besuchern und zuckte mit den Schultern, als Laura, die knapp den Fahrstuhl verpasst hatte und neben mir auf seine Rückkehr wartete, die Stirn runzelte und ihre rechte Augenbraue hob. Gerade setzte sie an, etwas zu fragen, aber ich kam ihr zuvor und verschwand schnell zwischen den Ausstellungswänden in Richtung der Personalräume und hörte sie nicht mehr, indem ich die Augen zukniff. Wenn man die Augen nur fest genug zukneift, hört man auch weniger, hatte ich irgendwann festgestellt.

Als ich nach einer kleinen Pause zurückkam, saßen zwei Frauen auf dem Platz und beugten sich über Papier. Eine redete mit großen Gesten auf die andere ein. Die andere öffnete den Mund wie ein Fisch, kam aber nicht zu Wort. ›Siehst du‹, dachte ich und wartete, bis ich ein freies Abteil in der großen Drehtür erwischte. Drei ganze Runden dauerte das. Dann stand ich auf dem Vorplatz und jemand rempelte mich von hinten an, weil ich mich nicht schnell genug aus dem Türbereich entfernte, ich stolperte kurz und machte zwei Schritte, wo man eigentlich einen macht.

Kay kam mir entgegen. Und ich ihm. ›Siehst du‹, dachte ich noch einmal.

»Was sehe ich?«, fragte Kay und lachte und ich zuckte zusammen und fragte mich, wie oft mir das eigentlich passierte, dass ich die Dinge, die ich dachte, gar nicht nur dachte. Dann gingen wir los, Stufe für Stufe die Treppe nach unten, weil Herumstehen schließlich keine Antwort war.

Kay hatte von unterwegs den trockenen Sturm mitgebracht. Als wir endlich von der Straße in den Park kamen, wirbelten wir mit jedem Schritt neues Laub auf. Unter dem Laub lagen Unmengen von Eicheln, deren Schalen unter unseren Füßen knackten. Als feiner Film, der an geriebene Mandeln erinnerte, überzogen sie die Hauptwege dort, wo schon viele Menschen entlanggelaufen waren.

Ich sammelte gelbe, orangene und rote Buchenblätter auf und hielt sie einzeln gegen das Licht. Die, die den Lichttest bestanden, wanderten in einen Beutel, der über meiner Schulter hing. Kay blieb immer mit mir stehen und schaute auch ins Licht. Als er glaubte zu wissen, wonach ich suchte, hob er Blätter vom Boden auf und reichte sie mir. Ich entschied, welche in den Beutel wanderten.

»Ich bin spät dran, weißt du? Eigentlich muss alles schon erledigt sein, bevor man den Weg vor lauter Blättern nicht mehr sehen kann«, erklärte ich und suchte weiter den raschelnden, bunten Boden ab.

»Wonach suchen wir denn?«, fragte Kay und begutachtete das gelbe Blatt einer Eiche, indem er es erst am Stiel in den Händen drehte und dann gegen den Himmel hielt.

Ich streckte mich, nahm es ihm aus der Hand und ließ es fallen. »Buche. Trocken und schön. Aber unbedingt trocken.«

»Und unbedingt schön?« Kay lachte.

»Kann schließlich nicht schaden, es schön dort zu haben, wo man einen ganzen Winter zubringt.« Ich sah aus den Augenwinkeln, wie Kay innehielt, mich betrachtete, etwas sagen wollte und es dann doch ließ. Ich befühlte den Beutel, wandte mich zum Gehen: »Das müsste reichen. Ein ganzer bunter Sack voll«, und versuchte ein Lachen.

»Hast du es denn schön hier?«, fragte Kay.

»Ich zeige dir die Wohnung. Ich finde sie schön«, antwortete ich, ging schneller und Kay einen Schritt hinter mir her. Je schneller man geht, desto schwerer wird das Sprechen.

»Ich bin nur auf Durchreise, Anna. Heute Abend fahre ich mit dem Zug weiter zu einem Freund. Er feiert seinen Geburtstag und ich dachte, ich nutze die Gelegenheit, rauszukommen«, sagte Kay. Er sagte nicht, er würde die Gelegenheit nutzen, mich wiederzusehen. »Wenigstens für ein Wochenende«, fügte er hinzu und lachte wieder.

Ich nickte, was er aber vielleicht nicht sehen konnte, mit dem Kopf zwischen hochgezogenen Schultern, um mich vor dem Wind zu schützen.

Die Hände tief in meinen Jackentaschen, hielt ich in der rechten eine Kastanie in der Faust, immer die erste Kastanie des Jahres in der rechten Jackentasche, und in der linken ein Taschentuch. Meine Hände holte ich erst wieder hervor, als wir vor meiner Haustür standen und ich aufschließen musste. Die Kastanie war ganz warm.

In der Küche sah Kay mir dabei zu, wie ich die Blätter nach Farben sortierte – gelb, orange, rot flossen wie auf einer Skala ineinander – und auf einem großen Tablett ausbreitete. Er saß auf dem Stuhl, auf dem sonst Marta saß. Zurückgelehnt und die Beine unter dem Tisch ausgestreckt.

»Wie ist es bei dir denn so?« Ich gab mir Mühe, die Frage beiläufig klingen zu lassen, schüttete den Inhalt der Gemüseschublade des Kühlschranks auf die Arbeitsplatte und sortierte aus, was ich nicht mehr für essbar hielt.

»Es gibt Neuigkeiten. Ich steige bei der Tischlerei ein. Mein Vater und ich machen gerade einen Plan, wie wir es angehen. Mit der Ausbildung bin ich durch. Jetzt noch der Meister. Also in etwa drei Jahren.«

»Du willst dortbleiben?« Ich setzte mich ihm gegenüber und begann, Gemüse zu schneiden.

»Du musst jetzt nicht für mich kochen oder so.«

»Ich brauche die Schublade. Bleibst du dort?«

»Mich zieht es nicht weg, jedenfalls nicht für lange«, sagte er und nach einer Pause fügte er hinzu: »So wie dich. Wieso eigentlich ausgerechnet hierher?«

Ich zuckte mit den Schultern und konzentrierte mich darauf, die Karottenscheiben möglichst gleich dick zu schneiden. Marta schnitt immer kreuz und quer und am Ende waren die gekochten Stücke entweder zu weich oder zu hart, aber nie richtig. Er konnte es immer noch nicht verstehen.

»Es ist gut hier. Die Ausbildung und die Leute dort sind in Ordnung. Ich werde übrigens übernommen, so wie es aussieht. Dann kann ich mir vielleicht auch eine eigene Wohnung leisten.« Ich schüttete das Gemüse in eine Schüssel und stellte sie zur Seite. »Ich bin gleich wieder da«, sagte ich schnell und verschwand mit der leeren Gemüseschublade durch die Tür in den Garten.

»Schön. Hier bist du wahrscheinlich oft, oder?« Kay war mir gefolgt und stand neben mir, während ich auf dem kleinen Terrassenstück hockte und mit einer Schaufel Gartenerde aus einem Sack in die Schublade füllte.

»Zumindest, wenn nicht gerade Marta mit ihren Leuten hier herumhängt. Das kommt im Moment leider ziemlich häufig vor.«

Zurück in der Küche breitete ich behutsam die bunten Blätter auf der Erde aus, die ich mit den Handflächen auf dem Boden festgedrückt hatte, und prüfte mit der flachen Hand, wie es sich anfühlte. Ich war zufrieden.

»Sag hallo zu Greta.« Ich lachte und hielt Kay die Schildkröte, die jetzt träge in meiner Hand lag, vor die Nase.

»Oh. Hi Greta. Anna hat mir ja gar nicht erzählt, dass sie jetzt mit einer Schildkröte zusammenlebt. Und dann auch noch mit so einer hübschen. Was hat sie denn noch so für Geheimnisse, weißt du das, Greta?« Den letzten Satz flüsterte er ihr dahin, wo er ihr Ohr vermutete, und sah dabei mich an.

Ich verdrehte die Augen und setzte Greta in ihr neues milchglasdurchsichtiges Winterhaus zwischen die bunten Blätter.

»Gute Nacht, Greta. Hab einen schönen Winter und mach keinen Quatsch.« Ich schloss die Kühlschranktür, spürte das Ziehen und dachte, dass es doch nur eine Schildkröte war. Und nur ein neuer Winter. Einer von vielen, vielen in einem Schildkrötenleben.

Ich bestand darauf, ihn zum Zug zu bringen. Draußen war es immer noch stürmisch und gleichzeitig ungewöhnlich mild. Wäre der Wind nicht gewesen, hätte man glauben können, es sei noch Spätsommer. Kein fortgeschrittener Herbst, der die Schildkröte in den Winterschlaf schickte. Ich hatte Gretas Winterschlaf mit Absicht bis zu diesem Tag hinausgezögert. Um nicht allein damit zu sein. Die ganze Woche hatte ich gehofft, dass es trocken bleiben würde, da feuchte Blätter nichts in einem Winterquartier verloren hatten. Es war der dritte Winter, aber der erste, in dem ich ganz allein verantwortlich war. Im ersten hatte Marta es mir gezeigt, im zweiten hatte sie sich schon weniger und in diesem Jahr fast gar nicht mehr für ihre Schildkröte interessiert. Sie langweilte und deprimierte sie, besonders, seit sie herausgefunden hatte, dass die Schildkröte sie deutlich überdauern würde, wenn alles normal verlief. Mich hingegen beruhigte ihr Anblick. Schon wenige Monate nachdem ich hier eingezogen war, hatte ich das Terrarium in mein Zimmer geholt und so platziert, dass ich es sowohl vom Schreibtisch als auch vom Kopfende des Bettes aus im Blick hatte, damit es das erste war, was ich sah, wenn ich den Raum betrat und das letzte, wenn ich ihn verließ. Bis zum nächsten Wecken in ein paar Monaten würde ich das leere Terrarium zuhängen.

»Was machst du, wenn du gleich im Zug sitzt?«

»Darüber nachdenken. Und mich fragen, wie das alles zusammenpasst. Aus dem Fenster schauen.«

»Es ist dunkel. Du wirst wahrscheinlich nur dich im Fenster sehen.«

Immer wenn ich selbst nach Hause in die Heimatstadt fuhr, bat ich in der Bibliothek darum, etwas früher gehen zu dürfen. Ich brauchte die fünf Stunden Zugfahrt, um alles zusammenzubekommen – das Hier und das Dort. Das ging jedoch nur, wenn ich sehen konnte, wie alles, was dazwischen lag, vor meiner warmen Stirn am kühlen Fenster entlangrauschte. »Entgegenkühlen« nannte ich es. In einer Geschwindigkeit, die mir die vertraute Landschaft mit dem fotografischen Effekt der Bewegungsunschärfe hinmalte und die zugleich Details verbergen konnte, sodass mir nur der liebe Kern übrigblieb – graublaubraungelbgrüne Landschaft mit ein bisschen Fluss darin.

In meinem allerersten Herbst in der Großstadt hatte ich mich erst am späten Nachmittag in den Zug gesetzt und dann fünf Stunden lang nur mich im Fenster gesehen. Als ich aus dem Zug stieg, hatte ich keine Ahnung, wie ich das alles aushalten sollte. Seitdem fuhr ich immer lieber rechtzeitig los.

»Stimmt. Aber dann werde ich eben mich ansehen. Vielleicht ein bisschen mit mir reden. Oder Gesichtsausdrücke üben. Freundlich gucken, ernst gucken. Meine Mutter sagt, ich würde immer aussehen, als ob ich mich über mein Gegenüber lustig machen würde.«

Ich lachte: »Ich weiß, was Ewa meint. Ich frage mich auch immer, ob ich gerade irgendwas Komisches gesagt habe.«

»Du sagst ja auch oft komische Dinge.«

In einem Anflug alter Vertrautheit hatte ich eine neue Idee: »Hättest du etwas dagegen, wenn ich ein bisschen mitfahre? Zwei Stationen, oder drei? Ich meine, wo Fenstergucken ja sowieso nicht geht?«

Da wir noch Zeit hatten, gingen wir auf dem Weg zum Bahnhof wieder ein Stück durch den Park. Ich dachte, dass ich vielleicht noch nie so viel Laub auf einmal gesehen hatte und lachte leise für mich, als wir wie zwei große Zinnsoldaten mit jedem neuen Stechschritt Laub nach oben warfen, das als bunter Regen wieder nach unten fiel.

Es wurden keine drei Stationen. Zwischen der zweiten und dritten ging es nicht weiter. Ein umgeknickter Baum lag auf den Schienen. Der Zug stand und wartete auf die Räumung. Ich sah mir im Fenster Kays Spiegelbild an, das mir am Tisch gegenübersaß. Die kalte und schmutzige Beleuchtung im Zug ließ alles an ihm weißgelb und trübe aussehen.

»Wusstest du, dass fallendes Herbstlaub einen messbaren Einfluss auf die Rotationsgeschwindigkeit der Erde hat? Eine Millisekunde, die anders ist als normal, und es kann passieren, dass ein Baum genau in dem Moment auf die Gleise fällt, in dem wir eigentlich schon an ihm vorbei gewesen wären. Und schon verläuft die ganze Geschichte ganz anders. Nur, weil an einem Tag alle Bäume all ihr Laub auf einmal abwerfen –?«, fragte ich und meinte es gar nicht als Frage. Ich schaute zu meinem Spiegelbild als erwartete ich, dass es zustimmend nicken würde. Mir blickte dasselbe Blassgelb entgegen. Alles hatte diese Farbe – Kay, ich, und der große Umschlag, der so voll war, dass sich die Klebekanten lösten und die Ecken löchrig waren.

Kay hatte den Umschlag aus seiner Tasche geholt und auf den schmalen Tisch gelegt. Seine Hände ließ er darauf liegen und betrachtete sie. Ich folgte seinem Blick. Tischlerhände. Ein bisschen rissiger, als die Hände von Zwanzigjährigen normalerweise sind, vielleicht durch das häufige Abwaschen von Lasur- und Lackresten mit zu scharfer Seife.

Langsam schob er den Umschlag zu mir. Viel schieben musste er nicht, der Tisch war kaum breiter als der Umschlag. Es war eher eine Geste, ein Zeichen, dass der Umschlag den Besitzer wechselte. Langsam löste er seine Hände. Ich legte meine Hände an die Stelle und fühlte die Restwärme, die sie dort zurückgelassen hatten.

»Was ist das?« Ich gab mir Mühe, meine Stimme fest klingen zu lassen. »Briefe an mich, die du dich nicht getraut hast, abzuschicken?«, versuchte ich einen Scherz.

Kay wich meinem direkten Blick aus und schaute stattdessen mein Spiegelbild im Fenster an. Inzwischen war es draußen so dunkel, dass das Fenster nur noch als glatter schwarzer Hintergrund für das gespiegelte Bild erschien. Kein Haus und keine Laterne hinterließen einen hellen Fleck.

»Ewa möchte, dass du sie bekommst. Sie meint, sie wären irgendwie auch für dich. Eigentlich wollte ich dir den Umschlag schon im Sommer geben, aber du hast dich nie gemeldet. Ich trage ihn also schon eine ganze Weile mit mir herum.«

»Es war so viel los«, sagte ich zu seinem Spiegelbild und hielt dem Blick stand, vielleicht, weil Kay nur eine Scheibe war.

»Schau es dir selbst an«, sagte Kay, ohne darauf einzugehen. »Ewa ist davon überzeugt, dass du etwas damit anfangen kannst. Was weiß ich. Du kennst doch Ewa.« Dann lachte er, versuchte es. Ich versuchte es auch.

In meinem Kopf klickte der Auslöser. Meine innere Kamera machte ein weiteres Foto und speicherte es in einer der vielen nachlässig beschrifteten Schubladen in meinem Gehirn: zwei hellgelbe, schief und verlegen lachende Menschen mit einem hellgelben Umschlag zwischen sich.

Dann erst fiel mir die dünne und vertraute Bleistiftschrift auf dem Umschlag auf: *Falls dich wieder einmal die Sehnsucht mit ihren ganzen Fragen überkommt. E.*

## Universumsgedanken

Nur einen Monat später blieb ich wieder mit einem Zug stecken und überlegte, ob das ein Zeichen war. Ich war gerade auf dem Weg von der großen in die kleine Stadt und schon eine ganze Zeit unterwegs gewesen, als der Zug seine Fahrt verlangsamte und kurz darauf in einem Bahnhof zum Halten kam, von dem ich mir nicht sicher war, ob die dünne Ansammlung von Gleisen, Bänken und Schildern überhaupt als richtiger Bahnhof gelten konnte.

»Alle aussteigen. Der Zug wird hier ausgesetzt. Ein Ersatzzug wird in *nicht* absehbarer Zeit bereitgestellt«, schepperte die Stimme des Zugbegleiters schon zum zweiten Mal durch den Lautsprecher des Wagens, während ich meinen festgeklemmten Rucksack aus der Gepäckablage zerrte. Nur das »nicht« war seiner Ansage neu hinzugekommen. Entweder hatte er es beim ersten Mal vergessen oder verschluckt oder er hatte in der Zwischenzeit neue Informationen erhalten. Was ist eigentlich mit den Zügen los, dachte ich, und mit dem Zugpersonal?

Auf dem überfüllten Bahnsteig versuchte ich mich zu orientieren. Die Silbe *-witz* immerhin konnte ich auf dem entfernten Ortsschild erkennen. Vom Zug aus hatte ich auf dieser Strecke nie ein Irgendwas*witz*-Schild bemerkt. Durchgerauscht. Provinz, ostdeutsche. Die verräterische Silbe war immerhin ein Indiz dafür, dass wir tatsächlich etwa die halbe Strecke geschafft haben mussten.

Die Menschen, die mit mir ausgestiegen waren, schimpften, solidarisierten sich in ihrem Gemecker und sammelten sich wie eine Traube um den einzigen Bahnmitarbeiter, um zu erfahren, wann es weitergehen würde und wie man hier wieder wegkäme. Es könnte dauern, soviel hörte ich heraus.

Ich schulterte meinen Rucksack und ging um das geklinkerte Bahnhofsgebäude herum. Ein Kiosk, der alte Eissorten und Zeitschriften in seinen Fenstern bewarb, und dessen Tür mit Brettern verrammelt war. Ein aufgegebener Imbiss, der vor einer scheinbaren Ewigkeit Frühstück ab vier Uhr morgens angeboten und dieses Angebot groß beworben hatte: ein belegtes Brötchen und ein Becher Kaffee mit Kondensmilch und / oder Zucker für zwei Mark. Woher bekamen die Leute denn jetzt ihr Frühstück um vier Uhr morgens? Und woher oder wohin waren sie um diese Uhrzeit gefahren?

Ich sah Ewas roten Polo schon von weitem. Wenn es nicht das Auto gewesen wäre, hätte ich sie am Fahrstil erkannt – schlingernd und ein bisschen abrupt beim Anfahren, Beschleunigen und Bremsen, bei allem. Sie fuhr gerne, aber zu selten und nur kurze Strecken. Ein ganzes Stück von mir entfernt kam das Auto zum Stehen und Ewa stieß von innen die Beifahrertür auf.

Den Rucksack schmiss ich in den Fußraum und ließ mich auf den Sitz fallen. »Danke Ewa.«

»Gerne. Ich habe mich gefreut, dass du angerufen und gefragt hast, ob ich Lust auf eine Spritztour hätte. Und ich kann dich ja schlecht hängenlassen. Wer weiß, ob du je wieder von hier weggekommen wärst.« Ewas Blick ging über den Bahnhofsplatz, der so aussah, als ob sich nie jemand mit der Frage beschäftigt hatte, wie man ihn einladender hätte gestalten können. Das ungeliebte Bahnhofskind der Ortschaft, das Leute nur auslud, aber nie zu sich einlud.

Früher hatte ich oft mit meiner Oma auf einer Bank an Gleis 3 gesessen und auf die Ankunft einer alten Heimatfreundin gewartet, die meine Oma regelmäßig für ein Wochenende besuchen kam. Meine Oma war immer und überall zu früh. Wenn sie wusste, dass nachmittags der Zug eintreffen würde, verschob sich unser ganzer Tagesablauf um mindestens eine Stunde nach vorn: eine Stunde früher aufstehen, eine Stunde früher frühstücken, eine Stunde früher mittagessen. Ganz am Anfang, in den ersten Jahren, die ich bei ihr verbracht hatte, war mir das nicht aufgefallen, weil ich die Uhr noch nicht lesen konnte. Erst später, vielleicht mit sieben oder acht Jahren, registrierte ich den gestrafften Tagesablauf nicht mehr nur als ein müdes Gefühl, sondern belegbar auf der Anzeige der Wanduhr.

Versuchte ich anfänglich noch, dagegen anzureden, nahm ich ihn später dankbar hin. Während der gewonnenen gemeinsamen Stunde vor Eintreffen des Zuges saßen wir auf immer derselben Bank und aßen immer die gleichen Kekse aus der Tüte, die meine Oma aus ihrer Handtasche zog. Dann fragte sie mich, wie es in der Schule lief und was mir am meisten Spaß machte. Und ich fragte sie, wie es im Leben lief und was ihr am meisten Spaß machte, und was Opa für ein Opa, der er nie geworden war, gewesen wäre. Einmal hatte sie die Kekse aus Versehen zu Hause liegen lassen und deswegen unterwegs noch schnell welche gekauft. Eine andere Sorte. Aber an dem Tag hatte sich die gewonnene Stunde anders angefühlt.

»Ich bin zwei Stunden im Ort herumspaziert. Hier kommt so schnell keiner mehr weg. Vielleicht hast du mich wirklich gerettet.« Ich grinste Ewa an, die den Gang einlegte und losruckelte.

Wir fuhren durch eine dämmernde, schwere Landschaft aus dunkelgrauem Wald und hellgrauen Feldern. Der Regen, der kurz nach unserer Abfahrt eingesetzt hatte, zeichnete wilde Flusslandschaften auf die Windschutzscheibe, bis der Scheibenwischer erbarmungslos über sie hinwegfuhr und für einen kurzen Moment den klaren Blick auf die nasse Straße freilegte, ehe die Tropfen tapfer eine erneute Landschaft versuchten. Wie die Zeichentafeln, auf die man mit einem Stift ein Bild zeichnet, das man im Anschluss mithilfe eines Schiebers einfach wieder verschwinden lassen kann. Zauberei. Neuer Regen, neues Bild.

Ich kaute seit Minuten, vielleicht Stunden, auf einem Gedanken herum: Bin ich die, die in den Zug steigt oder die, die nach langer Fahrt aussteigt, und wer ist vorhin mit dem Zug auf der Strecke geblieben?

Ein Universumsgedanke, würde Martin sagen. In der großen Stadt waren meine Gedanken an Martin ebenso weit weg wie die kleine Stadt. Doch sobald ich mich ihr näherte, war auch Martin wieder da.

»Universumsgedanken gehen nicht. Die bringen einen um, Anna«, hatte Martin immer gesagt, wenn wir auf einen stießen.

»Total um!«, hatte er manchmal geradezu beschwörend ergänzt, wenn er doch noch einen kleinen Zweifel über mein Gesicht hatte huschen sehen.

Es waren Jahre seit diesem Sommer vergangen, bis wir uns abends und nachts wieder zum Angeln an die Elbe trauten. Mit einem neuen Schaudern im Gepäck saßen wir unter dem klaren, funkelnden Himmel und kamen nicht ans Ende des Gedankens, wie es hinter und hinter den Sternen weitergehen würde. Ein unvorstellbarer, nicht denkbarer Gedanke, der wie ein Bumerang zurückkommt und sich in der Magengrube einnistet. Deswegen Universumsgedanken. Fanni war zu so einem Universumsgedanken geworden.

Ich wachte in Etappen auf und hinter jeder Etappe bemerkte ich eine neue Stelle an meinem Körper, die drückte. Ich korrigierte meine Haltung und fiel zurück in einen nervösen Schlaf. Irgendwann öffnete ich die Augen, blinzelte und versuchte mühsam, die losen Fäden zusammenzuziehen. Es war vollkommen dunkel. Und still. So still, dass ich Ewa atmen hörte. Ich hörte und sah sie atmen. Sie saß mit durchgedrücktem Rücken auf dem Fahrersitz, beide Hände am Lenkrad und schaute, nein starrte darüber hinweg in die Dunkelheit, die vor uns lag. Der Regen hatte aufgehört.

Ich sah ihr beim Atmen zu und dachte, dass es doch eigentlich seltsam war, dass ich immer darauf vertraute, dass alles seine Richtigkeit haben würde, solange nur Ewa da war.

Damals, nach Fannis Tod, hatten wir uns umeinander gekümmert. Leise und vorsichtig, um die andere nicht damit zu erschrecken, dass sie nicht alleine war. Nachdem ich für eine lange Zeit aufgehört hatte zu sprechen, weil kein einziges Wort mehr passend für dieses Leben und diesen Tod erschien, erzählte ich Ewa, was ich über Fanni wusste, und Ewa erzählte im Gegenzug mir, was sie wusste. Was wir zusammentrugen, erschien uns zu wenig, und würde wohl immer zu wenig bleiben. Ewa war es auch, die Fannis Schwester Hedi ihren Anteil am gemeinsamen Sommerhaus der Zwillinge auszahlte, um das Haus nicht aufgeben zu müssen.

Damit ich wenigstens diesen Ort behielt. Damals war ich noch zu jung und hatte erst Jahre später mehr Details dieser Geschichte erfahren. Kay hatte sie mir in einem wütenden und eifersüchtigen Streit vor die Füße geworfen und war gegangen, ohne je wieder ein weiteres Wort darüber zu verlieren.

Das Räuspern, das schon eine Weile hinter meinem Kehlkopf saß, ließ sich nicht länger unterdrücken.

»Pscht«, machte Ewa, löste aber nicht ihren Blick. Ich rappelte mich auf und streckte mich so gut es eben ging.

»Ist spannend?«, flüsterte ich, nicht ohne Belustigung.

»Schau mal«, antwortete Ewa und ich folgte ihrem Blick.

Mittlerweile hatten sich meine Augen an die Dunkelheit gewöhnt und ich stellte fest, dass wir auf einem Weg standen, der nicht viel breiter war als das Auto. Links und rechts von uns flache Felder. Vor uns und hinter uns auch.

»Ja, Felder. Felder im Dunkeln«, stellte ich trocken fest.

»Da vorne doch.« Ewa deutete mit einem Kopfnicken auf etwas weiter Entferntes.

Ich suchte mit den Augen das Grau ab und fand schemenhaft in einiger Entfernung ein kleines, rundes Bündel, das sich dunkel im Gras am Rand des Weges zu bewegen schien. Nachts sind alle Katzen grau, erinnerte ich mich.

»Wir warten hier, bis die Mutter zurückkommt«, flüsterte Ewa.

»Eine Katze?«

Da endlich sah Ewa zu mir herüber. Aber nur kurz, gleich suchten ihre Augen wieder hektisch nach dem Bündel.

»Ein Rehkitz. Wenn die Mutter nicht kommt, müssen wir irgendwo Bescheid sagen. Ich bin nicht weit von hier an einer Unfallstelle vorbeigekommen. Vielleicht ein Wildunfall. Falls es die Ricke war.«

»Wie hoch ist die Wahrscheinlichkeit, dass sie es war?«, fragte ich leise und Ewa drehte wieder den Kopf zu mir. Wenn sie mein Gesicht so wenig erkennt wie ich ihres, sieht sie mich eigentlich kaum, überlegte ich.

»Mit den Wahrscheinlichkeiten ist das immer so eine Sache.«

»Ja«, sagte ich und heftete meinen Blick weiter in die nasse Dunkelheit vor uns. »Das stimmt.«

»Als ich zehn Jahre alt war, waren alle der Meinung, dass es *wahrscheinlich* besser wäre, ich käme erst einmal zu einer neuen Familie. Weg von Fanni, die sich mit dem ›Mutterding‹ schwertat. Am Anfang hatte ich noch nachgefragt, wie lange ich dortbleiben würde. *Wahrscheinlich,* bis Fanni wieder in der Lage sein würde, sich um mich zu kümmern, war die Antwort. Ich wusste nichts damit anzufangen. Nur die Wahrscheinlichkeit als fixe Möglichkeit war mir immer im Kopf geblieben. Allerdings wurde daraus nach und nach ein ›Wahrscheinlich für immer‹. So ist das mit den Wahrscheinlichkeiten.« Ewa dehnte jedes Wahrscheinlich in ihrem Mund wie ein Gummiband.

»Bei den Bürgermeisters ging es mir gut. Sie waren wie echte Eltern für mich und ich war für sie das Kind, das sie sich immer gewünscht hatten, doch nie bekommen konnten.« Ewa lachte und eine Reihe weißer Zähne gesellte sich zu dem Weiß ihrer Augen. Ich antwortete nichts darauf, weil mir nichts Passendes einfallen wollte.

Die Augen fielen mir immer wieder zu, doch ich zwang mich, die müde Dunkelheit vor mir im Blick zu behalten. Wir zuckten beide gleichzeitig zusammen, als wir ein leises Fiepen hörten. Vorsichtig kurbelte Ewa das Fenster einen Spaltbreit auf und da hörten wir es deutlicher. Ein kleines Fiepen, das eine Antwort einforderte und sie kurz darauf auch bekam.

Ewa seufzte erleichtert und schloss das Fenster. »Hier vorne oder lieber hinten?«

Statt einer Antwort krabbelte ich auf die Rückbank und wickelte mich in die schwere Wolldecke, die immer dort lag und bisher wahrscheinlich nie gebraucht wurde. Meinen Rucksack legte ich als Kissen unter meinen Kopf und schlief sofort ein.

Regen weckte mich auf. Eindringlich und so, als wäre das Wecken sein Plan gewesen, prasselte er aufs Dach. Ich setzte mich steif auf, um zu sehen, ob das Rehkitz noch da war, konnte aber nichts erkennen. Ewa lag, wenn man es überhaupt so nennen konnte, auf dem Beifahrersitz, dessen Lehne sie zurückgestellt hatte, ein Bein auf der Lehne des Fahrersitzes, das andere auf dem Lenkrad. Sie schlief noch. Ihr Mund stand ein wenig offen und zu beiden Mundwinkeln hin bildeten sich Grübchen, die sich über die Jahre dort eingegraben hatten. Selbst im Schlaf mit offenem Mund sah sie aus, als würde sie gleich einen ihrer liebevollen Scherze machen. Augenblicklich bedauerte ich, am Vorabend nicht eine Sekunde darüber nachgedacht zu haben, ihr die bequemere Rückbank und die Wolldecke anzubieten.

»Ewa.« Ich tätschelte sie an der Schulter bis sie aufwachte, froh, nicht mehr allein in der nassen Kälte zu sein.

Unter einem Schirm und beieinander untergehakt stapften wir über den matschigen Weg bis zu der Stelle, an der wir am Abend das Rehkitz zu sehen geglaubt hatten. Weil Nächte trügerisch sind, dauerte es eine ganze Weile, bis wir das nasse und leere Körbchen aus plattgedrücktem Gras fanden. Das Rehkitz war weg. Oder wieder da, bei seiner Mutter. Für diese beiden ging die Geschichte also gut aus.

»Hast du sie denn schon gelesen?«, fragte Ewa mich später, nachdem wir eine ganze Zeit gar nicht gesprochen und nur auf die Straße vor uns geschaut hatten. Das Radio plätscherte leise und unpassend morgenlaunig vor sich hin.

Obwohl die Frage vollkommen ohne Zusammenhang im Auto hing, wusste ich sofort, was sie meinte. Oft genug hatte ich darüber nachgedacht, ob ich Ewa gegenüber auf Fannis Briefe und Notizen, die unsortiert und lose in dem gelben Umschlag gesteckt hatten, zu sprechen kommen sollte und wenn ja, wie und wann.

»Noch nicht.« Das stimmte nicht. Nicht ganz.

Ewa schaute mich kurz von der Seite an, doch ich löste meinen Blick nicht von der Straße. Man konnte dem Tag schon morgens ansehen, dass er nicht ganz hell werden würde.

Ewa hatte mich zu Hause abgesetzt und mir zum Abschied aufmunternd zugenickt. In der Küche war meine Oma gerade dabei, den Frühstückstisch wieder abzuräumen.

»Das lohnt sich jetzt ja auch nicht mehr«, begrüßte sie mich.

Wie immer standen wir uns eine hilf- und bewegungslose Sekunde lang gegenüber, in der jede, ohne dass es zu offensichtlich wurde, zu überlegen schien, wie eine angemessene Begrüßung aussehen müsste. Schließlich umarmten wir uns ungelenk, zwei Marionetten, deren Puppenspieler ihre Hausaufgaben nicht ordentlich erledigt hatten. Wenn sich unsere Blicke nicht begegneten, schloss ich kurz die Augen und roch. Anisplätzchen. Genau wie bei meinem letzten Besuch. Jedes Mal prüfte ich außerdem, ob der Geruch in der Wohnung sich verändert hatte.

Ich hatte Angst davor, hier irgendwann dem Alte-Leute-Geruch zu begegnen. Und seit Fannis Tod und dem damit verbundenen Bewusstsein, dass Menschen ja nicht nur zu jung, sondern rund um die Uhr und immerzu starben, noch mehr. Mit vierzehn oder fünfzehn kam ich auf die fixe Idee, dass ich ihn ja vielleicht gar nicht bemerken würde, wenn ich selbst immer mittendrin war. Geruchsblindheit sozusagen. Zu dieser Zeit fing ich an, ab und zu bei einer Klassenkameradin zu übernachten, wobei es mir eigentlich nur darum ging, einen sinnlichen Abstand zu unserem Geruch zu Hause herzustellen, um die Erkenntnis am darauffolgenden Tag abzusichern.

Außerdem ihre Größe. Seit ich selbst ausgewachsen war, wachte ich streng darüber, dass die Augen meiner Oma exakt auf Höhe meiner Augen und ihre Schultern exakt zwei Fingerbreit über meinen eigenen Schultern blieben. Eine Nachbarin, die alte Frau Kosloski, hatte einmal beiläufig und scherzhaft die Bemerkung fallen lassen, dass sie in ihrem Alter immer kleiner werden würde, weil sie der Erde entgegenwüchse. Sie lachte darüber und erwähnte etliche Vorteile beim Saubermachen und Schuhebinden. Ich hingegen hatte erschrocken einen ganzen Atemzug vergessen. Meine Oma hatte bisher nichts von ihrer Größe eingebüßt, keinen Fingerbreit.

Das Einzige, was sich bisher verändert hatte, war die Größe der Wohnung selbst. In meiner Erinnerung war sie viel größer. Früher hätte man darin tanzen und toben können. Theoretisch. Jetzt fiel mir auf, wie eng sie eigentlich war. Bereits durch meine eigene Anwesenheit wirkten die kleinen Zimmer zu voll.

Seit zweieinhalb Jahren kam ich spätestens alle vier Wochen nach Hause. Vorher sogar alle zwei Wochen, ganz am Anfang jede Woche. Meine Drei-Punkte-Checkliste *Geruch Oma, Geruch Wohnung, Größe* war also schon zweieinhalb Jahre alt.

Die Wochenenden verliefen meist gleichermaßen ereignislos. Ich kam am späten Freitagnachmittag an und blieb bis Sonntagvormittag. Manchmal holte mich meine Tante vom Bahnhof ab und fuhr mich auch wieder hin. Meistens aber bemühte ich irgendeine Ausrede und wartete lieber auf den Bus, der stündlich fuhr. Manchmal ging ich zu Fuß. Zwischen Ankunft und Abfahrt gab es nicht viel außer Lesen, Schlafen, Essen. Es war ein bisschen, wie wieder zwölf zu sein, nur ohne Martin.

Über uns allen schwebte stets die leise Hoffnung, dass Martin ja vielleicht am Wochenende, an diesem oder am nächsten bestimmt, kommen würde. Er war so lange nicht hier gewesen, da wäre es doch mal wieder an der Zeit, sagten sie. Martin kam nicht. Natürlich nicht, dachte ich.

»Glaubst du, wir sehen uns Weihnachten?«, hatte ich ihm in einer E-Mail geschrieben. Nichts sonst. Die Antwort, vier Tage später, war ein Fragezeichen. Nichts sonst. Ein Fragezeichen ist mehr als ein Nein mit einem Ausrufezeichen, hoffte ich weiter.

Wir hatten beide gleichzeitig die Schule beendet und Wochen, Monate vorher kein anderes Thema gehabt, als was wir danach tun würden, wohin es uns vielleicht führen würde, das Leben danach. Mit unserem abgestoßenen Schulatlas saßen wir in Martins Zimmer auf dem Teppich, schauten abwechselnd auf die Karten und durch die verglaste Giebelseite über die Elbwiesen und waren hin- und hergerissen. Hinter den blauen und grün-braunen Seiten der Atlanten erschienen uns neue und abenteuerliche Möglichkeiten, beim Blick über die Wiesen eine gleichsam zwickende Wehmut zwischen Bauch, Brust und Schulterblättern. In stiller Übereinkunft schoben wir sie beiseite. Erst einmal und für den Moment. Mit einem Finger fuhr ich die blaue Elbe entlang, flussaufwärts und flussabwärts, dachte an das Floß und daran, dass ich weit wegmusste, schon deswegen. Martin maß mit einem Lineal und rechnete Entfernungen aus. Dreihundert Kilometer mindestens, entschied ich. Dreihundert Kilometer Elbe. Martin ging die Sache anders an. Insgeheim hoffte ich, dass wir entweder gemeinsam weggehen oder hierbleiben würden. Aber Martin wusste schon früh, welche spezielle Fachrichtung der Physik er bei welchem Professor und an welcher Universität studieren wollte.

»Da oben ist die Elbe so breit, dass sie aussieht wie das Meer. Wir könnten uns dort irgendwann ein Haus suchen, und wenn wir Sehnsucht haben, riechen wir an dem Wasser und wissen, dass es schon hier vorbeigeflossen ist«, versuchte ich ihn manchmal zu überreden, wusste aber von vornherein, dass das zwecklos war.

»Du kannst mir ja was in eine Flasche abfüllen und schicken«, sagte Martin dann und schob ein Kopfschütteln hinterher. Ich wusste nicht, ob ich mir das Bedauern darin nur einbildete oder ob es echt war.

Meine Oma teilte mir wie jedes Jahr im Herbst beiläufig mit, dass sie Zweige und ein großes Gesteck im Blumenladen vorbestellt hatte. Beiläufigkeit war zu unserem Ritual geworden, in vielen Dingen. Das Gesteck könnten wir zusammen abholen, um dann das Grab meiner Eltern winterfest zu machen, bevor der Frost einsetzte. Jetzt, wo ich schon einmal da war. Winterschlaf für die Schildkröte, Wintergrab für die Eltern, dachte ich und nickte.

Nachmittags balancierte ich die grünen Zweige auf meinen Armen wie einen zu großen, gebrechlichen Hund und lief hinter meiner Oma her. Anscheinend hatte ich für meinen Besuch ausgerechnet das Wochenende gewählt, an dem die ganze kleine Stadt die Gräber ihrer Toten winterfest machen wollte und das alle ihre Bewohner auf dem Friedhof versammelte. Es herrschte ein reges, fast heiteres Treiben. Wüsste man es nicht besser, hätte man glauben können, in die Vorbereitungen zu irgendeiner Feierlichkeit geraten zu sein, die mit dem Tod nichts zu tun hatte.

Ich konnte kaum über die Zweige hinwegsehen und folgte quasi blind den schwarzen Lederfüßen meiner Oma.

»Ach, deckst du den Helmut zu?«, hörte ich sie fragen, als sie abrupt stehen blieb.

Neben ihren Füßen kam ein weiteres Lederpaar zum Stehen, ein bisschen breiter, länger und auch abgenutzter. Frau Kosloski, schlussfolgerte ich, die gutgelaunte Witwe von Helmut Kosloski. Ich spähte hinter meinen piksenden Zweigen hervor und lächelte einen hektischen Gruß. Um meiner Oma deutlich zu machen, dass dies ein schlechter Zeitpunkt für eine Plauderei war, wechselte ich unruhig von einem Fuß auf den anderen und atmete hörbar. Die Kosloski büßte bei meinem Anblick gleich ein wenig ihrer guten Laune ein. So etwas entging mir nicht mehr, ich hatte es oft genug erlebt. Ihr Geschnatter verstummte fast augenblicklich. Schnell verabschiedete sie sich und tippelte mit unverhohlener Erleichterung zwischen den Grabreihen davon. Es macht einen gewaltigen Unterschied, ob man einen Mann zudeckt oder eine Tochter und Mutter in einer Person. Ich wusste das.

## Fehlstellen

»Was liest man denn so, wenn man Eindruck machen will?« Marta kratzte mit dem Messer auf dem zu harten Butterblock herum und versuchte, eine dünne Schicht abzulösen.

Ich hatte in dieser Woche die Temperatur des Kühlschranks wieder ein bisschen weiter nach unten reguliert. Seitdem Greta dort ihren Winterschlaf im Gemüsefach hielt, versuchte ich, gleich morgens daran zu denken, die Butter herauszustellen. An diesem Morgen hatte ich es vergessen und Marta fluchte, als sie bei dem Versuch, sie zu verstreichen, das Brot in unschöne Fetzen zerriss. Dabei murmelte sie etwas von Taubenfutter vor sich hin.

Ich holte die schlafende, kühle Schildkröte aus dem Fach und setzte sie vorsichtig, damit ich sie nicht aufweckte, auf die Küchenwaage, um ihr Gewicht zu kontrollieren. Zusammen mit dem Datum notierte ich es auf einem Zettel, der am Kühlschrank hing. Alles gut, Greta durfte weiterschlafen. Während ich die Schildkröte vorsichtig in die Box zurückhob, überlegte ich, ob ich mit ihr würde tauschen wollen.

So verhielt sich Marta immer und ich spürte, wie der Kloß in meinem Hals Richtung Bauch wanderte und sich dort breitmachte, als wäre ich seine Höhle. Ich erledigte Martas Zeug, ihre Schildkröte, ihren Abwasch, ihren Wein, und Marta saß daneben, stellte affektierte Fragen und tat, als ob sie all das nichts anginge. Mit dem Winter, dem Weniger an Licht, dem Mehr an Drinnen kam zuverlässig auch Martas Depression zurück. Sie sprach Depression englisch aus, *depression,* damit klar war, dass es keine echte Depression war, sondern Lifestyle.

»Ich ziehe übrigens aus«, sagte ich da und schwenkte die Butterpackung, erschrocken über mich selbst, ein bisschen schneller über der Heizung hin und her. »Wenn ich mit der Ausbildung durch bin. Spätestens im Frühling.«

Marta nahm mir die Butter ungeduldig aus der Hand und drückte mit dem Zeigefinger auf das glänzende Papier, um zu prüfen, ob sie schon weicher geworden war. »Sag rechtzeitig Bescheid. Ich kann es mir gerade nicht leisten, wenn das Zimmer leer steht«, antwortete sie in gleichgültiger Stimmlage ohne Höhen und Tiefen und ohne Melodie, während sie das Papier von der gelben, nun durch einen Fingerabdruck versehrten Butter löste.

Eigentlich war ich mir sicher gewesen, dass ich meine Ausbildung beenden und danach die freiwerdende Stelle einer pensionierten Kollegin antreten würde. Doch auf einmal wusste ich nicht einmal mehr, wie ich es bis zur Prüfung aushalten sollte. Ein ganzer Winter, den ich nun doch am liebsten mit Greta in der Gemüsekiste getauscht hätte. Weil ich aber Anna war und nicht Greta, versprach ich, Marta auf dem Laufenden zu halten, ihr Bescheid zu geben, sobald die Pläne, die es gar nicht gab, konkret werden würden.

Wir gingen nebeneinanderher zu Fuß zur Bibliothek. Ich schweigend, Marta plappernd. Es war Hauptverkehrszeit, alle in dieser Stadt schienen unterwegs zu sein, und es nieselte leise im Lärm der nassen, vierspurigen Straße. Ein schöner und stiller Regen könnte das sein, wenn alles andere weg wäre, dachte ich. Durch das Tosen der Straße verstand ich nur Bruchstücke von dem, was Marta erzählte.

Es ging um das lang sich hinziehende Sterben eines Mannes, den sie seit zwei Monaten im Rahmen ihres Ehrenamts regelmäßig zu Hause besuchte. Darum, ob es nicht längst genug war und ob es sich nicht beschleunigen ließe – für ihn, für seine geplagte Familie und für sie selbst auch. Sie fragte, ob ich ihr behilflich sein könnte, Bücher zu finden, die womöglich Auskunft darüber gaben, was ihn vielleicht aufhielt und wie man ihm helfen konnte. Nach der ersten Hälfte des Satzes bekam ich einen Schreck, weil ich wirklich dachte, Marta würde fragen, ob ich ihr behilflich sein könnte, ihn um die Ecke zu bringen. Erst deine Schildkröte und jetzt auch noch deine Toten, dachte ich und tat so, als hätte ich die Frage nicht gehört.

Ich wies Marta knapp den Weg zur Psychologieabteilung, wegen des sterbenden Mannes, und zum Lesesaal, wo sie nach lebendigen Männern Ausschau halten wollte. Seit dem unerwarteten Wegfall ihres Projekts hatte Marta viel Zeit, die sie nun sinnvoll in eine neue und aussichtsreiche, in erster Linie finanziell aussichtsreiche, Liebschaft investieren wollte. Das Nachtleben hatte sich in dieser Hinsicht bisher nicht als ergiebig erwiesen, weshalb sie es jetzt tagsüber im Lesesaal versuchen wollte, vertieft in vermeintlich Eindruck schindende Lektüre.

Meine Tasche und meine Jacke schloss ich in den Schrank und setzte mich, da ich im Büro zur Datenbankpflege eingeteilt war, an den Rechner. Keine neuen Nachrichten. Von Martin nicht und von Kay nicht. Beide hatten sich aber auch zuletzt bei mir gemeldet und ich hatte bisher nicht darauf geantwortet. Nicht auf Martins Fragezeichen und nicht auf Kays Nachricht am Sonntag, nachdem wir uns getroffen und später stundenlang auf der dunklen Strecke ausgeharrt hatten und er mir den Umschlag von Ewa, beziehungsweise von Fanni übergeben hatte: *Hi Anna, keine weiteren Zwischenfälle. Gut wieder hier gelandet. Schienen können auch Fehlstellen haben. Wusstest du das? Gruß, Kay.*

Das war drei Wochen her. Beide Antworten erschienen mir so unzureichend, dass ich auf Fortsetzungen wartete, die natürlich nicht kommen würden. So funktionierte Kommunikation nicht. Man erwartete ein Pingpong, keine zwei Aufschläge oder doppelten Bälle.

Während der drei Wochen hatte ich einige Antworten formuliert, im Kopf und im weißen Antwortfeld, und wieder gelöscht. Ich hatte über Fehlstellen an Schienen nachgedacht und war dabei immer wieder über meine eigenen Fehlstellen gestolpert.

Als angehender Tischler widmete Kay sich den Fehlstellen im Holz. Was andere in der Holzbearbeitung als fehlerbehaftet und mangelhaft aussortieren, bekam in der Werkstatt seines Vaters neue Bedeutung. Der Betrieb, den Kays Vater schon in dritter Generation führte, hatte sich in den letzten Jahren landesweit einen Namen in der Möbelfertigung gemacht und eine Kundschaft angezogen, die Wert auf Einzigartigkeit legte. Kay hatte mir schon vor Jahren die Werkstatt gezeigt, war mit den Händen über die wilden und rätselhaften Hölzer gefahren, hatte die Bretter prüfend in das holzstaubige Licht und Gegenlicht der Werkstatt gehalten. Damals hatte ich zum ersten Mal von Fehlstellen gehört, und gesehen, wie aus Lücken Schönes entstehen kann, wenn man sie so behandelt wie es in dieser Werkstatt der Fall war. Brüche als gestaltende Elemente, aufgefüllt mit etwas anderem und Natürlichem, machen das Holz zu etwas Neuem und ganz und gar Unbelastetem.

Zügig ging ich die Listen durch, erfasste die Neuzugänge der Zeitungen und Zeitschriften und zögerte den Moment hinaus, an dem ich die viel zu helle Schreibtischlampe würde anknipsen müssen, weil das Tageslicht wirklich nicht mehr ausreichte. Mit den Listen rückte ich näher zum blassen Schein des Monitors. Ich erledigte diese eintönige Arbeit mit der Routine einer langjährigen Mitarbeiterin. Die Merkmale dieser Routinen hatte ich mir bei den Kollegen genau abgeschaut – die gespannten Schultern, die den stummen Kopf zwischen sich festhielten und scheinbar vor dem Wegrollen bewahrten, den flachen Gesichtsausdruck, die huschenden Augen, links, rechts, runter, wieder links, rechts – Zeile für Zeile, ohne nachzudenken, bis die Augen müde und die Buchstaben zu kleinen, auf dem Papier zitternden, grauen Strichmännchen wurden. Schnell hatte ich Lob für meine konzentrierte und gewissenhafte Arbeit erhalten und deswegen daran festgehalten.

Zwei Dinge konnten mich aus dieser Eintönigkeit der Datenerfassung herauslösen – neue Veröffentlichungen oder Artikel, die im Zusammenhang entweder mit Martins Forschungsgruppe an seiner Fachhochschule in Süddeutschland standen, oder aber neue Informationen aus der Heimat, die über das hinausgingen, was in den einschlägigen Zeitungen der Region zu lesen war.

## Vier Buhnen

Ewa lag quer in ihrem riesigen Sessel mit den Elefantenohren, den sie zur Terrassentür gedreht hatte, die über die Hälfte des gesamten Zimmers ging. Eine Armlehne im Rücken, eine Lehne in den Kniekehlen. Ich, die mit Kay und seinem Vater am Esstisch saß, schaute auf die Leinwand, die vor mir lag: Der Garten, fast Wiese, zu beiden Seiten eingerahmt von alten leeren Bäumen, feuchter brauner Blättersee, dann die Elbe, grau, leise, gelangweilt. Bürgermeisterhaus und Bürgermeistergarten. So nannten die Leute und auch wir das Haus noch immer, so war es in die Geschichte eingegangen, obwohl längst kein Bürgermeister mehr darin wohnte. Hinter dem Fluss in den Pappeln hing der müde Tag, der gerade im Gehen begriffen war und Platz für einen Abend und eine Nacht machte.

Der Sessel war so groß, dass von Ewa, die auch ohne Sessel ziemlich groß war, nicht viel übrigblieb. Zur linken Seite wippten ihr rotblonder Zopf und einige lose Strähnen wie große unruhige Wellen auf und ab. Vielleicht waren die Strähnen beim hastigen Zusammenbinden zufällig außen vor geblieben und führten jetzt ihr munteres Eigenleben. Oder Ewa hatte sie absichtlich nicht mit in den Zopf gebunden, weil sie sich auf diese Art leichter oder jünger fühlte. Zur rechten Seite des Sessels tanzten ihre bunt geringelten Füße im Takt ihrer Erzählung, die ständig von ihrem glucksenden Lachen unterbrochen wurde.

Als es ein bisschen später und dunkler wurde, ergänzte ihr Spiegelbild in der Terrassentür die bislang fehlende Stelle: Auf Ewas Oberschenkeln lag aufgeschlagen einer der Bildbände, die ich ihr aus der großen Bibliothek mit hierhergebracht hatte.

Die ganze Woche über hatte Ewa mir stichpunktartige Nachrichten geschickt, neue Bücher ergänzt, andere wieder gestrichen und zur Wochenmitte hin sogar Prioritäten vergeben, falls sie zu schwer für den Transport im Rucksack werden würden. Sie nutzte alle zur Verfügung stehenden Kontaktmöglichkeiten. Sie rief an, schrieb E-Mails, hinterließ Nachrichten auf dem Anrufbeantworter und bei Marta. Marta hatte Notizzettel an den Kühlschrank geklebt, die ich nur zufällig entdeckte. Immer ging es um die Bücher und immer darum, mir nicht zu viel zumuten zu wollen und eine kleine, optimale Auswahl zu treffen. Bis Freitagmittag verschoben sich Ewas Prioritäten noch drei Mal. Ich hatte mir unbemerkt Martas Rollkoffer aus dem Abstellraum genommen und nach und nach die auf allen Wegen übermittelten Bücher eingesammelt.

Nun saß ich hier und beobachtete Ewa in diesem Sessel, um den herum sich alles in diesem Raum, vielleicht in diesem Haus, drehte. Er stand schon dort, als Ewa mit zehn Jahren eingezogen war, weg von Fanni und zu »neuen« und vollständigen Eltern. Und er stand dort, als ich, selbst zehnjährig, mit Fanni heimlich hinter der nächsten Buhne gehockt hatte, um Ewa die mit Briefen und Aufzeichnungen gefüllte Kiste ihrer Mutter zu überbringen, Fannis letztes Geschenk.

Ich sah Ewa dabei zu, die glücklich wie ein Weihnachts- oder Geburtstagskind ein Buch nach dem anderen vom Stapel neben sich angelte, sie wie ein Daumenkino durchblätterte und kleine unsichtbare Ankerhaken der Vorfreude zwischen den Seiten festmachte.

Meine Hoffnung hatte sich erfüllt. Auf Ewas Gesicht zeigte sich Fannis Ausdruck. Jener Ausdruck, der vielleicht nur Ewas Zügen vorbehalten war. Jener Sommer, der so weit weg schien, dass ich manchmal an ihm zu zweifeln begann, und der sofort erinnerbar und nah war, wenn ich diesen Blick sehen konnte: den Ausdruck, wenn Fanni vom Baum krabbelt, von dem sie eben noch mit gelben, flauschigen Eierpflaumen nach mir geworfen hat. Jener Sommer, der so schön und schrecklich gewesen war. Jener Sommer, der mich auf die Idee gebracht hatte, dass das Schöne das Schreckliche unweigerlich mit sich bringt, weil es allein vielleicht gar nicht auszuhalten wäre.

Über dem Bild dieses Sommers lag ein Schleier, von dem ich nicht wusste, ob er da war, weil es ein Bild aus der Erinnerung war und weil solche, wie Bilder aus Träumen, zwangsläufig Schleier tragen oder ob ich ihn sah, weil das Bild dabei war, zu verblassen und endgültig zu verschwinden.

»Kannst du dich daran erinnern?«, unterbrach Kay meine Gedanken.

Ich hatte das Gespräch zwischen Kay und seinem Vater bisher nicht verfolgt und war überrascht, einbezogen zu werden. Als ich direkt nach meiner Ankunft vom Bahnhof hierherkam, waren alle drei mit ihren typischen Freitagnachmittagsaktivitäten beschäftigt und ich wurde freundlich und selbstverständlich in ihr ruhiges Treiben eingebunden.

Ich hatte ein Buch nach dem anderen aus dem Koffer gezogen, sie Ewa überreicht, die jedes kurz begutachtete und in den Händen drehte, um sie dann neben dem Sessel zu einem ungleichmäßigen Turm aufzustapeln. Dann hatte ich mich an den Tisch gesetzt, an dem Kay und sein Vater ihre übliche Besprechung bei Keksen, Kaffee und Tee abhielten. Diese Zusammenkunft schloss regelmäßig ihre Arbeitswoche als Kollegen, als Chef und Mitarbeiter, als Meister und Geselle, ab. Wenn Teller und Kannen leer waren, waren sie wieder Vater und Sohn, bis zum folgenden Montag.

»An die Möbel. Innen. Im Sommerhaus. Fanni?«, zählte Kay auf, als er meinen verständnislosen Blick Stück für Stück auffing.

Ich konnte die Möbel abrufen, als stünde ich in der Eingangstür des Sommerhauses und drückte den schwarzen Bakelit-Schalter, der sogleich dafür sorgte, dass jeder Winkel des Hauses schattenlos ausgeleuchtet wurde.

»Ja, natürlich«, antwortete ich. Langsam, weil ich nicht wusste, worauf Kay mit seiner Frage hinauswollte.

Ewa kroch aus ihrem Sessel hervor, setzte sich auf den Stuhl neben mir und griff nach einem Keks, den sie aber nur in der Hand hielt, als bräuchte sie etwas zum Festhalten.

»Und?«, fragte Kay weiter.

Das Einfachste würde sein, die Frage so zu beantworten, wie sie im Raum stand – ausufernd und offen. Also holte ich aus und beschrieb das Innere des Häuschens, so wie ich es sah, wenn ich die

Augen schloss – jeden ausgeleuchteten Winkel. Als ich meine Augen wieder öffnete, blickte ich in drei Gesichter, die unterschiedlicher nicht hätten sein können: Ewa traurig, Kay nachdenklich, sein Vater professionell.

»Vielleicht sollten wir es uns zusammen ansehen. Ich bin seit Jahren nicht dort gewesen«, beendete Kay das neue Schweigen. »Morgen?«

Ewa schob sich nun doch den Keks in den Mund und sein Vater räumte die Papiere zusammen. Stuhlbeine schrammten über das Parkett. Die Kratzer müssten noch immer zu sehen sein.

»Ich dachte immer, der Weg wäre viel weiter. Früher wäre ich nie auf die Idee gekommen, ihn zu Fuß zu gehen«, sagte ich, während wir zu dritt den Uferweg entlangwanderten. Wir waren etwa eine halbe Stunde im gemütlichen Spaziertempo unterwegs gewesen, als das Grundstück mit seinen hohen Büschen und Bäumen sichtbar wurde.

»Und ich dachte all die Jahre nicht daran, dass sie mir so nah war.« Je näher wir kamen, desto langsamer wurde Ewa.

Weite und Nähe, überlegte ich und ging nicht darauf ein. Mir war seltsam zumute, ängstlich und aufgeregt zugleich. Eine Mischung, die mich in der Nacht zuvor nicht hatte schlafen und am Morgen nichts hatte essen lassen.

»Es sind nur vier Buhnen«, sagte Kay.

Wir – Martin und ich – hatten unsere Entfernungen immer in Buhnen gemessen, im Abstand von einer Buhne zur nächsten. Zwei Buhnen zwischen mir und Martin, nachdem er umgezogen war. Sieben Buhnen bis in die Stadt. Vier Buhnen war nicht richtig nah, aber auch nicht richtig weit. Es war gut, ungefähr so viel wie vom Kleinen Hof bis zum besten Angelplatz. Das war meine ganze Kindheit hindurch so gewesen, ich hatte es nur vergessen. Heute wussten wir besser, wie wenig diese Angabe als Maßeinheit taugte und hatten sie ganz unbemerkt gegen zuverlässigere eingetauscht. Wann war das passiert, fragte ich mich, konnte aber keinen Anhaltspunkt finden.

»Vier Buhnen?« Ich lachte ein bisschen in Kays Richtung. Ich wusste nicht, wie ich meine Überraschung über die Gemeinsamkeit und auch meine kleine Freude über die Wiederentdeckung dieser vergessenen Einheit anders zum Ausdruck bringen sollte.

Kay schien verlegen und versuchte eine Erklärung: »Na ja, vielleicht drei Buhnen. Unsere Beine sind jetzt schließlich länger und unsere Schritte größer.«

Ich lächelte dankbar. »Vier Buhnen sind gut«, sagte ich und überlegte, ob eine Buhnenlänge eigentlich die Zeit meint, die man benötigt, um von einer Buhne zur nächsten zu gelangen, oder die zurückgelegte Distanz.

Seit klar war, dass das Haus der Erweiterung des städtischen Klärwerks zum Opfer fallen würde, war ich nicht mehr hier gewesen. Das war Jahre her. Unzählige Gremiensitzungen zu neuen Entscheidungsvorlagen, diverse Einsprüche und etliche Zeitungsartikel lagen dazwischen. Die Behördenmühlen mahlten langsam in dieser Stadt und ihre Bewohner wurden Zeugen eines langatmigen Schauspiels in zu vielen Akten. Am Ende würden sie vielleicht aufatmen, jede Entscheidung erleichtert und kraftlos durchwinken und froh sein, dass alles endlich einen Abschluss fände, egal, welchen.

»Wenn man das linke Auge schließt, dann sieht es aus wie immer, wie früher«, sagte ich, als wir alle drei auf gleicher Höhe ungefähr fünfzig Meter vom Haus entfernt stehenblieben. So standen wir da, eine ganze Weile. Wir blendeten aus, dass links vom Haus das Land bereits gerodet und vorbereitet war, damit die Bagger anrücken konnten. Fannis Sommerhaus. Im späten Herbst.

Kay, der ganz links stand, machte den Anfang – mit einem Seufzen, das wohl wie ein beherzter Ruck klingen sollte, was misslang. Ich, die rechts stand, bemerkte aus dem Augenwinkel, dass er eine Hand auf Ewas Rücken legte und sie dort liegen ließ, auch noch, als wir uns schon wieder auf das Haus zu in Bewegung gesetzt hatten.

Den Schlüssel, nach dem Ewa die halbe Nacht gesucht und den sie letztendlich an ihrem eigenen Schlüsselbund gefunden hatte, brauchten wir nicht. In der Zwischenzeit hatten sich längst andere Zutritt verschafft und das Haus für jedermann offenstehen lassen.

Mit dem vermeintlichen Gebaren professioneller Nachlassverwalter, das wir uns beim Betreten des Grundstücks einvernehmlich und ohne vorherige Absprache angelegt hatten, inspizierten wir, was noch zu retten war. Das schien nicht viel zu sein. Auf den ersten Blick erinnerte nichts an das Sommerhaus, das wir in Erinnerung hatten. Ein Glück. Oder Unglück, dachte ich und sah durch das Fenster undeutlich Ewa, die lieber gleich im Garten geblieben war, um nachzusehen, welche der Pflanzen sie ausgraben und woanders, zu Hause, neu einpflanzen konnte.

Im Haus selbst waren überall Flaschen und Müll verteilt. Dreckige Matratzen und Decken lagen auf dem Boden und der Geruch war so beißend, dass er in Augen, Nase und Hals wehtat. Ich presste meinen Schal vors Gesicht und schnappte mit dem Mund nach Luft.

Kay machte Fotos. Von allem, so kam es mir vor. Eine wohltuende Abfolge von Tönen in dieser ansonsten tonlosen Umgebung, der Transport des Films und das Klacken des Spiegels der Kamera. Der Soundtrack für diesen Moment. Er räumte den Tisch frei, um ihn in seiner ganzen Länge abzulichten. Er öffnete die kleinen Fenster und die Tür, um etwas mehr Licht zu haben. Er fotografierte die Stühle, die Bänke im Garten, den Bretterverschlag, den die Zwillinge Schuppen genannt hatten und der immer noch angelehnt an einen Baum stand, die Bäume, den Zaun, jedes Holz mit jeder Fehlstelle. Später wollte er überlegen, was man davon vielleicht noch verwenden konnte. Auch mich und Ewa fotografierte er. Wir beide bemerkten es nicht und sahen es erst später, als wir die entwickelten Fotos durchblätterten.

»Es hat mich nicht berührt. Und ich wundere mich schon die ganze Zeit darüber«, sagte ich am Tag danach. Ich saß auf dem Beifahrersitz von Ewas Auto und Kay brachte mich zu meinem Zug. Oft schon hatte er angeboten, mich zum Bahnhof zu bringen beziehungsweise mich von dort abzuholen. Jedes Mal hatte er es beiläufig in seinen Nachrichten an mich erwähnt, ganz beiläufig, eingestreut wie eine Prise Salz. Jedes Mal hatte ich nichts darauf geantwortet. An diesem Sonntag hatte ich sein Angebot angenommen, obwohl er es nicht ausdrücklich wiederholt hatte.

Am Morgen hatte ich ein paar Minuten zu lang im Bett gelegen und den geschäftigen Geräuschen im Haus gelauscht. Ich hatte zwei Brötchen statt wie sonst eines gefrühstückt, mir eine zweite Tasse Tee nachgeschenkt, der zu heiß war, um ihn schnell trinken zu können und ich hatte meine Sachen ordentlich gefaltet in meinen Rucksack verstaut, anstatt sie wie sonst einfach hineinzustopfen. Die Summe aus allem hatte es schließlich unbedingt nötig gemacht, dass ich Kay anrufen und ihn fragen musste, ob er mich fahren könne, damit ich überhaupt noch eine Chance hatte, meinen Zug zu erwischen.

Keine zwanzig Minuten später saß ich neben ihm und sagte, dass mich Fannis Haus nicht berührt hatte. Kay sagte eine Weile nichts. Er konzentrierte sich auf den Verkehr, der in dieser kleinen Stadt an einem normalen Sonntagvormittag eigentlich nicht vorhanden war. Ich führte meinen Gedanken in vielen Worten aus. Es war mir egal, was mit Fannis Dingen geschah, ich war darüber hinweg. Kay und sein Vater konnten alles Material, Haus, Inventar und Holz aus dem Garten, einfach nehmen und in ihrer Tischlerei weiterverarbeiten.

»Wieso wunderst du dich dann darüber?«, fragte Kay schließlich und bog in die lange Straße zum Bahnhof ein.

Die Bushaltestelle, die *Am Bahnhof* hieß, befand sich am Anfang der Straße, der Bahnhof selbst an ihrem Ende. Der Weg, den man – kam man mit dem Bus – dann noch zu Fuß gehen musste, war mir schon immer endlos vorgekommen: schnurgerade und trist, ohne einen einzigen Baum, nur ein Maschendrahtzaun und gleich dahinter die Gleise. Gefühlt sieben Buhnen war der Weg lang, obwohl es in Wahrheit bestimmt nur eine war. Weite und Nähe, dachte ich wie schon am Tag zuvor.

Kay hielt direkt vor dem Bahnhofsgebäude. Auch das war größer, als man es an diesem Ort vermuten würde. Was ist hier nur passiert, was bildete sich dieser Ort ein, könnte man sich fragen, müsste man länger hier verweilen.

»Ich bin ewig nicht dort gewesen«, setzte ich an. »Ewa hatte damals alle Hebel in Bewegung gesetzt, damit es uns, hauptsächlich mir, erhalten blieb. Ich wollte dort sein und gleichzeitig nicht. Vor über zwei Jahren, bevor ich weggezogen bin, war ich noch einmal da, zum letzten Mal, und es fühlte sich an, als hätte ich an dem Tag Fanni noch einmal am Ufer gefunden. Genau so. Ich bin weggerannt, den ganzen Weg schreiend und stolpernd, habe meine Tasche gepackt und den nächsten Zug genommen. Seitdem habe ich jeden Tag daran gedacht, ringe jedes Wochenende, an dem ich hier bin, ob ich hinfahren soll oder nicht. Es fühlte sich an wie Verrat, gegenüber Fanni und auch gegenüber Ewa, die sich solche Mühe gegeben hatte. In Wahrheit hatte ich mich nie dagegen entschieden, sondern es immer nur hinausgezögert.« Ich machte keine Pause, keine einzige Pause. Das Gefühl sollte raus, bevor ich es mir anders überlegte und es sich weiter in mich hineinfraß wie ein hungriges Tier.

Kay hatte den Motor abgestellt und das Radio ausgeschaltet. Seine Hände lagen auf dem Lenkrad. So wie Ewas Hände auf dem Lenkrad gelegen hatten, als sie am Feldweg das Rehkitz beobachtet hatte.

»Gibt es eigentlich ein Lenkradhalte-Gen?«, fragte ich und bemerkte zu spät, dass der Gedanke aus meinem Mund gehüpft war und nun ein paar Atemzüge lang zwischen uns liegen blieb.

»Doch. Ja. Ich denke schon. Es gibt Gene für einfach alles«, sagte Kay schließlich.

»Gestern war davon nichts übrig. Es hätte jedes beliebige Haus sein können, verstehst du?«

Kay deutete mit dem Kopf knapp zur Bahnhofsuhr, die viel zu groß über dem Eingang hing, und löste die Hände vom Lenkrad. Mir blieben nur noch wenige Minuten, bis der Zug einfahren würde.

»Danke fürs Bringen und so.« Ich löste den Gurt und Kay langte nach meinem Rucksack auf der Rückbank. Er schob ihn mir auf den Schoß und ich umfasste ihn mit beiden Armen, so wie man ein wärmendes, großes Tier umfassen würde, säße man im Schnee fest.

»Ich glaube, dass alles noch übrig ist«, sagte Kay. »Also wirklich alles. Es kann sich vielleicht nur gut verstecken. Fehlstellen sind oft ganz tief verborgen. Man sieht sie nicht auf den ersten oder zweiten Blick. Da sind wir Menschen nicht so anders als Holz oder Stahl.«

Ich nickte, öffnete die Tür und stieg aus. Dann ging ich direkt und geradewegs durch das Gebäude und drehte mich nicht noch einmal um. Das Rucksacktier hielt ich vor meiner Brust fest umklammert.

## Anlauf

Es war vollkommen unnötig, dass Marta drei Viertel des Herbstes in der Bibliothek zugebracht hatte. Das Sterben des alten Mannes ließ sich nicht beschleunigen und die Gründe für die Verzögerung nicht herausfinden. Er tat es schließlich von ganz allein. Und auch ganz allein. Kurz vor Weihnachten.

Um den zweiten Advent herum gab es ein letztes und unerwartetes Aufblühen, während es draußen immer kälter wurde. Die Luft knisterte auf den Wangen, wie kleine aufploppende Eiskristalle, und erinnerte einen daran, dass man noch am Leben war. Wer nicht erinnert werden wollte, zog den Kopf ein und vergrub ihn tief zwischen den hochgezogenen Schultern, damit die Wangen vom Mantelkragen bedeckt und vor den schmerzenden Kristallen geschützt waren. Die hellen Stunden waren so rar und so kostbar, dass man planen musste, wenn man auch etwas vom Tageslicht abbekommen wollte.

Aufblühen – so nannte Marta es, als sie mir abends mit noch höher gezogenen und noch fester umarmten Knien davon erzählte.

In seiner Wohnung stand auf einem Tischchen neben dem Sofa ein gerahmtes Foto, das ihn zeigte, als er vielleicht in seinen jungen zwanziger Jahren war und sieges- und lebenssicher in die Kamera lachte. Ein scheinbar endloses und im Nachhinein naiv anmutendes Strahlen. Genau wie auf diesem Foto hätte er noch einmal ausgesehen, zwei Tage lang im Dezember, als draußen alles weihnachtlich klingelte und blinkte und das Klingeln und Blinken in das dunkle Schlafzimmer eingedrungen und bunte Flecken auf die Wände getupft hatte, begleitet vom gedämpften Glockengeläut der Kirche gegenüber. Ein unerwartet heiteres Weihnachtskonzert auf der zart gemusterten Tapete.

Noch zwei Tage später, an denen er fast wieder in seinen alten Zustand zurückgefallen war, war er tot.

Ich kannte den Mann nicht, der in Martas Erzählung nicht einmal einen Namen hatte und den sie immer nur »den Mann« nannte. Dennoch hatte ich inzwischen das Gefühl, ihn gekannt zu haben, sogar zu wissen, wie er aussah und wie seine Haare fielen, vorher und nachher.

Marta hatte es völlig aus der Bahn geworfen. Sie brachte die Bücher aus dem Lesesaal schließlich mit in die Wohnung, um nachts weiter nachlesen zu können, was es mit diesem neuen, vorher nie gesehenen Blühen auf sich hatte. Sie ließ sie auf dem Küchentisch liegen, als schiefen Stapel. Zweimal vergaß sie ihr leeres Weinglas darauf. Zweimal nahm ich das Glas herunter und prüfte, ob es einen Ring auf dem Einband hinterlassen hatte. Einmal versuchte ich, einen deutlichen Rand mit Essig wieder unsichtbar zu machen, was mir nicht gelang, sondern es nur verschlimmerte. Aus dem leeren Vollmond hatte ich eine ausgefranste rote Sonne gemacht.

Während ich vor meinem Frühstück saß, schaute ich auf die von der Bibliothek etikettierten Buchrücken und beeilte mich schließlich noch mehr, aus dieser Küche und dieser Wohnung herauszukommen, bevor Marta aufwachte. Ich nahm mir vor, immer eins davon mit in die Bibliothek zurückzunehmen, um die nüchtern betitelten Bücher nicht mehr sehen zu müssen. Jeden Tag genau eins, zuerst das unterste, sodass es Marta nicht auffallen würde. In ein paar Tagen würden alle Bücher verschwunden sein und Marta würde sie nicht mehr vermissen, weil sie dann über die Sache hinweg wäre.

Auf der Straße empfing mich immer häufiger diese Mischung aus Menschen, die einem nur in der unmittelbaren Vorweihnachtszeit vormittags begegnet. Sie nutzen die noch übrigen Tage ihres Jahresurlaubs, lassen das Jahr ausklingen, kaufen sorglos ihre Geschenke, trinken sorglos im Hellen schon Glühwein, den die alteingesessene Weinhandlung durchs Fenster reicht und grüßen mit roten Gesichtern einen jeden, selbst wenn man sich vorher nie begegnet war. Sie vertrauen darauf, dass das alte Jahr so gut wie geschafft ist und sie das neue mit neuem Anlauf beginnen werden. Dieses eine Mal sogar ein ganzes neues Jahrtausend, in das sie alle Hoffnung legen wollen.

Mit ihnen änderte sich die Stimmung im Viertel. Sie brachten etwas Heiteres mit und fast bedauerte ich es, wenn meine Schicht so ungünstig lag, dass ich von ihnen kaum etwas mitbekam.

Weil es unsere Dezember-Dienstpläne hergaben, verbrachte ich meine Pausen immer mit Laura. Wir zogen uns jede zwei zu süße Instant-Cappuccino aus dem Automaten und setzten uns damit in eine Sitzecke im obersten Stockwerk. Einen Stuhl stellten wir vor uns in die Mitte und legten unsere vier Füße auf der dafür etwas zu knapp bemessenen Sitzfläche ab. Dann schauten wir aus dem großen Fenster auf den Platz mit dem angrenzenden Grünstück und der befahrenen Straße, während wir einen Becher an unsere Lippen hielten, pusteten, einen Minischluck probierten und wieder pusteten. Wir redeten nicht, solange wir pusten mussten.

Dann eröffnete immer Laura das Gespräch. Und immer mit derselben Frage: »Und?« Dieses Mal sah sie mich dabei nicht an, sondern schaute weiter nach draußen, wo ein Bus gerade eine Vollbremsung machte, weil ein Hund direkt vor ihm auf die Straße gelaufen war. Vielleicht richtete Lauras Blick sich aber auch auf etwas ganz anderes. Nach ein paar gemeinsamen Pausen hatte ich raus, dass es auch für mich okay war, weiter nach draußen zu gucken. Und das machte es mir möglich, Laura zu einer Vertrauten zu machen. Ich konnte mir dann aussuchen, ob ich ihre Eingangsfrage als eine Einladung zu einem belanglosen, ernsthaften oder auch gar keinem Gespräch wahrnahm. Die Situation erlaubte es und alles schien okay zu sein.

»Ich weiß noch nicht, ob ich nach den Ferien zurückkomme«, rutschte es mir heraus.

Laura drehte sich abrupt zu mir um, während ich weiter beobachtete, was dort unten vor sich ging. Der Busfahrer war inzwischen ausgestiegen und gestikulierte mit ausladenden Gesten einem Mann entgegen, vielleicht dem Halter des Hundes.

»Ich weiß auch immer noch nicht, ob mein Cousin über Weihnachten nach Hause kommt. Er hat nur mit einem Fragezeichen geantwortet. Vor Wochen habe ich ihn schon danach gefragt. Das wäre das erste Weihnachten ohne ihn.«

»Du weißt noch nicht, ob du nach den Ferien zurückkommst?« Laura hätte fast den Kaffee wieder ausgespuckt, weil sie das Pusten vergessen hatte. »Wenn du es selbst noch nicht weißt – vielleicht hilft ja Schnick-Schnack-Schnuck?«

Ich sah sie an und musste ein bisschen und hilflos lachen, weil sie sich in dem Moment aufführte, wie es vielleicht eine Mutter tun würde, in meiner Vorstellung. »Es geht doch hier nicht um unseren Weckdienst.«

»Anscheinend schon. Wach mal auf, Anna. Du bist in ein paar Monaten mit deiner Ausbildung durch. Danach kannst du machen, was du willst. Von mir aus zieh nach Timbuktu.«

Timbuktu, dachte ich, Martin. Martin, der noch immer nicht in Timbuktu gewesen ist.

»Aber jetzt? Das wäre echt dämlich.« Laura stellte den leeren Kaffeebecher neben sich auf dem Boden ab – ein ploppendes Geräusch wie es nur leere Pappbecher auf Holzfußboden verursachen – und nahm sich den zweiten, der inzwischen so weit abgekühlt war, dass sie nicht mehr pusten musste. Dann schaute sie wieder nach draußen. »Ich habe übrigens nichts vor an Weihnachten. Meine Mutter fliegt mit ihrem Neuen in die Karibik und mein Vater kümmert sich nach seinen Gottesdiensten lieber um die einsamen Schäfchen seiner Gemeinde. Die haben ja nur ihn.« Sie sagte es mit einem Grinsen, das die Ironie der Bemerkung sofort offenlegte. Die Ironie, und vielleicht auch die Verletzung.

»Und?«, fragte ich dann meinerseits, da ich mir nicht sicher war, worauf Laura hinauswollte, ob sie überhaupt auf etwas hinauswollte. Dass sie selbst ein einsames Schäfchen war oder dass sie auch lieber in der Karibik wäre?

»Und …« Sie machte eine Pause und trank den Kaffee in einem Zug leer, bevor sie ihre Antwort dahinsagte, als wäre sie die logischste der Welt. »Ich hätte Zeit und sonst nichts vor. Ich komme einfach mit dir. Ich war noch nie im Osten. Würde mich interessieren.«

Inzwischen war der Verkehr auf der Straße auf zwei Spuren zum Erliegen gekommen. Auf den übrigen Spuren rauschte alles unbeeindruckt weiter. Etliche Leute waren aus ihren Autos ausgestiegen und in hitzige Diskussionen verwickelt.

Hätten wir erst jetzt einen Blick aus dem Fenster geworfen, oder erst jetzt den Fernseher eingeschaltet oder den Vorstellungsraum betreten, so würden wir an diesem Punkt der Handlung nicht mehr ausmachen können, wer von all den Menschen dort unten eigentlich der Verursacher dieses Chaos' gewesen war. Wir hätten nicht ahnen können, dass es nur ein zu übermütiger oder zu ängstlicher Hund gewesen war. Manchmal ist es vielleicht wirklich besser, man schaltet ein bisschen zu spät ein, dachte ich noch, während ich ebenfalls beide Cappuccino-Becher in zwei Zügen leer trank.

»Okay«, sagte ich, wobei ich die zweite Silbe sehr dehnte. Die Dehnung war beidem – der übermäßigen Süße, aber auch meiner Überraschung – geschuldet.

Keine neue Nachricht. Dafür zwei hinzugekommene Entwürfe in meinem eigenen E-Mail-Postfach: einer davon eine kurze aufgeregte Notiz für Kay, dass Laura mitkäme, verbunden mit der Frage, ob sie im Sommerhaus schlafen könne und ob man (er) es kurzfristig noch so herrichten könne, dass dort jemand (Laura), der noch nie im Osten gewesen war und der eigentlich gar nichts erwartete, auf jeden Fall aber nichts Schlechtes, für ein paar Tage bleiben könne. Und dass Laura nett sei und unkompliziert, wirklich.

Im anderen Entwurf fragte ich Martin erneut nach seinen Plänen für die Feiertage und ob wir uns sehen würden. Ich formulierte es so, dass es aussah, als hätte ich vergessen, ihn schon einmal danach gefragt zu haben.

Beide Entwürfe blieben für heute genau das: Entwürfe, etwas zum Nachdenken.

Die Heiterkeit der frühen Dezembertage wich wie immer einer angespannten Hektik. Die Tage waren jetzt so kurz und die To-Do-Listen der Menschen so lang wie nie sonst im Jahr.

Ich zog jeden Morgen das unterste Buch des Stapels vom Küchentisch hervor und ließ es, falls Marta in der Nähe war, unbemerkt unter meinen Pullover oder in meine Tasche gleiten. Ich musste nicht hinsehen, um zu wissen, welchen Titel ich heimlich mit mir herumtrug – ich kannte ihre Reihenfolge inzwischen auswendig.

Bisher machte Marta entgegen meiner Hoffnung und Erwartung nicht den Eindruck, dass sie in absehbarer Zeit über die Angelegenheit hinweg sein würde. Sie sprach wenig mit mir, ich dafür viel mit ihr. Wenn sie sich, was nicht oft vorkam, außerhalb ihres Zimmers aufhielt, das ich nach wie vor nicht zu betreten wagte, saß sie in ihrer üblichen Skulpturenhaltung auf dem Stuhl. Sie saß und ich redete.

Ich hatte entdeckt, dass sich die niedrige und tiefe Fensterbank des Küchenfensters gut als zusätzliche Arbeitsfläche umfunktionieren ließ, sodass ich mir oft einen Stuhl dort hinzog, um Schreibarbeiten oder Kochvorbereitungen mit der Aussicht in den kahlen Garten und auf die Rückseiten der Häuser der Parallelstraße zu erledigen. Manchmal gab Marta einen zustimmenden oder gelangweilten Ton von sich, den ich als Ermunterung nahm, weiterzureden. Da ich nur über Oberflächliches sprach – zum Beispiel darüber, wie die Tage in der Bibliothek verliefen, welche bekannten Gesichter ich auf der Straße gesehen hatte, welcher Briefkasten überquoll und welcher wegen Auszugs der Bewohner mit grobem, dafür im Dunkeln leuchtenden Klebeband zugeklebt worden war – konnte ich nebenher gedanklich in eine andere Richtung abbiegen. Ich konnte Marta unbemerkt beobachten und mich fragen, ob ihr Ausdruck weicher und ihre Knie dafür eckiger, knochiger geworden sind, und konnte ihr behutsam etwas zu essen über den Tisch schieben.

»Denkst du, ich merke das nicht?«, fragte sie, als eines Abends nur noch drei Bücher übrig waren, die offensichtlich keinen Stapel mehr ergaben. »Denkst du wirklich, ich bin so blöd, oder was?«

Ich sah unsicher zu ihr hin. Unsicher, weil ich ihre Reaktion nie gut vorhersagen konnte und nicht einschätzen konnte, ob aus ihrer englischen *depression* mittlerweile nicht eine deutsche Depression geworden war.

»Aber es stand sowieso nichts Brauchbares drin.« Sie seufzte ein Seufzen, das nach Resignation klang, weshalb ich gleich wieder damit anfangen wollte, die eventuell auftretende Stille im Raum zu überspielen.

»Übrigens hat ein Mark oder Martin oder so für dich angerufen. Wollte dich sprechen«, sagte Marta beiläufig.

»Martin? Meinst du Martin?« Mit einem Ruck drehte ich mich zu ihr, eine Spur zu heftig, um meine Überraschung vor Marta verbergen zu können.

»Ich glaube Martin. Vielleicht auch Mark. Ja, Markus.« Marta hob ihren Blick, lauernd wie ein Tier.

Ich kannte diesen Blick und sein habgieriges Suchen nach einer Schwäche des Gegenübers. »Wann war das?«, fragte ich deswegen vorsichtiger, um eine mögliche ernstgemeinte Antwort nicht zu verspielen.

»Lass mal überlegen.« Marta hatte jedoch längst gemerkt, dass meine Stimme die Tonlage gewechselt und sich unruhige Flecken wie ferne Inselgruppen auf meinem Hals gebildet hatten. Ganz die Alte, dachte ich, während ihr eben noch zusammengekauerter Körper auf dem Stuhl an neuer Spannung gewann, als würde er eine Herausforderung annehmen. »Tut mir leid. Ich erkenne einfach keinen Unterschied zwischen gestern und vorgestern und letzter Woche. Alles ist möglich«, sagte sie im freundlichen Singsang, während sie die verbliebenen drei Bücher vor sich neu sortierte, Kante an Kante, was nicht aufging, da eines der Bücher in ausladendem Querformat gebunden war.

»Was hat er gesagt?«

»Wer ist das überhaupt? Na komm, erzähl schon.«

»Hat er was gesagt?«

»Seinen Namen. Aber nicht einmal den konnte ich mir merken. Wie du ja merkst.«

Ich hatte das Zucken in ihrem linken Mundwinkel, so kurz es auch war, gesehen. »Sonst noch was?«

»Anna …«, begann Marta mit einem gespielten Schluchzen. »Er hat natürlich um deine Hand angehalten. Er kann keinen Tag länger warten.« Sie richtete ihren Blick dramatisch an die Zimmerdecke, als läge dort über uns der funkelnde Theaterhimmel, während sie ihre Hände flehend vor der Brust faltete.

Sie hätte ihre Inszenierung noch gesteigert, wenn ich nicht mein Glas so heftig auf den Tisch geknallt hätte, dass das bisschen Wasser, das sich noch darin befand, über den Rand schwappte.

Ermuntert durch die Sekunde der Irritation, die das auf Martas Gesicht hervorrief und die ihre gehässige Aufführung jäh unterbrach, stand ich mit einer so heftigen Bewegung vom Stuhl auf, dass er nach hinten fiel und auf die Dielen krachte.

Ich griff nach den drei restlichen Büchern vom Tisch, klemmte sie mir unter den Arm und hastete ohne ein weiteres Wort und ohne einen weiteren Blick aus der Küche.

In meinem Zimmer sah ich, dass eines der Bücher einen sichtbaren feuchten Fleck auf meiner dunkelgrünen Bluse hinterlassen hatte. Ich zog ein frisches Oberteil an und ging nach draußen.

Mein Gesicht war heiß. Heiß von der aufgestiegenen Heizungsluft an meinem Fensterplatz und heiß von der aufgestiegenen Wut aus meinem Bauch. Die kalte Luft tat meinem heißen Gesicht gut.

## Dreihundertsiebenundachtzig Jahre

Wir fuhren am Tag vor Heiligabend. Weil Laura und ich bis zum Nachmittag in der Bibliothek eingeteilt waren, brachten wir unser Gepäck mit zur Arbeit, um nach Dienstschluss von dort direkt zum Bahnhof zu fahren.

In den vorangegangenen Nächten war es so kalt geworden, dass die übriggebliebenen Pfützen aus dem späten Herbst zugefroren waren und sich die Straßen und Gehwege in kleine rutschige Eisinsellandschaften verwandelt hatten. Die wenigen Grad Celsius, die tagsüber schwerfällig das Thermometer hochkletterten, reichten nicht aus, um die unregelmäßigen Eisinseln schmelzen zu lassen. Ich bekam deswegen in diesen Tagen nur wenig mit von dem, was um mich herum auf der Straße passierte – meine Augen hefteten sich auf das unmittelbare Wegstück vor mir, damit ich die kleinen Schlitterflächen rechtzeitig entdeckte und ihnen ausweichen konnte.

Während ich zaghaft im Zickzack zur Bibliothek ging, überholten mich aufgeregt lachende Kinder, die zur nächsten Insel hüpften, schlitterten und wieder weiter hüpften. Die verdanken sie dem nassen und langen Herbst, dachte ich, während ich weiter meine Schlangenlinien lief, ihr Lachen leiser und die bunten Punkte ihrer Mützen kleiner wurden.

Das Nach-unten-Sehen hallte immer noch lange in mir nach wie ein Phantomschmerz. Auch wenn ich schon längst wieder in der Wohnung oder in der Bibliothek angekommen war, lief ich vorsichtig und mit gesenktem Blick. Bis es mir irgendwann endlich selbst auffiel.

An diesem Abreisetag war ich unruhig. Eine flirrende Unruhe, der ich zwischendurch auf die Spur zu kommen versuchte, es aber doch wieder sein ließ. Es war eine Mischung aus dem Üblichen, das mich ohnehin und immer befiel, wenn die Heimfahrt bevorstand, und aus dem Umstand, dass Laura mitkam. Dass ich etwas von hier nach dort mitnahm, was in gewisser Weise von besonderem Wert war.

Laura war die zweite Person, die ich in der neuen Stadt kennengelernt hatte. Marta die erste. Eine dritte Person gab es nicht. Die Gespräche zwischen Laura und mir waren bis auf wenige Pausenmomente dennoch auf Belanglosigkeiten beschränkt geblieben. Und diese Pausenmomente waren immer nur kurz und flüchtig gewesen, bei der nächsten Gelegenheit schon wieder vergessen. Zu Beginn meiner Ausbildungszeit hatte mich Laura einige wenige Male mitgenommen, wenn sie nach der Arbeit mit ihren Freunden, von denen sie viele hatte, irgendwo etwas essen oder trinken ging. Schon relativ bald hatte ich mir Ausreden überlegt, um nicht mitkommen zu müssen, und sie hatte aufgehört zu fragen, worüber ich froh war.

Umso mehr war ich überrumpelt von ihrem Entschluss, mich zu begleiten. Bis zum letzten Tag hatte ich jeden weiteren Gedanken daran weggeschoben. Ich hätte mir ohnehin keine Vorstellung davon machen können, wie es werden würde. Meine E-Mail an Kay, was das Sommerhaus betraf, hatte ich leicht abgeändert ein paar Tage später dann doch abgeschickt und Kay hatte fast sofort geantwortet – mit einem knappen »Kriegen wir hin.«

Schon am Bahnsteig trennten sich unsere Wege. Da Laura so kurzfristig keine Sitzplatzreservierung mehr bekommen hatte, wollte sie die Fahrt im Speisewagen verbringen.

»Um vier bei mir«, gab sie mir mit auf den Weg, als wir uns vom Wagenstandanzeiger aus in entgegengesetzte Richtungen am Gleis entlang aufmachten.

Bis vier Uhr blieben mir gute zweieinhalb Stunden, die ich mit der gewohnten Monotonie und dem Kopf am Fenster in Fahrtrichtung verbrachte.

Wie immer hielt ich während der ersten Viertelstunde der Fahrt noch die Augen geschlossen, um den Anschein zu erwecken, ich würde schlafen, mindestens aber dösen. Manchmal, wenn ich mir einbildete, den neugierigen Blick meines Sitznachbarn allzu deutlich auf mir zu spüren, öffnete ich sogar meinen Mund ein wenig und ein bisschen schief, so wie ich es mir bei den Schlafenden im Lesesaal abgeschaut hatte. Es sollte der Eindruck entstehen, dass es sich nicht lohnte, das Gespräch mit mir zu suchen. Wenn ich mich sicher genug fühlte, öffnete ich blinzelnd die Augen und versuchte mich zu orientieren, wo ich war, an welchem rauschenden Feld, an welchem verschwimmenden Wald. Drei oder vier Mal hatte ich die Augen an genau derselben Stelle geöffnet. Seither wurde daraus ein kleiner Wettbewerb mit mir selbst, Anna gegen Anna.

In der Anfangszeit meiner regelmäßigen Zugfahrten, als ich selbst noch Anfängerin im Reisen gewesen war, traf ich häufig auf Sitznachbarn, die sich mir – noch während der Zug im Bahnhof stand – umständlich und förmlich vorstellten, mir Ziel und Zweck ihrer Reise darlegten, jetzt, wo wir einen Teil unserer Lebenszeit gemeinsam verbringen würden. Als würde es die Fahrt für uns besser machen, wenn wir wüssten, mit wem wir Schulter an Schulter saßen.

Deswegen hatte ich schon recht bald die Viertelstunde mit geschlossenen Augen eingeführt. Bis auf zwei Fahrten hatte das immer gut funktioniert. Einmal hatte eine mittelalte Dame mich absichtlich immer wieder am Arm angestoßen, um mich zu wecken, während sie eine kleinteilige Mahlzeit – klein geschnittenes Obst, kleine Kekse und kleine Käsewürfel – auf dem Klapptischchen anrichtete und ihre Zeitschriften auf dem Schoß sortierte. Schließlich teilte sie Gebäck, Zeitschriften und ihr Leben mit mir.

Ein anderes Mal an einem Herbsttag, der schon am frühen Nachmittag so dunkel war, dass sich das Wageninnere im Fenster spiegelte, beobachtete ich im Fenster das Spiegelbild des Mädchens neben mir, dessen Mutter den Platz am Gang auf der gegenüberliegenden Seite besetzte. Beide saßen dort schon, als ich einstieg, und blieben sitzen, als ich, melancholisch vom Scheitel bis in die Zehenspitzen, vier Stunden später wieder ausstieg. Das Mädchen, vielleicht zehn Jahre alt, wechselte im Minutentakt seine Laune. In einem Moment versuchte es, seiner Mutter einen Witz, den es selbst gerade in einer Zeitschrift gelesen hatte, halblaut flüsternd wiederzugeben. Dabei musste es selbst so sehr darüber lachen, dass es immer wieder von vorn beginnen musste. Die Mutter kicherte mit, obwohl die Pointe es nicht bis zur ihr herübergeschafft haben dürfte. Im nächsten Moment schon reagierte das Mädchen mit düsterer Miene aus irgendeinem Grund nicht mehr auf die Ansprache der Mutter, drehte stur den Kopf von ihr weg und schaute an mir vorbei aus dem Fenster, hinter dem es nichts mehr zu sehen gab. So ging es eine ganze Weile hin und her. Konstant hingegen blieb die Sanftheit der Mutter, die ihre Tochter still und leise durch jede Stimmung begleitete. Gelegentlich trafen sich ihre Hände auf dem Gang, hielten sich kurz fest oder spielten ein geheimnisvolles Spiel miteinander, dessen Regeln keiner außer ihnen kannte. Gebannt und heimlich beobachtete ich die beiden und spürte eine große Sehnsucht nach etwas, das ich nicht kannte.

All das ging mir gerade durch den Kopf, als gleich drei der vier Ziffern auf der Anzeigentafel umsprangen: von 15:59 auf 16:00 Uhr. Ich brachte Unruhe in die Sitzordnung, mein zeitunglesender Sitznachbar faltete umständlich und provisorisch alle großformatigen Teile, Blätter und Beilagen und machte mir Platz.

»Oh Anna, wir hätten das alles schon viel früher haben können. Aber du wolltest es ja für dich behalten, Anna. Anna, Anna.« Laura hatte mich offensichtlich schon entdeckt, als sich die automatische Tür des Speisewagens noch nicht wieder hinter mir geschlossen hatte.

In dieser unerwartet gedeckten Atmosphäre erschien ihre Stimme unangemessen laut. Mir kam angesichts der Ausstattung – Vorhänge, viel Rot, viel Samt, gedämpftes Licht, das Surren geflüsterter Unterhaltungen – der Begriff »mauschelig« in den Sinn. Dieser zeitlose Ort wirkte, als könnte hier alles seinen Anfang nehmen: Verschwörungen, Machenschaften, Liebschaften.

Mehrere Leute verdrehten ihre Köpfe – teils belustigt, teils verärgert – und sahen erst Laura an, die mir mit beiden Armen über dem Kopf wie eine Ertrinkende zuwinkte, und dann mich, die die Lippen zusammenkniff und die Arme eng am Körper hielt, als könnte ich dadurch Lauras ausufernde Gesten abmildern.

Ich ging zu Lauras kleinem und mit einem weißen Tischtuch bedeckten Tisch, auf dem außer einer rotbeschirmten Tischlampe zwei Bierflaschen, eine Piccolo-Flasche, Biergläser und ein Sektglas standen, teilweise noch gefüllt. Ich ließ mich auf dem gepolsterten Sitz gegenüber von Laura nieder. Sie strahlte mich an, schenkte Bier in das unbenutzte Glas, schob es mir hin, und füllte ihr eigenes Glas auf.

»Warum hast du mir das denn nicht gesagt, hm?«

»Mit wem hast du denn angestoßen?« Ich deutete mit dem Kopf zu dem dritten Bierglas. »Und worauf?«

»Wir hätten das doch früher schon machen können. Und nett sind die hier alle. Richtig nett.« Während Laura sprach, konnte ich den Blick nicht von ihrem Mund lösen. Seine schwammige Form und die schwammigen Sätze, die aus ihm herausblubberten, erinnerten mich unwillkürlich an eine Geschichte aus meiner Kindheit. Martin und ich hatten ausprobiert, ob Sprechen auch unter Wasser funktionierte. Die Köpfe knapp unter der Wasseroberfläche hatten wir uns dabei mit großen Augen angesehen und kein Wort voneinander verstanden. Martins Gesicht verschwand hinter den schnell aufsteigenden Blasen und als ich ihn später fragte, was er gesagt hatte, antwortete er feixend, das bleibe sein Geheimnis. Summen allerdings ging, das fiel mir jetzt wieder ein, wo ich Laura vor mir sah. Summen ging sogar richtig gut. Ich zeigte mit der Hand zum Bierglas, um meine Frage aufzufrischen.

»Ach, weißt du, Anna. Ich muss gar nicht wissen, ob die nun Udo oder Katrin hießen. Wir haben uns auch ohne Namen richtig gut unterhalten. Eigentlich ist das mit den Namen sowieso alles Quatsch. Wo sind die eigentlich hin?« Laura erhob sich ein bisschen und schaute sich im Wagen um. »Udo? Katrin?«, fragte sie laut in die Runde.

Die übrigen Menschen im Wagen musterten uns entweder unverhohlen oder verstohlen oder sie taten so, als würden sie uns ignorieren. Ich fing den Blick des Servicemitarbeiters hinter dem Tresen ein: ein freundlich diskreter und bittender Hinweis an mich, meine Begleitung im Griff zu behalten. Ich lächelte ein kleines Lächeln zum Zeichen, dass ich es versuchen wollte.

»Schade.« Laura ließ sich wieder in den Sitz plumpsen. »Total schade. Du hättest die bestimmt auch gut gefunden. Zwei richtig Nette waren das. Sind die bei euch alle so?«

Dann sagte sie eine Weile nichts mehr. Ich auch nicht. Ich beantwortete auch nicht ihre überflüssige Frage. Laura schaute ihrem Bier dabei zu, wie es seine Krone verlor.

»Kennst du die Sächsische Schweiz?«

»Höchstens von einer alten Postkarte. Angeblich ziemlich ›märchenhaft‹ dort.«

»Udo und Katrin …«

»Hießen die wirklich Udo und Katrin?«

»Bestimmt. Auf jeden Fall sind sie jedes Silvester dort an irgendeinem Aussichtspunkt. Jedes Silvester. Seit dreihundertsiebenundachtzig Jahren schon.«

»Das ist lang.«

»Ja. Voll.«

»So lange werden wir ja wahrscheinlich nicht mehr leben.«

»Nein.« Das letzte Überbleibsel der Krone schlürfte Laura geräuschvoll in ihren Mund.

»Was machen sie dort oben?« Es interessierte mich wirklich. So weit oben war ich noch nie gewesen.

»Runtergucken.«

»Feuerwerk ist doch oben.«

»Da oben auch noch? Dann eben hochgucken.« Laura blickte sich wieder um. Sie entdeckte den Kellner und wedelte mit dem Arm in seine Richtung.

»Um näher dran zu sein vielleicht.«

»Oder mittendrin«, ergänzte Laura.

Der Kellner stand jetzt an unserem Tisch und schaute mich erwartungsvoll an, obwohl es Laura war, die ihn gerufen hatte.

»Zwei von dem, bitte.« Ich zeigte auf die leere Piccolo-Flasche. »Und die Rechnung.«

Dann redete ich eindringlich auf Laura ein, dass sie auf mich warten sollte, während ich meine Sachen von meinem Platz holen würde. Als ich wiederkam, empfing sie mich wieder mit diesem

Winken, als wären wir alte Freundinnen, die sich lange aus den Augen verloren hatten.

Am Platz schaute ich auf den Kassenbon: »Ihr habt wohl schon mal Silvester vorgefeiert? Udo und Katrin hatten ja ganz schön Durst«, sagte ich, legte einen Schein auf den Tisch, nahm die zwei vollen Flaschen, steckte sie in die Seitentaschen meines Rucksacks und versuchte, Laura mitsamt Gepäck Richtung Ausgang zu bewegen.

»Frohe Weihnachten, ihr alle. Frohe Weihnachten, Udo und Katrin«, rief Laura über die Schulter zurück, dann schloss sich endlich die Tür hinter uns und ich drehte mich nicht noch einmal um.

Wir standen auf dem dröhnenden Gang und schwiegen. Draußen vor den schwarzen Fenstern blitzen vereinzelte Lichtpunkte auf. Nicht mehr ganz Land, noch nicht ganz Stadt. In weniger als fünf Minuten würden wir in der kleinen Stadt ankommen und genau in dem Moment beschloss ich, dass es gut werden würde, dass es jetzt schon gut war, dass Laura mir in dreihundertsiebenundachtzig Jahren zu- oder entgegenwinken würde, weil wir zwar jede unsere eigenen Sachen machten, es dabei aber nicht erwarten konnten, uns wiederzusehen und uns von alldem zu erzählen. Und ich beschloss, dass wir irgendwann Udo und Katrin an Silvester auf einem Aussichtspunkt in der Sächsischen Schweiz treffen würden. Vielleicht ja schon im nächsten Jahr, warum eigentlich nicht?

Jetzt aber ging es erst einmal darum, mit dieser Version von Laura voranzukommen, einer Laura, die deutlich mehr getrunken hatte, als sie nach einem dreiviertel Tag mit nur ein paar Keksen vertragen hatte. Es ging darum, ein weiteres Weihnachten und einen weiteren Jahreswechsel, ein ganzes restliches Jahrtausend zu schaffen und zu Ende zu bringen.

Mit Laura voranzukommen war dank Kay, der uns in Ewas rotem Auto am Bahnhof abholte, unerwartet leicht.

Wir traten aus dem Bahnhofsgebäude auf den Vorplatz und ich sah neben einem dünnen Tannenbaum, dem jemand lieblos eine

Lichterkette übergeworfen hatte, Kay, der an Ewas Auto lehnte und uns zuwinkte. Dankbar übergab ich ihm alles, was sich in meinem Besitz befand – Laura und unser gesamtes Gepäck – und war überrascht von meiner Freude darüber, ihn ein paar Minuten früher als geplant wiederzusehen. Kay verstaute alles gleichermaßen im Auto – als wäre auch Laura ein etwas zerbrechliches, aber sperriges Gepäckstück.

»Na?«, sagte er, als wir die lange Bahnhofsstraße entlangfuhren und »Na«, sagte ich, als wir sie verließen und abbogen.

Ansonsten sprach nur Laura und füllte das Auto mit ihrem Geplapper. Ich wollte Kay fragen, ob alles geklappt hatte mit dem Sommerhaus, ob Laura dort schlafen könne, wie es Ewa ging und wie die Planung für die nächsten Tage aussah, ob es überhaupt eine gab. Stattdessen saß ich auf dem Beifahrersitz, fragte nichts und hoffte auf einen irgendeinen Unfall: ein vom Blitzschlag getroffener und umgekippter Baum, eine durch einen Meteoriteneinschlag aufgerissene Straße, ein altersschwaches, zusammengebrochenes Haus – eine ungeahnte Fehlstelle im System, irgendetwas, das uns zwingen würde, stehenzubleiben und abzuwarten. Nichts davon traf ein.

Ohne einen Zwischenfall brachte Kay zuerst Laura zum Sommerhaus, wo wir ihr dabei halfen, sich für die erste Nacht einzurichten, und dann mich nach Hause. Wir sagten jeder »Tschüss« zum Abschied und so waren es im Ganzen vier Worte gewesen, die wir miteinander gewechselt hatten.

## Zu zweit

Meine Oma, die nach Anis roch und genau die richtige Größe hatte, stand schon in der Haustür und erwartete mich. Wir feierten Weihnachten, drei Tage lang. Ich blendete Laura in dem winterkalten Sommerhaus aus und vertraute darauf, dass es stimmte, was sie mir gesagt hatte, dass sie froh, sogar dankbar für die Zeit dort war, und dass sie nichts darauf gab, ob gerade Weihnachten war oder nicht.

Meine Tage begannen mit dem Klappern in der Wohnung, das ich nicht mehr gewohnt war und das sich zuverlässig jeden Morgen in meinen leichten Schlaf mogelte und mich aufweckte. Sie endeten früh, da es hier nichts zu tun gab, was sie hätte verlängern können. Die Zeit dazwischen verging mit einer Langsamkeit, die ich früher kaum ertragen hatte, und der ich mich jetzt hingab. Ich las die Bücher, die ich früher schon gelesen hatte, erneut. Zwei oder drei berührten mich an einer Stelle, an der ich nicht berührt werden wollte und ich legte sie nach einigen Seiten wieder weg, hinter die anderen Bücher. Vielleicht ein anderes Mal.

Zweimal gingen wir zum Friedhof, ebenfalls ganz langsam, und standen vor dem frostigen, zugedeckten Grab, an dem es nichts zu tun gab. Ich fragte meine Oma, ob sie sich eigentlich daran erinnern konnte, was sie vor langer Zeit immer zu mir gesagt hatte, wenn es Zeit war, zum Friedhof zu gehen, um das Grab zu pflegen: dass sie, meine Eltern, Durst hätten und ihre Frisuren vom Wind der letzten Nacht durcheinandergeraten seien und dass sie deswegen eine Gießkanne voll Wasser und eine Harke benötigten. Meine Oma erzählte mir, dass sie den Winter seit diesem Unfall lange nicht hatte ausstehen können. Den Winter, der ihr zuerst die Tochter genommen hatte und im Anschluss das Gefühl, noch etwas für sie tun zu können: zu wässern und zu harken. Inzwischen hatte sie ihren Frieden gemacht, sagte sie. Ich konnte ihr das nicht glauben, aber mir fiel nichts ein, was ich darauf hätte erwidern können, also sagte ich nichts.

Ebenfalls zweimal besuchten wir meine Tante und ihren Mann in deren Haus. Martin war nicht gekommen. Sein Forschungsprojekt ließe es nicht zu, dass er länger wegblieb, sagten sie. Ich hatte es nicht anders erwartet. In einer Zeitung, die ich im Bibliothekssystem erfasst hatte, hatte ich darüber gelesen: Irgendein Stern würde in diesen Tagen an der Erde vorbeifliegen. Die Forschungsgruppe hätte sich schon bereit gemacht für ihre Beobachtungen. Ein bisschen beneidete ich Martin um seine perfekten Ausreden. Nichts geht doch über Sterne.

Unter einem Vorwand stieg ich die Treppen zu Martins altem Zimmer unter dem Dach hinauf. Es war noch immer sein Zimmer. Die Möbel standen unverändert. Allerdings wurde der Raum inzwischen auch als Abstellraum genutzt – einige Kartons, Akten, Papierkram lagen über den gesamten Fußboden verteilt herum. Ich stellte mich an die gläserne Giebelseite. Die Elbe, die sich jetzt hinter den blinkenden Gebäuden des Klärwerks versteckte, konnte ich von hier aus nicht mehr sehen und das Summen der Anlagen drang trotz geschlossener Fenster dumpf in das Zimmer. Wir hätten es trotzdem gemocht.

Wenig später am Kaffeetisch erzählte meine Tante, dass sich Martin eigentlich nie von allein meldete. Wenn sie bei ihm anrief, war er kurz angebunden, meistens in Eile. Die Verbindung war oft schlecht, manchmal unterbrach sie abrupt. Dann knackte es in der Leitung und wenn sie seine Nummer dann gleich noch einmal wählte, hörte sie nur das Besetztzeichen. Sie probierte es dann kein drittes Mal. Im Frühling war er einmal für ein »kleines Wochenende« – von Samstag bis Sonntag – dagewesen, aber es war nicht gut gelaufen. Sie hatten sich gestritten. Er interessiere sich doch gar nicht für ihr Leben, sagte meine Tante. Sie sich auch nicht für seines, sagte meine Oma auf dem Rückweg, den wir so langsam zurücklegten wie den Hinweg. Als wir nach Hause kamen, war es Zeit für das Abendessen.

Am vierten Tag klingelte vormittags das Telefon und wir erschraken beide über das ungewohnte Geräusch. Wir schauten uns an und zuckten die Schultern. Ich hastete zum Telefon, das – vielleicht, weil wir leiser waren – lauter klang als sonst, bevor es sich der Anrufer anders überlegen würde.

Während ich die Ohrmuschel fester an mein Ohr drückte, um sicherzugehen, dass nichts vom Gehörten woandershin gelangte als in mein eigenes Ohr, beobachtete meine Oma mich weiter wachsam. Ich tat gleichgültig, so gut ich konnte, und zwirbelte die Telefonschnur um meinen Zeigefinger. Als ich nach dem Telefonat das Kabel wieder löste, war mein Finger gestreift – weiß, dort wo das Kabel aufgelegen hatte, und dunkelrot dazwischen.

»Eine Freundin aus der Schule. Ich fahre später bei ihr vorbei«, sagte ich. Gleichzeitig sortierte ich im Kopf bereits meine Gedanken und die nächsten Schritte.

Am Nachmittag fuhr ich mit meinem alten Fahrrad zum Bahnhof. Draußen waren kaum Menschen unterwegs – ich hätte die, die mir auf den etwa fünf Kilometern unterwegs begegneten, an zwei Händen abzählen können, obwohl ich die Hauptstraße nahm. Es dämmerte und ein paar Mal schaute ich genau in dem Moment zu einem Fenster, als dort eine Lichterkette oder ein Stern oder ein Lichterkranz zu leuchten begannen. Ich sah auch den Schatten des Menschen, der den Schalter gedrückt haben musste, beschloss aber, dass Schatten nicht zählten, und somit blieb es bei den zwei Händen voll Menschen, noch nicht einmal.

Ich war zu früh, wie geplant. Eigentlich war es zu kalt, um zu früh zu sein, aber ich wollte die sein, die »Erste!« rufen konnte, wenn auch nur still für mich und zu mir selbst, weil ich so voller Freude war.

Ich wollte ihn von einem sicheren Platz aus zuerst entdecken und Zeit haben, ihn für mich zu begutachten, um zu prüfen, ob er so aussah wie in meiner Erinnerung. Diese Zeit blieb mir trotz aller guten Planung nicht.

»Anna.« Langes A vorne, langes A hinten. Leise wie im Traum.

»Anna.« Ein bisschen lauter. Gerade laut genug, dass es zu mir durchdrang.

Mit einem Satz sprang ich von der Bank auf. Mein Schlüsselbund, an dem alle meine Schlüssel angebracht waren – Zuhause hier, Zuhause da, Arbeit, Fahrrad alt, Fahrrad neu und andere, die ich nicht mehr zuordnen konnte –, fiel klirrend zu Boden.

»Kannst du nicht einfach ›Hallo‹ sagen wie jeder normale Mensch? Warum schleichst du dich immer so an?«, fuhr ich Martin an.

»Hallo hallo, Anna. Besser?« Martin grinste.

»Entschuldigung. Ich wollte doch die Erste sein.«

Dann waren die drei Jahre, die sich oft so lang angefühlt hatten, plötzlich, mit einem Wimpernschlag und mit zwei zu langen A's wie weg, als wären sie nicht passiert.

Zusammen und nebeneinander gingen wir zum Sommerhaus. Martin selbst hatte am Telefon den Vorschlag gemacht. Dass es diese Möglichkeit wegen der Sache mit dem Klärwerk bald nicht mehr geben würde, wusste er noch nicht. Schnell, undeutlich und einzelne Wörter verschluckend, seine Münzen waren »gleich weg«, hatte er mich am Telefon instruiert, dass auf gar keinen Fall jemand außer mir mitbekommen sollte, dass er kommen würde. Er käme nur wegen mir und weil bald ein neues Jahrtausend anbrechen würde, weil sich die verrückten Geschichten, was alles passieren könne, wenn ein Jahrtausend zu Ende geht und ein anderes seinen Anfang nimmt, gehäuft hätten. Keiner hätte doch Übung mit etwas, was nur alle eintausend Jahre passierte. Von Supergaus und Außerirdischen war die Rede und von herabstürzenden Meteoriten. Unter diesen Umständen seien wir besser zu zweit.

Ich war sofort beunruhigt. Eventuell war mein Cousin inzwischen selbst verrückt geworden und hatte sich deswegen so lange nicht mehr gemeldet. Um uns zu schonen. Das Knacken in der Leitung, der Lärm im Hintergrund – Martin schien mitten auf dem Bahnhof einer deutschen Großstadt zu stehen – das Verschlucken ganzer Silben, sein zuggleiches Rattern durch Informationen hatten diesen Eindruck verstärkt. Und dennoch: Bei aller aufkeimenden Sorge hatte mich ein warmes, geradezu zärtliches Gefühl durchströmt. Da war jemand, der fand, dass etwas so Großes wie eine Jahrtausendwende mit mir in einen Satz gehörte, in einen Tag, in eine Minute, in die eine Sekunde, in der die Uhren und Kalender umsprangen. Diesem Gefühl folgte eine diffuse Mischung aus nervöser Vorfreude und Ängstlichkeit. Mit dem Klirren meines Schlüsselbunds auf dem Steinboden waren sie alle weggewischt.

Während wir gingen, erzählte ich Martin, was es an Neuigkeiten gab, zumindest, was die reinen Fakten anging. Ich redete, er hörte zu, fragte an manchen Stellen nach, ich erläuterte. Gerade als ich laut feststellte, dass wir jetzt auf einem halbwegs gemeinsamen Stand sein müssten, standen wir vor dem Gartentor zum Sommerhaus. Ein kleines Haus aus weißem Stein, umgeben von hohen Büschen und Hecken, die sich wie schwarze Gerippe vor dem klaren, inzwischen dunkelblauen Himmel abhoben. Hinter den Fenstern ein schwaches, flackerndes Licht. Wir gingen zögerlich durch das Tor und ich hielt die Luft an. Bis mir wieder einmal einfiel, dass man atmen muss, um weiterzuleben.

## Frost

»Und ich dachte schon, das ist euer geheimer Plan. Mich hier verhungern zu lassen. Oder erfrieren. Je nachdem.« Lauras Tonfall bewegte sich zwischen akut genervt und betont gelangweilt. Wir hatten noch nicht einmal die Tür hinter uns geschlossen, geschweige denn Laura im Raum entdeckt.

»Je nachdem?« Ich sah mich in dem schummrigen, fast leeren Raum um. Laura hatte an die zwanzig Kerzen verteilt und die wilden Schatten unserer Bewegungen huschten über die Wände.

»Je nachdem, womit ihr mich schneller los seid. Wusstet ihr wohl selbst nicht so genau.«

Meine Augen hatten sich schnell an das wenige Licht gewöhnt. Von Laura erkannte ich nur ihr Gesicht. Inmitten der Decken, aus denen es hervorleuchtete, wirkte es kreisrund und winzig. Sie saß oder lag eingewickelt in einer Schlafkoje und schaute hinter einer ausgebreiteten Landkarte hervor.

Martin wandte sich ihr zu: »Wohl eher verdursten. Das neue Jahrtausend wäre dir dann wahrscheinlich erspart geblieben. Ohne Essen hättest du zumindest ein bisschen hineinschnuppern können. Ein paar Wochen, je nach Temperatur, Ernährungszustand und Konstitution«, erklärte er trocken und höflich, als hätte Laura ihn ernsthaft um eine Auskunft gebeten. »Bei den derzeitigen Temperaturen allerdings …«

»Anna war immerhin so nett, mir zwei Piccolo hierzulassen. Keine Ahnung, was sie dachte, was ich hier auf meine letzten Tage noch feiern möchte. Das reicht leider nicht einmal, um mich wenigstens zu betrinken, bevor ich erfriere«, fiel Laura ihm ins Wort und funkelte mich an.

»Laura – Martin, Martin – Laura«, stellte ich die beiden einander vor. Dann packte ich alles, was ich uns mitgebracht hatte, auf den Tisch: belegte Brote, Stollen, Gebäck, Thermoskannen mit Tee. Eine Kanne reichte ich Laura, die den Deckel mühsam aufdrehte und dann ihr Gesicht über den warmen Dampf hielt, bis sich Tropfen auf ihren Wangen bildeten.

»Vorhin waren ein paar Handwerker da und haben sich alles angeschaut. Den Strom haben sie anscheinend gleich mitgenommen – jedenfalls funktioniert das Ding seitdem nicht mehr.« Sie zeigte auf den kleinen elektrischen Radiator neben der Koje. »Morgen früh rücken die Bagger an. Um acht, soll ich ausrichten.«

In dem Moment kam Kay zur Tür herein und blieb überrascht stehen.

»Kay – Martin, Martin – Kay«, sagte ich statt einer Begrüßung. Die beiden nickten sich zu.

»Genau deswegen bin ich hier«, sagte Kay. »Wir haben gerade den Anruf bekommen. Du kannst bei mir zu Hause unterkommen, Laura. Wir haben Platz«, sagte er und dann an mich gerichtet: »Bis ihr zurückfahrt?«, als wäre ich diejenige, die die Entscheidungen bezüglich der Reiseorganisation treffen würde.

»Danke, aber ich habe schon einen anderen Plan. Morgen früh geht es los.« Sie wedelte mit der Landkarte und die Flammen der Kerzen tanzten in der kalten Luft. Unsere Schatten flogen wie Gespenster durch den Raum. »Auf in ein neues Jahrtausend mit Udo und Katrin! Hast du ein halbwegs geländetaugliches Fahrrad, das du für ein paar Tage entbehren kannst, Kay?«

Dann erläuterte sie uns ihren verrückten Plan, mit dem Fahrrad die Elbe entlang bis in die Sächsische Schweiz zu fahren, um dort Silvester zu verbringen. Kay und Martin gaben sich redlich Mühe, sie mit vernünftigen Argumenten davon abzubringen. Ich hingegen wusste sofort, dass das bei Laura zwecklos war. Im Gegenteil: Sie versuchte nun, uns davon zu überzeugen, sie zu begleiten. Sie breitete vor uns eine frostig knisternde und einsame Landschaft aus, in der nichts zu hören sein würde außer dem gelegentlichen Kreischen eines Vogels und dem beständigen, monotonen Rauschen des Stroms.

Ich konnte Martin ansehen, wie seine Argumente zu bröckeln und seine Augen zu leuchten anfingen. »Hättest du vielleicht auch zwei Räder, Kay?«, fragte er schon und hing an Lauras Lippen.

Ich wollte Einspruch erheben, ahnte aber, dass er zu müde ausfallen würde, und ließ es daher bleiben.

Martin zuckte entschuldigend mit den Schultern und drehte sich zu mir: »Ich habe das vor zwei Jahren im Sommer gemacht. Eine Radtour den Fluss entlang, in mehreren Etappen. Es war die Hölle los, die halbe Welt war unterwegs. Aber im Winter, Anna. Wir hätten alles für uns.«

Laura ergänzte beflissen: »Die Route ist super. Unterwegs gibt es Gästezimmer und am nächsten Tag geht's weiter. Und zur Not steigen wir eben in den Zug für eine Etappe. Kommt schon.«

Kaum, dass er da war, war er schon wieder so gut wie weg. Ich konnte es ihm ansehen und mein Unglück kaum fassen. Synchron schüttelten Kay und ich die Köpfe. »Nur unter einer Bedingung. Der Rest des Abends und die Nacht gehören dafür Martin und mir«, sagte ich leise und hastig, weil ich wusste, dass es in anderen Ohren komisch klingen musste. Aber zu meiner Verwunderung nickten alle verständnisvoll.

»In Ordnung«, sagte Laura.

»Und was sagst du?«, fragte Martin an Kay gerichtet.

»Ihr nehmt den Kastenwagen aus der Tischlerei mit. Bei dem Wetter braucht ihr einen Haufen Zeug.«

»Abgemacht.« Martin griff nach den beiden Piccolo-Flaschen auf der Fensterbank, öffnete sie, nahm einen Schluck und reichte eine davon an mich weiter. Die andere gab er Laura, die ebenfalls trank und die Flasche prostend in unsere Mitte hielt.

»Auf Udo und Katrin«, sagte sie überschwänglich.

Jeder lachte das Lachen, das ihm in dieser Situation angemessen erschien. Meins war leise und kaum zu sehen.

Gemäß unserer Abmachung teilten wir uns in zwei Gruppen auf. Laura ging mit Kay zu ihm nach Hause. Sie würden die Räder und den Wagen für die Tour vorbereiten, so gut es in der kurzen Zeit möglich war. Martin und ich blieben im Sommerhaus. Wir würden das Haus für seine letzte Nacht vorbereiten.

Später lagen wir zusammen in der Koje und begruben uns unter den Decken. Jetzt, wo keiner von uns mehr sprach, meldete sich das

Haus knirschend und knackend zu Wort. Ich lauschte und versprach, wach zu bleiben und ihm zuzuhören. Ich sah Fanni, so wie sie sich in mein Gedächtnis eingebrannt hatte – feixend und mit gelben Eierpflaumen in beiden Händen. Ich sah mich – zehn, fast elf Jahre alt – in dem irrigen Glauben, dass Sommer immer gut sind.

»Martin?«, flüsterte ich, einmal, zweimal.

»Mhm«, murmelte es schläfrig zurück.

Ich rückte näher an ihn heran, spürte, wie sein Körper sich gleichmäßig hob und senkte, als lägen wir auf einem Floß und trieben auf dem ruhigen Fluss, unserem immerruhigen Fluss. Dann war ich eingeschlafen.

Und dann war ich aufgewacht. Aufgeweckt von einem ungeduldigen Hupen. Es dauerte einen langen Moment, bis ich mich orientiert und die aus meinem Kopf herausgekramten Hinweise zur Quelle und zum Anlass des Hupens sortiert hatte. Schon schlug eine Autotür zu und eine sehr muntere Laura und ein weniger munterer Kay standen in der Tür und wedelten mit Brötchentüten von Beck: »Bäcker Beck(t) besser!« in dunkelbraunen, dicken Lettern auf hellbraunem Papier.

Ich war, wir alle hier waren, vor einer Million Jahren mit Bäcker Beck aufgewachsen, drei Filialen gab es schon, als es noch DDR war, klug über die Stadt verteilt, eine davon nicht weit von meinem Zuhause entfernt. Damals schickten die Erwachsenen uns mit einem eigens für den Einkauf bei Beck vorgesehenen Jutebeutel los, um pfundweise Brot zu kaufen. Wir wussten noch nicht, was »Pfund« bedeutete und bestellten einfach, was sie uns aufgetragen hatten. Pfund blieb daher bei mir immer mit Brot verknüpft – bis meine Welt größer wurde, England auf meinem Globus auftauchte und Pfund plötzlich auch etwas mit Geld zu tun hatte. Das Auftauchen von England muss zeitlich ungefähr mit dem Aufkommen dieser Brötchentüten zusammengefallen sein. Seither bereiteten sie mir regelmäßig und regelrecht körperliches Unbehagen, wenn sie mir irgendwo begegneten.

Ich bekam kaum einen Bissen herunter. Nichts passte zusammen. Ich war müde und wollte wach sein. Ich war satt und wollte hungrig sein, ich war schwermütig und wollte leichtmütig sein. Am meisten wollte ich, dass Martin nicht weg wäre, kaum, dass er gekommen war. Am Tisch instruierte Kay die beiden anderen, was Auto, Räder und Ausrüstung anging. Martin und Laura hörten ihm zu und nickten kauend.

Von draußen hörten wir Stimmen und Motorengeräusch. Erst etwas weiter entfernt, dann näher und irgendwann so nah, dass sie sich nicht mehr ignorieren ließen. Wir packten unser Zeug zusammen und gingen vor die Tür. Dort blieben wir stehen und sahen in den kalten Garten beziehungsweise auf das, was von ihm übrig war. Laura, Kay, ich, Martin – von links nach rechts. Jetzt erst bemerkte ich, wie wenig überhaupt noch übrig war. Der Schuppen lehnte nicht mehr an seinem Baum, sondern war zu einem Haufen zusammengefallen. Die Bank an der Hauswand war weg. Vier helle Flecken auf den ansonsten vermoosten Steinplatten konnten bezeugen, dass sie dort für lange Zeit gestanden haben musste. Der Rasen war übersät von großen Lücken und Löchern.

»Ewa hat viel gerettet, ausgebuddelt und bei uns im Garten wieder eingepflanzt. Du wirst es gut finden, glaube ich«, sagte Kay, der meinen Blick bemerkt haben musste.

Ich hörte das Rascheln, das sein schwerer Parka an meiner Jacke verursachte, spürte, wie sich die Berührung der Jacken auf meinen Arm übertrug und bewegte mich nicht. Wäre Laura nicht gewesen, hätten wir wahrscheinlich kein Ende im Stehen und Gucken gefunden, aber so war sie es, die unsere Andacht auflöste, indem sie mit einem »Auf, auf!« in die Hände klatschte. Wir anderen drei seufzten im Kanon, setzten uns in Bewegung und gaben uns der Geschäftigkeit hin, die das letzte Ein- und Zurechträumen des Autos erforderte.

Ich sah Martins Frage, ohne dass er sie mir stellen musste und er musste meine Antwort gesehen haben, ohne dass ich sie ihm geben musste. Im Nachhinein weiß ich nicht mehr, warum ich nicht einfach auf die Rückbank gestiegen bin. Vielleicht dachte ich, dies sei nicht meine Veranstaltung, sondern seine. Vielleicht waren drei

Jahre zu viel gewesen. Vielleicht wartete etwas auf ihn und etwas anderes auf mich.

Dann waren sie weg. Der Sand knirschte, als würden die Reifen die obere Frostschicht des Bodens aufbrechen, sorgsam ein Kristall nach dem anderen. Kay und ich standen mitten auf dem Feldweg, sahen, wie Lauras Arm auf der Beifahrerseite nach draußen hing und für uns winkte. Und dann verschwamm alles.

# Kein Meteorit

Und alles war so leise. Viel leiser noch als vorher. Ich dachte, meine Oma müsste es doch auch hören. Man konnte hören, dass jetzt einer mehr fehlte. Eigentlich war es das Einzige, was man hören konnte, von morgens bis abends und die Nacht hindurch. Aber meine Oma war auf diesem Ohr wohl taub und machte so weiter wie die ganze Zeit schon. Ich versuchte mich davon anstecken zu lassen, was nicht gelang. Als ich es schließlich nicht mehr aushielt, machte ich mich auf den Weg zu Kays Haus.

Schon als ich in die Straße einbog, konnte ich sehen, dass in keinem der vorderen Fenster Licht brannte. Ich klingelte trotzdem und als niemand öffnete, ging ich rechts um das Haus herum in Richtung der Werkstatt, die sich in einem Anbau befand. Das Tor stand offen und ich glaubte, Stimmen zu hören. Als ich mich über den Hof näherte, mischte sich das Kreischen einer Maschine ein, verstummte sofort wieder und setzte nur kurz darauf erneut ein. Dazwischen Worte, die herausgelöst aus ihren Sätzen keinen Sinn ergaben.

Ich erkannte die Stimme von Kays Vater und erst danach die von Kay. Maschinenkreischen, »Das kannst du nicht machen!«, Maschinenkreischen, »Drei Jahre! Wanderschaft!«, Maschinenkreischen, »Flausen!«. Kay kam kaum zum Zug. Vor meinem inneren Auge konnte ich ihn förmlich sehen: wie er den Mund öffnete, das Wort noch mit den Lippen formte, eine Sekunde zu lang überlegte, schließlich übertönt wurde und wie er den Mund wieder schloss, bis zum nächsten Versuch. »Jetzt!«, wollte ich ihm zurufen, während ich mich so sehr darauf konzentrierte, den richtigen Moment abzupassen, dass ich die Augen fest zusammenkniff und die Hände in meinen Taschen zu Fäusten ballte.

»Jetzt?«, holte mich Kays Stimme zurück.

»Zu spät«, sagte ich in meinem normalsten Tonfall und versuchte, mir den Schrecken oder die Überraschung nicht anmerken zu lassen.

Kay stand in Arbeitskleidung vor mir. Ich betrachtete seine Schultern, die sich ungefähr auf meiner Augenhöhe befanden. Auf seinem dunklen Overall hatten sich Schneeflocken gesammelt – erst da bemerkte ich, dass es zu schneien begonnen hatte – und ich überlegte, indem ich die Menge der Schneeflocken zu überschlagen versuchte, wie lange es wohl her war, dass er aus der Werkstatt gekommen war. Martin hätte mir mit einer schnellen Antwort aushelfen können. Er hätte sofort die richtige Formel gewusst, wie man Schneefallgeschwindigkeit, Flockengröße, Zeit und Schulteroberfläche in Beziehung zueinander bringen konnte. Er hätte gewusst, ob es sich um Sekunden oder Minuten handelte, die ich hier stand. Aber Martin war nicht hier, er war unterwegs, elbelang aufwärts. Ich hätte es Kay fragen können. Ich hätte auch fragen können, worum es in dem einseitigen Gespräch gegangen war, zumindest hätte ich fragen können, ob alles in Ordnung war zwischen ihm und seinem Vater. Stattdessen schaute ich stumm auf einzelne Schneeflocken, die sich weiß von dem dunklen Stoff abhoben und aussahen, als hätte ein schneeflockengeübtes Kind sie mit seinem feinsten Stift gerade eben erst dorthin gezeichnet – ganz frisch und noch nicht einmal trocken.

»Gibt's denn sonst einen Grund dafür, dass du gerade hier rumstehst? Und dir die Gegend anguckst?«, fragte Kay mich jetzt, ebenfalls in einem ganz normalen Tonfall. Sein linkes Augenlid zuckte und er rieb sich mit dem Handrücken darüber, als würde er ein unwillkürliches Jucken wegwischen.

Drinnen sprang wieder die Maschine an und ich zuckte kurz zusammen. Dieses Mal blieb sie an und kreischte ihre schräge Melodie. Kay ging ein Stück und ich folgte ihm.

»Wenn es nämlich keinen gibt, könntest du mir vielleicht helfen.«

Ich hob und senkte die Schultern, was Kay als Aufforderung verstand weiterzureden. »Wir müssen morgen früh einen wichtigen Kundenauftrag ausliefern. Einen Teil davon haben wir schon ins Auto geladen. Allerdings ist der Schlüssel nicht auffindbar. Mein Vater vermutet, dass er ihn heute Morgen beim Spaziergang mit Teak verloren hat.«

Teak war der Hund der Familie – der seltene Hund, den man nur selten zu Gesicht bekam, da er meist träge auf einer seiner im ganzen Haus verteilten Plätze lag und schlief, in der Regel dort, wo keine Menschen waren.

Kay legte den Kopf ein bisschen nach hinten und schaute nach oben. Ich sah zwei Flocken, die direkt auf seiner Wange landeten, kleine Eissterne, die wegschmolzen, kaum dass sie dort angekommen waren.

»Vielleicht schaffen wir es noch, bevor alles zuschneit und es komplett dunkel wird.« Kay sah mich hoffnungsvoll, fast bittend, an.

»Hast du Taschenlampen?«, fragte ich und Kay drehte sich um und rannte zurück in die Werkstatt.

›Bring mir noch eine Mütze und einen Schal mit!‹, wollte ich hinterherrufen, ließ es dann aber bleiben, weil ich mich fragte, was das für eine Mütze und was für ein Schal sein sollten. Stattdessen setzte ich die Kapuze auf und zog den Reißverschluss meiner Jacke bis ganz nach oben.

Kay kam mit zwei klobigen Taschenlampen, in jeder Hand eine, zurück auf den Hof. Zwischen seinen Zähnen baumelten Arbeitshandschuhe, die er mir zusammen mit einer Taschenlampe übergab: »Hier. Sind ein bisschen groß, aber besser als nichts.«

Ich zog die Handschuhe über, die innen kein bisschen wärmer waren als außen, und folgte Kay, der sich zur hinteren Gartenpforte aufgemacht hatte. Wir folgten dem schmalen Weg, Kay leuchtete links, ich leuchtete rechts. Der Schnee war dichter geworden und sah ganz und gar märchenhaft aus, wie er im Lichtkegel der Taschenlampe tanzte, dann glitzernd auf den Boden fiel und dort, anders als auf Kays Wange, leuchtend liegen blieb.

Gerade als ich Kay fragen wollte, ob er denn wisse, wie weit sein Vater am Morgen gelaufen sei, hörte ich diesen hinter uns rufen. Ich drehte mich um und blieb stehen. Als er mich erreicht hatte, stützte er sich mit den Händen auf seinen Oberschenkeln ab, um zu verschnaufen.

»Ich bin heute einen anderen Weg gegangen als sonst. Das wollte ich euch noch erklären«, sagte er. Dabei atmete er schwer und schaute zu mir hoch.

Als ich mich Kay zuwenden wollte, bemerkte ich, dass er nicht gewartet hatte wie ich, sondern schon ein ganzes Stück von uns entfernt war. Selbst von hier aus wirkten seine Bewegungen entschlossen und trotzig. Mein Fehlen kompensierte er, indem er mit der Taschenlampe Halbkreise um sich zog – wie mit einem Zirkel von links nach rechts und wieder zurück nach links. Sein Vater und ich schauten ihm nach.

»Sturkopf!«, zischte sein Vater leise.

»Okay, erklär's mir.«

Für jemanden, der diesen Weg wie ich nicht kannte, war die folgende Erklärung kaum nachvollziehbar. Es ging um bestimmte Bäume linkerhand und unscheinbare Gabelungen rechterhand. Ich nickte trotzdem und versicherte, dass wir unser Bestes geben würden. Dann rannte ich los, um Kay einzuholen. Ich reihte mich wieder hinter ihm ein, übernahm die Beleuchtung des rechten Wegrandes und Kay verlangsamte nach einigen Schritten, vielleicht als er sich sicher sein konnte, dass ich allein zurückgekommen war, sein Tempo.

»Er ist anders gelaufen als sonst. Irgendeinen Bogen hat er gedreht. Bei den Pappeln«, rief ich nach vorne.

Der Weg war inzwischen so schmal, dass man, selbst wenn man gewollt hätte, nicht nebeneinander hätte gehen können. Der Schnee hatte eine dünne Schicht auf dem hohen Gras hinterlassen. Es schien aussichtslos.

»Bei den Pappeln? Wieso bei den Pappeln?«, rief Kay nach einer Weile über die Schulter zurück. Dann blieb er abrupt stehen.

Ich bemerkte es zu spät und konnte nicht mehr ausweichen. Bevor ich stürzte, fing Kay mich ab und zog mich nach oben. Wieder raschelten unsere Jacken aneinander.

»Er wollte etwas nachsehen«, sagte ich schnell, um das Rascheln zu übertönen.

Da erst bemerkte ich, dass wir direkt vor dem Teil der Elbwiesen standen, den ich bisher nur aus der anderen Richtung kannte. So oft war ich schon mit dem Zug über die Elbbrücke gefahren, die jetzt im weißgrauen Schneenebel vor uns lag und die die Landschaft in zwei Hälften schnitt. So oft hatte ich genau hier heruntergeschaut, wo ich jetzt mit Kay stand. Immer auf dem Rückweg, von dort nach hier. Ich legte meinen Kopf in den Nacken und sah, dass wir tatsächlich direkt unter jener hohen Pappel standen, die den Anfang eines gesäumten Streifens markierte, der aus dem Zugfenster immer aussah wie ein langes Band. Als »Pappelband« hatte es sich mir eingeprägt.

Ich nickte nach oben, um Kay ein Zeichen zu geben. Dabei klapperten meine Zähne aufeinander, so kalt war es. So kalt und so schön. Kay legte seinen Arm um mich und drückte mich an sich. So nah, dass nichts zwischen uns mehr raschelte.

»Die Eltern seiner Eltern, vielleicht waren es auch deren Eltern gewesen, hatten ihren kleinen Hof direkt neben einem Pappelwäldchen gebaut. Die Pappeln sollten sie beschützen – vor Wind und Sturm und Kälte. Sogar als Blitzableiter sollten sie taugen. Sie fühlten sich wie in einer Festung und alle im Ort beneideten sie darum.« Kay sprach langsam, seine Lippen formten die Silben langsam, unbeweglich vor Kälte, als müssten sie sie mühsam üben.

Ich bewegte mich nicht und überlegte, wie lange es dauern würde, bis wir zur Eisstatur geworden wären. Wer uns dann fände, würde nur eine Statur sehen, nicht zwei.

»Und dann?«, fragte ich bibbernd.

Ein Güterzug donnerte über die Brücke. Ich kam nur bis sieben, aber es waren viel mehr Waggons, das Donnern hallte lange nach.

»Und dann, eines Sommers … Kannst du dir so etwas wie Sommer vorstellen?« Kay lachte ein bisschen durch die Nase. »Eines Sommers jedenfalls mussten sie feststellen, die Eltern seiner Eltern oder deren Eltern, dass jemand ihnen und auch allen anderen, die ihre Häuser an Pappeln gebaut hatten, einen Bären aufgebunden hatte.«

Ich sagte nichts und wackelte prüfend mit den Zehen in meinen Stiefeln.

»Drei Pappeln wurden in diesem Sommer vom Blitz getroffen. In eine von ihnen ist der Blitz gefahren, dann wieder herausgefahren und auf das Haus übergesprungen. Zwei Kinder und das Haus konnten nicht gerettet werden.«

»Die Eltern deiner Eltern?«

»Es ist eine Geschichte, die bei uns immer wieder erzählt wird. Mittlerweile so oft, dass keiner mehr weiß, wieviel davon wahr ist. Auf jeden Fall meidet mein Vater eigentlich Pappeln. Deswegen war ich überrascht, als du sagtest, er wäre bis zu den Pappeln gegangen. Wenn es stürmisch ist, stellt er sogar die Musik oder den Fernseher lauter.«

Kay schob mich zurück in die Richtung, aus der wir gekommen waren. »Komm! Den Schlüssel finden wir jetzt auch nicht mehr.«

»Um die Pappeln nicht zu hören?«, fragte ich, bevor ich vorneweg ging, mit eingezogenem Kopf und hochgezogenen Schultern.

»Er redet nicht darüber. Wir haben es uns zusammengereimt.«

Schon als wir in die Nähe der hinteren Gartenpforte kamen, hörten wir das Kreischen der Maschine. Das Licht, das durch die Werkstattfenster fiel, erhellte den Garten. Der Boden glitzerte. Der Himmel leuchtete.

»Es hat sich übrigens bislang keiner gemeldet – keine Polizei, kein Krankenhaus. Es scheint alles glatt zu laufen bei Martin und Laura«, rief Kay mir später hinterher, als ich die Straße entlanglief.

»Danke«, rief ich zurück, ohne mich noch einmal umzudrehen, mit den Gedanken schon im neuen Jahrtausend. Was sind schon drei Jahre gegen ein ganzes Jahrtausend, dachte ich.

Am nächsten Tag liefen die Dinge nicht mehr glatt. Ich war noch nicht einmal richtig wach, als meine Oma mich ans Telefon rief.

»Rate, wo der Schlüssel war.«

»Zu früh«, murmelte ich müde.

»Falsch. Er lag direkt vor unseren Füßen. Als ich zurück in den Garten kam, und du die Straße runtergerannt bist, habe ich dir eine Weile hinterhergeschaut, da sah ich ihn plötzlich durch den Schnee glitzern. In einem dieser Lichtquadrate, die von der Werkstatt auf den Schnee gefallen sind, erinnerst du dich? Genau da, wo wir standen, bevor du die Straße heruntergehüpft bist.«

Ich überlegte, wie der Nachmittag hätte auch verlaufen können: wenn wir den Schlüssel gefunden hätten, bevor wir uns überhaupt auf die Suche gemacht hatten. Wenn wir nicht diesen ganzen Weg mit den Taschenlampen abgesucht hätten.

»Dann hat es geklappt mit dem Auftrag?«, fragte ich, anstatt das Nichtgeschehene zu denken.

»Alles erledigt. Allerdings gibt es ein neues Problem. Ich hoffe, das bleibt jetzt nicht so, dass auf ein gelöstes Problem immer ein neues folgt.«

Keine zwei Stunden später saßen wir in Ewas rotem Auto auf dem Weg in die Sächsische Schweiz und mussten uns entscheiden, ob wir links oder rechts der Elbe entlangfahren wollten. Wieder eine Schnick-Schnack-Schnuck-Situation, die zugunsten der linken Seite ausfiel. Sowieso die bessere, sagte Kay. Besser, weil grüner, zumindest laut Karte, rechts war brauner.

Eben noch lag ich in meinem Bett, vor mir ein Tag gefüllt mit Nichts, am Ende gekrönt vom stillsten Jahrtausendwechsel aller Zeiten und nur einen Anruf später war ich mit Kay auf dem Weg in ein Gebirge, in dem es von Sagengestalten nur so wimmelte, wo wir den Meteoriten, die alle Welt in dieser Nacht erwartete, viel näher sein würden.

Ewa hatte uns verabschiedet. Während wir noch ein paar Sachen in den Kofferraum luden, hin und her liefen, hektisch, weil alles zu langsam ging, stand Ewa die ganze Zeit am Auto, beobachtete uns und lächelte uns zu. Sie war uns eigentlich ein bisschen im Weg, wir mussten immer um sie herumgehen, und mit ihrem roten Zopf vor dem liegengebliebenen Schneeweiß sah sie aus wie ein unsicherer Engel. Ewa war keine, der man sagte, dass sie im Weg stand. Eher lief man zum hundertsten Mal um sie herum. Zu ihrer Verabschiedung hatte sie uns in den Arm genommen und uns dabei die Oberarme gerieben, als wollte sie uns schnell noch einen Vorrat an Wärme für die Reise mitgeben.

Später saß ich auf dem Beifahrersitz und war froh, dass es ganz praktische Dinge gab, über die wir sprechen konnten. »Weißt du denn, wie lange es dauert, bis der Wagen repariert ist?«

»Vielleicht morgen. Falls der Ka-Eff-Zetti es unter der Hand macht. Morgen ist schließlich Feiertag und eigentlich arbeitet er nie an Feiertagen, hat er zu Laura gesagt.«

»Der Ka-Eff-Zetti?«

»Der Typ, dem die Werkstatt gehört.«

»Du sagst Ka-Eff-Zetti zu ihm?«

»Du hast recht. Der Typ, dem die Werkstatt gehört, sage ich.«

»Weißt du denn, was passiert ist?« Ich wusste bisher immer noch nicht, was schiefgegangen war.

»Nicht genau. Nein.«

»Und ungenau?«, bohrte ich weiter.

»Nein. Ungenau auch nicht. Laura war sparsam mit Informationen.«

»Ewa hat überlegt, ob sie mitkommt«, sagte Kay nach einigen Augenblicken, in denen die Ampel von Rot auf Gelb auf Grün umsprang.

Wenn ein im Auto geführtes Gespräch schwerfällt und stockt, wird es während der Rotphase oft ganz still. In dem Moment aber, in dem die Ampel umspringt, gibt es einen Ruck und manchmal eine neue Wendung für das Gespräch. Das Geheimnis ist: Man muss die Stille bei Rot aushalten können.

»Oh.« Ich sah vor meinem geistigen Auge Ewa auf der Rückbank sitzen.

»Sie hatte wohl Lust auf diese Udo-Katrin-Geschichte. Die gefiel ihr. Und ich glaube, Laura gefiel ihr auch.«

»Du hattest recht«, sagte ich und schaute der Landschaft zu, wie sie uns entwischte.

»Womit?«

»Dass das der bessere Weg ist. Der schönere.«

»Du kennst den anderen doch gar nicht.«

»Schöner geht nicht.«

»Hast du gestern noch lange gefroren?«

»Die ganze Nacht.«
»Ich auch.«
»Was hast du dagegen getan?«
»Nichts.«
»Nichts?«
»Ich wollte es behalten.«

Als wir Stunden später in dem kleinen, in die Berge eingelassenen Haus um den runden Tisch saßen, zwei von uns auf dem Teppich, eine auf dem Sessel, einer auf dem Sofa, als es draußen dunkel wurde und drinnen kerzenhell, dachte ich, dass ich am besten immer noch weniger vom Leben erwarten sollte, damit es sich jedes Mal übertrifft.

Am Himmel, in dem sich der Schnee spiegelte, zuckten immer wieder bunte Lichtspektakel auf. Wir saßen klein und groß zugleich in dieser Spielzeuglandschaft mit einem Kaleidoskop als Bühnenbild. Als einer von uns irgendwann auf die Uhr schaute, vielleicht war es Laura, eher aber Martin, erfuhren wir, dass das neue Jahrtausend längst angebrochen war. Kein Meteorit war eingeschlagen und wir hatten es nicht einmal gemerkt.

## Aufwachen

Der Januar, der Februar und ich, wir flogen dahin. Die Tage wurden länger, die Nächte kürzer. Am Monatsersten erhielt ich den Dienstplan, am Monatsdritten wusste ich ihn auswendig. In der Wohnung blieben die vor Weihnachten gepackten Kisten unberührt. Als ich im Januar zurückkam, hatte ich Mühe, mich an diese Zeit zu erinnern. Marta tauschte Tag und Nacht aus und ich sah sie nur manchmal. Die Schildkröte schlief dafür weiter rund um die Uhr. Ab und zu holte ich sie aus dem Kühlschrank, versicherte mich, dass sie nicht zu viel an Gewicht verloren hatte. Einmal fiel sie mir aus der Hand. Im Flug fing ich sie auf. Sie war heil geblieben. Manchmal roch der Wind ganz kurz nach Frühling. Doch wenn ich mit meiner Nase eintauchen wollte, war er schon wieder weg: Es war nicht der Frühling, den ich roch, sondern die flüchtige Erinnerung an ihn. Immer mittwochs rief ich zu Hause an und fragte alles ab. Bei der Arbeit sah ich Laura. Laura liebt Martin. Martin liebt Laura. Die Mittagspausen verbrachten wir auf unserem Platz mit Blick über die Freitreppe und die Straße, unsere vier Füße lagen auf dem einen Stuhl vor uns. Sie erzählte mir von Martin und ich erzählte ihr von mir, ein bisschen auch von Kay, damit sie es Martin weitererzählen konnte. Ich konnte nicht aufhören zu erzählen. Die vierspurige Straße unter uns hatte zu Weihnachten eine veränderte Ampelschaltung und der Bus eine breitere Spur geschenkt bekommen. Der Verkehr blieb trotzdem »Wilder Westen«. Taxifahrer brüllten, alle brüllten, keiner wollte klein beigeben. Wir sahen durch die Scheiben im dritten Stock der Bibliothek zu, hören konnten wir immer noch nichts. Ein neues, altes Jahrtausend.

An einem frühen Märztag rief eine Kollegin mich an ein Telefon, das in einer Ecke des Lesesaals versteckt vor den Besuchern an der Wand hing. Ich war gerade dabei, Bücher in die Regale einzusortieren und murmelte unablässig das Alphabet vor mich hin, als könnte ich es vergessen. Die meisten Kollegen wussten sofort, ob das M vor dem T oder das Q nach dem U kam, aber es gab die, die es anscheinend nie lernten und diesen Umstand vor den anderen geheim hielten, zu denen gehörte ich. Durch dieses Buchstabenproblem nahm das Einsortieren bei mir viel mehr Zeit in Anspruch, als wahrscheinlich üblich war. Andererseits mochte ich es, mich zwischen den Regalen herumzudrücken, irgendwann wieder aufzutauchen, einen Blick aus dem Fenster zu erhaschen und zu ahnen, dass viel mehr Zeit vergangen sein musste, als ich geglaubt hatte.

Telefone dieser Art waren über alle Etagen verteilt und dienten ausschließlich der schnellen internen Kommunikation unter dem Bibliothekspersonal. Wenn sie klingelten, taten sie das leise und unaufdringlich, ohne die Anwesenden zu stören. Wer einen Anruf mit ihnen tätigte oder entgegennahm, tat das im Flüsterton. Ich legte das Buch, dessen Platz in der Reihe ich gerade suchte, zurück auf den Stapel und ging zu den Regalen mit den kartographischen Materialien, neben denen das Telefon hing. Mit der Hand die Sprechmuschel abdeckend und mit missbilligendem Blick reichte es mir meine Kollegin.

»Ja?«, fragte ich leise in die wie eine Blume angeordneten Löcher.

»Anna? Bist du das?«

Ich kam nicht gleich darauf, wem die Stimme gehörte, vielleicht hatte ich sie in letzter Zeit nicht häufig genug gehört.

»Das hat ja gedauert. Mittlerweile dürfte ich mit all deinen Kollegen mindestens einmal gesprochen haben. Hör zu.« Sie erwartete wohl keine Antwort und sprach einfach weiter.

Ich entschied mich, zu tun, was mir aufgetragen wurde – zuzuhören –, auch, weil meine Kollegin sich nun direkt in meiner Nähe geschäftig gab und mir neugierige Blicke zuwarf.

»Ich bin eine Weile unterwegs. Drei, vier Monate, vielleicht sechs. Mal sehen, wie es läuft. Ich muss mal etwas anderes sehen. Ein bisschen Italien, ein bisschen Frankreich, vielleicht Irland.«

»Marta«, rief ich, ein bisschen zu laut – ein weiterer, strafender Blick meiner Kollegin erreichte mich.

»Du kannst mein Zimmer so lange untervermieten, möbliert, alles drin. Mein privates Zeug habe ich in den Abstellraum geräumt. Ich brauche das Geld jetzt.«

»Marta«, zischte ich und drückte meinen Mund noch näher an die löchrige Blume. »Du kannst hier nicht einfach so anrufen. Ich bin in zwei Stunden da, dann besprechen wir das. In Ruhe.«

»Ja, tut mir leid. Ich wollte es dir früher sagen. Aber du bist wohl auf irgendeiner Wolke unterwegs. Es gibt nur ein kleines Problem. Ich habe noch zwei Tote. Nein, also zwei, die bald tot sein müssten. Ich dachte eigentlich, das würde längst durch sein. Aber anscheinend können die nicht so gut mit mir. Vielleicht geht's mit dir besser, bestimmt sogar.«

»Marta!« Meine Kollegin machte ein unmissverständliches Handzeichen, das Telefonat sofort zu beenden.

»Du, ich muss jetzt. Ich habe dir einen Zettel dazu geschrieben. Liegt auf dem Küchentisch. Schlüssel werfe ich in den Briefkasten. Tut mir leid. Bisschen kurzfristig, ich weiß. Mach's gut.«

»Mar …!«

Ein Klicken und dann ein Surren in der Leitung. Ich hörte dem Surren zu, das ich in keinem anderen Telefon je registriert hatte, und versuchte das eben Gehörte zu sortieren. Dann drückte ich den Hörer in die Gabel, ging zurück zur »Neueren Geschichte« und widmete mich zerstreut den restlichen Büchern auf dem Rollwagen.

Später im Treppenhaus begegnete mir einer der Hausmeister. Ich berichtete vom Surren in der Telefonleitung. Er schien nicht zu wissen, was ich meinte, und legte die Stirn in grobe Falten. Ich versuchte es näher zu erklären – ein elektrisches Geräusch, als wäre man ganz weit oben oder ganz weit unten, unter Wasser vielleicht oder in den Bergen. Ich hatte das Gefühl, er würde mich gleich auslachen, da ließ ich es bleiben.

Zwei Schlüssel, Haustür und Wohnungstür, lagen im Briefkasten, zusammen mit ein paar Prospekten (trotz diverser Werbeverbotsaufkleber in unterschiedlicher Tonalität, von freundlich bis drohend, die schon dort klebten, als ich eingezogen war).

Auf den ersten Blick sah die Wohnung genauso aus, wie ich sie am Morgen verlassen hatte. Ohne die sonst im Flur hängenden Jacken und Taschen wirkte sie vielleicht ein bisschen aufgeräumter. Wie angekündigt fand ich einen Zettel auf dem Küchentisch: die Namen von Martas Toten und dazu Telefonnummern. Nichts weiter, kein Hintergrund, keine Geschichte. ›Danke Marta‹, dachte ich bitter und zog mir den Stuhl ans Fenster, um meine Füße auf der breiten Fensterbank abzulegen. Dann saß ich da, zwanzig Jahre alt, im Jahr 2000, mit zwei neuen Unbekannten, die es bald schon nicht mehr geben würde, und vermisste Kay, damit aus mir allein »wir zwei« werden würde.

Seit Silvester hatten wir uns viermal gesehen, vier Viertel-Freitage, vier ganze Samstage und vier Viertel-Sonntage. Wir hatten uns kaum getraut, die Augen zu schließen, um die Zeit nicht zu verschlafen. Irgendwann fielen sie doch zu, manchmal zuerst mir, manchmal ihm. Wir irrten und schwirrten müde durch die Tage, versuchten zu telefonieren und schrieben uns manchmal Briefe oder Postkarten mit Motiven aus aller Welt. Wir kauften die Karten, die sonst keiner kaufte. An die Ränder malten wir verschlungene Herzen, manchmal mit Pfeil, der durch sie hindurchging – als wären wir zwölf. Ich schnitt alle Herzen mit einem ungleichmäßigen Rand aus und sammelte sie in einem extra Fach meiner Geldbörse. Ab und zu zählte ich sie, wie man Münzen zählt. Anders als Münzen wurden es nur mehr, nicht weniger.

Dann ging ich zum Kühlschrank und hob Greta aus ihrem Winternest. Ich fröstelte mit diesem kleinen, kalten und harten Stein in meinen Händen. Die Schildkröte schlief immer noch. Ich holte die Gemüseschublade heraus, setzte das Tier wieder hinein, stellte die Schublade auf den Tisch und betrachtete Greta durch den zerkratzten milchigen Kunststoff: ein im eisigen Schneetreiben erstarrtes Tier.

Die Ärmel meines Wollpullovers zog ich über die Hände, knäulte die Enden in meinen Fäusten und klemmte sie zwischen meinen Oberschenkeln ein. Mit den Augen zeichnete ich die Ziffern der Telefonnummern nach und versprach, dass ich dort anrufen würde, wenn Greta endlich aufgewacht war. Denn zwei neue Tote gehen nur, wenn wenigstens das Tier wieder lebendig ist.

Das Klingeln war so schrill, dass ich befürchtete, der kleine Kasten über der Wohnungstür würde zerspringen. Als Marta noch da war, hatte ich meine Zimmertür fast immer geschlossen gehalten, sodass mir der Lärm, den die Klingel verursachte, gar nicht bewusst gewesen war. Seit sie weg war, schien alles etwas lauter und ich war froh über jeden Tag, den Kay mit mir in der Wohnung verbrachte.

Genervt wollte ich aufstehen und nachsehen, aber Kay hielt mich zurück.

»Heute nicht«, murmelte er und fing mich mit der Decke wieder ein. »Du hast es versprochen.«

»Was, wenn es brennt?«

»Die Feuerwehr klingelt nicht.«

»Und wenn jemand die Tür aufbricht? Da scheint einer keinen Spaß zu verstehen.«

»Ich bau dir eine neue. Die schönste Tür der Welt.«

Dann war es still. Ich lauschte, hörte, wie die Haustür geöffnet wurde, ferner Straßenlärm sich im Hausflur verteilte und die Tür wieder ins Schloss fiel.

»Eine mit Spion?«

»Natürlich. Und mit Briefschlitz. Gold, Messing, Diamantbeschläge … Alles, was du willst.«

»Na gut.« Ich ließ mich zurückfallen. »Dann muss ich das Bett ja nicht mehr verlassen.«

»Du musst Briefmarken kaufen. Da draußen. Für mich«, sagte Kay sanft. »Kay liebt Anna. Und Anna liebt Kay«, flüsterte er mir ins Ohr. Seitdem wir das herausgefunden hatten, sagte er es immer wieder, wie eine Zauberformel.

»Ich lass dich nur gehen, wenn ich danach eine Tür bekomme.«

»Ich werde drei Jahre und einen Tag lang wandern und dabei nur Augen für die Türen dieser Welt haben.«

»Versprochen?«

»Versprochen.«

An diesem Tag gingen wir nicht mehr vor die Tür. Wir redeten über das, was bisher unaussprechlich gewesen war und um das wir deshalb einen großen Bogen gemacht hatten. Immer, wenn es zufällig zur Sprache kam, hatten wir schnell das Thema gewechselt, als hätten wir uns die Zunge verbrannt oder auf die Lippe gebissen. Jetzt aber stellten wir es uns alles vor: Wie wir sein würden in drei Jahren und einem Tag. Wie wir nicht sein würden. Was unmöglich war. Und was alles möglich.

Am nächsten Morgen gingen wir zusammen zum Zug. Auf dem Weg durch den Park sammelten wir wilde Kräuter und verstauten sie in demselben Beutel, in dem wir vor ein paar Monaten die Blätter für den Winterschlaf der Schildkröte verstaut hatten. Greta war in der Nacht aufgewacht, und sie war hungrig. Kay war müde, ich sah es in seinem Gesicht, sogar in seinem Lächeln. Ich war auch müde. Wir würden beide noch ein paar Tage schlaflos bleiben, jeder für sich, dann würden unsere Körper kraftlos einfordern, was ihnen zustand. Vielleicht würde Kays Weg ihn zwischendurch hier vorbeiführen, vielleicht würden wir uns einmal sehen, vielleicht auch erst in drei Jahren und einem Tag, nach seiner Wanderschaft. Wir versprachen uns nichts. Nur, dass ich eine Tür bekommen würde, die schönste der Welt.

# DRITTER TEIL
## Sommer 2015

# Eins

Das alte Pappelband hing grün und satt in der Luft, trennte den farblosen Himmel von der üppigen Landschaft und begleitete den Zug auf seinen letzten atemlosen Metern. Auf Höhe des Brückenbogens würde er spürbar an Tempo verlieren und die hohen Bäume zurücklassen. Wenn ich nicht aufpasste, mich nicht ablenkte, würden sie wie ein Schmerz in meinem Rücken nachklingen, bis der Zug in den Bahnhof der kleinen Stadt einfuhr. Am Anfang des Weges, unten beim ersten Stamm, konnte man, wenn man nicht schnell genug wegsah, noch die leere Stelle von uns beiden ausmachen. Wie ein alter Fleck, an dem man wischen konnte, wie man wollte, und der trotzdem nicht wegging. Als wäre er für immer in die Landschaft eingebrannt: Kay und ich, die Königskinder.

Der graue Stahl der Elbbrücke wischte an meinem Fenster vorbei und ich war froh, dass es in den modernen Zügen nicht mehr möglich war, die Fenster zu öffnen. Sonst hätte ich vielleicht mit langem Arm ausprobieren müssen, danach zu greifen – nur um sicher zu gehen, dass die Brücke so nah war, wie es den Anschein hatte.

Meine Fahrkarte, Rückfahrt in genau vier Wochen, legte ich als Lesezeichen zwischen die Seiten und klappte das Buch zu. Die letzte Seite, eher die letzten zwei Seiten, würde ich später noch einmal lesen müssen.

Die Zugtür schien erst tief Luft holen zu müssen, bevor sie mich nach draußen entließ. Zischend setzte sie mehrmals von Neuem an, während ich hektisch mit der Hand über den Sensor zum Öffnen strich. Gerade als ich mich hilfesuchend umdrehte, ertönte ein Signal, die Tür löste sich aus ihrer Verriegelung und schwenkte mit einem schwerfälligen Seufzen nach außen. Ich stieg aus und stand in einer anderen Klimazone, in einer anderen Zeitzone, einer anderen Welt.

Ich war so lange nicht in der kleinen Stadt gewesen. Weil es damals vor fünf, vielleicht sechs Jahren schnell gehen musste, hatten wir, ohne hinzusehen einfach alles in den Container geschmissen, der unter dem Wohnzimmerfenster unserer Wohnung stand. Zuerst dachten wir, dieser Container würde niemals für ein ganzes Leben (das meiner Oma) und ein weiteres Viertelleben (meines) reichen. Am Ende war die Wohnung leer und der Container längst nicht voll und alles, was sich darin befand, sah so klein und kümmerlich aus, dass sich mir immer wieder das Wörtchen »Rest« in die Gedanken schob. Der Rest des Schützenfests, ein Rest von Unbehagen, ein Rest von Liebe, ein Rest von ihr. Als ich nur wenig später zurück in die große Stadt gefahren war, hatte ich gespürt, wie jeder Kilometer, der sich dazwischenschob, mir gutgetan hatte und mir half, nicht mehr daran zu denken. Wie auch jeder neue Tag half, die alten zu vergessen, zumindest scheinbar. So vergingen die Jahre und als ich kaum noch an die Wohnung dachte, als ich nicht mehr jeden Stuhl, jedes Sofakissen und jede Handtasche im Container genau vor mir sah, hatte sich plötzlich Martin gemeldet und mir von diesem leeren Haus und seiner verglasten Giebelseite erzählt.

»Weißt du noch? Es war wie fliegen!«

Einen Monat, hatte ich zu Martin gesagt, keinen Tag länger. Ich würde es mir ansehen und dann würden wir entscheiden, was wir damit machen könnten und ob es »etwas sein könnte«, für uns oder für einen von uns.

Hundert Mal (zehn Jahre lang etwa zehnmal im Jahr) war ich vor langer Zeit aus diesem Zug gestiegen. Hätte mich Ewa nicht regelmäßig auf dem Laufenden gehalten, wäre ich wirklich irritiert gewesen. Immer schon galt mein erster Blick der Brachfläche hinter den Gleisen, auf der Menschen großzügig ihren Müll entsorgten. Mit jeder Ankunft wurde es ein bisschen mehr Müll, ein oder zwei blaue Säcke oder ein halbes Fahrrad waren dazugekommen. Immer schon war ich ein bisschen dort stehen geblieben, den abfahrenden Zug und seinen Wind im Rücken, und suchte das Bild nach Veränderungen ab: Finde die zehn Unterschiede, oder so.

Als Ewa mir am Telefon angeboten hatte, mich wenigstens mit dem Auto vom Bahnhof abzuholen und zur Gästewohnung zu bringen, hatte ich abgelehnt. Auch ihr Angebot, den Monat bei ihr im Haus zu verbringen, schlug ich aus. Ich wollte als Gast kommen. »Gast« klang harmlos, unverbindlich und nach Einfach-wieder-Wegkönnen. Ewa machte eine lange Pause, an deren Ende sie seufzte, und erklärte mir dann den Weg dorthin. Ich müsste nur dem »Band« folgen. Wenn ich nur dem Band folgte, ohne Umwege, käme ich automatisch in der Gästewohnung an, sagte sie. Auf meine Frage, welches Band sie meine – ich hatte überhaupt keine Vorstellung – hatte sie knapp erwidert, dass ich das dann schon sehen würde, ich könne es gar nicht übersehen. Ein Band eben.

An der Stelle, an der sich sonst immer die Brachfläche vor mir ausgebreitet hatte, stand jetzt ein dunkel geklinkertes neues Bahnhofsgebäude. Über die gesamte Fläche um das Gebäude herum spannte sich ein riesiges Zeltdach auf, das den Platz vollständig in ein milchiges Licht tauchte. Ich blinzelte mehrmals, aber der Schleier blieb. Nur wenige Menschen hielten sich hier auf, und die wenigen wirkten nicht wie Reisende, sondern eher wie Einheimische – drei Jugendliche lehnten an den Fahrradbügeln und rauchten, zwei ältere Frauen saßen als einzige Gäste an einem der Außentische der Bahnhofsbäckerei bei Kaffee und Kuchen. Eine der beiden sah zu mir herüber, sagte etwas zu ihrer Begleiterin, die sich daraufhin zu mir umdrehte und mich neugierig musterte. Keiner der hier Anwesenden kam mir bekannt vor.

Bevor ich mich um das Band kümmerte, das in meiner Vorstellung längst zu einem endlosen, bunt durch die Stadt flatternden Tuch geworden war, las ich die Hinweistafel zur Geschichte des Bahnhofsneubaus, die im Wesentlichen bestätigte, was ich von Ewa schon gehört hatte. Eine ganze Philosophie rankte sich um die richtige Balance zwischen altehrwürdiger Tradition und schwebender, geradezu leichtfüßiger Moderne. Es war die Rede vom zeitgemäßen Menschen und seiner metaphysischen Unbehaustheit im Reisegepäck, der sich unter dieser luftigen Membran angemessen aufgehoben fühlen würde und ich fragte mich, ob ich damit gemeint sein könnte. Mit einem Mal fühlten sich Reisegepäck sowie die eben angelesene Unbehaustheit so schwer an, dass ich wünschte, Ewa wäre hier und würde mit ihrem Geplapper die gedämpften Geräusche übertönen, mich in ihr kleines Auto laden und in ihre Behausung fahren.

Das Band entpuppte sich als schmaler und zu beiden Seiten eng mit jungen Birken bepflanzter Weg, der direkt und ohne Umwege in die Altstadt führte. Ich hätte an einem Wochenende kommen sollen, hatte mir die ältere der beiden Frauen auf meine Nachfrage hin mitgeteilt, dann hätte ich nicht fragen müssen. Mitten in der Woche sei hier nicht viel los. Aber am Wochenende würde man, würde eine wie ich, nicht nach dem Band fragen müssen. Dann würden all die bunten Besucher mit ihren ratternden Wochenend-Köfferchen das geschlängelte und eingefasste Band Richtung Stadt entlangziehen. Dann könnte man, könnte eine wie ich, ihnen einfach folgen. Ich hatte mich höflich bedankt.

Die Wohnung lag unter dem Dach in einem für die Stadt, die ihre prächtige Blütezeit im Mittelalter hatte, typischen Hinterhofhaus. Um zu ihr zu gelangen, musste ich eine enge, steinerne Wendelturmtreppe nach oben steigen. Mir war noch immer ein bisschen schwindelig, als ich auf der kleinen Dachterrasse stand und über die benachbarten Höfe schaute. Die Terrasse, deren Bezeichnung mehr als wohlmeinend war, war in der Anzeige als Schmuck- und Herzstück der Wohnung beschrieben worden. Mehr als der Klappstuhl und die Füße desjenigen, der auf ihm saß, fanden keinen Platz auf ihr. Vielleicht lag es daran, dass die gedrehten Kreise des Treppenaufstiegs ihre Wirkung in meinem Kopf weiter entfalteten, aber oben angekommen, musste ich mich erst einmal setzen. Und ankommen.

Es war schön hier oben. Das Klappern und Plappern des Cafés im Hof wurde zum nebensächlichen Rauschen und ich musste mich nur ein wenig zur Seite drehen, um etwas sehen zu können, ohne selbst gesehen zu werden.

Die Gästewohnung selbst war ebenso winzig – winzig wie ein perfektes kleines Nest. Ich verteilte meine Sachen in der einzigen

Kommode und auf dem Badezimmerregal und machte es zu *meinem* Nest. Danach stieg ich die sechsundvierzig schiefen Stufen wieder hinab und stand mit einem Drehwurm, andersherum als der erste, zuerst auf dem Innenhof, dann auf der kopfsteingepflasterten Straße.

Es war den ganzen Tag über heiß gewesen, es muss schon morgens heiß gewesen sein. Man konnte den Menschen, besonders denen in Gruppen, ansehen, wie lange sie ein extremes Wetter schon aushielten. Dabei war es egal, ob es extreme Kälte oder extreme Hitze war. Irgendwann setzte ein bestimmter kollektiver Zustand ein – ein Ertragen, ein sehnendes Ertragen nach dem Ende.

Ich stand auf der Straße und glich ab, was Ewa mir über den Ort erzählt hatte. Sie hatte immer wieder Randbemerkungen fallen lassen, die in der Summe das Bild in meinem Kopf nach und nach korrigiert hatten – hier eine breitere Straße, da eine neue Farbe und dort ein abgerissenes und dafür anderes Haus. Die Stadt, die kleine graue Maus, hatte sich zu einem Touristenmagnet gemausert. Jeder Zweite trug eine große Kamera um den Hals, viele von ihnen zusätzlich praktische kleine Rucksäcke für das Nötigste auf dem Rücken. Die Plätze unter den Sonnenschirmen der Restaurants und Cafés, die den gesamten Marktplatz wie eine aufgeplusterte Blume umgaben, waren fast alle besetzt.

Der spätere Nachmittag war aus touristischer Sicht eine leere Zeit: Die anstrengenden Tagesaktivitäten lagen hinter ihnen, aber der entspannte Ausklang des Tages war noch nicht ganz greifbar. Alles wartete darauf, dass die Sonne endlich aufgab und man zur Ruhe kommen konnte.

Mit der vagen Idee, ein paar Kleinigkeiten für den Kühlschrank zu kaufen, war ich nach unten gegangen und orientierte mich. Ich kannte die Stadt auswendig, immer noch. Wenn man von oben auf sie schaute, sah sie aus wie ein zu korpulentes Strichmännchen, das die Arme jubelnd in die Luft riss. An der Stelle seines Herzens stand ein jahrhundertealter Brunnen, sein tiefes und dunkles Herz. Wenn ich dort war, sah ich mich gleichsam wie einen unruhigen

Punkt durch die Gliedmaßen des Männchens bewegen, immer ein bisschen irrend und schlingernd.

Ich ging um den Marktplatz, den Bauch, herum und es kam mir vor, als wäre ich die Einzige, die sich bewegte, während alle anderen jede überflüssige Bewegung in dieser Hitze zu vermeiden versuchten. Ich fand einen kleinen Supermarkt knapp außerhalb des Männchens, kaufte ein paar Dinge, wunderte mich kurz, dass sich das Angebot kaum von dem in der großen Stadt unterschied, und ging wieder zurück zur Wohnung.

Auf der Fußmatte vor der Tür stand eine Kunststoffkiste – gefüllt mit Brot, Aufstrichen, Obst und einer Flasche Wein. Darauf lag ein Flyer der Touristeninformation, wie ich sie unten im Durchgang zum Hof in einem Aufsteller gesehen hatte. Auf dem weißen Rand fand ich eine Notiz: *Fürs Erste. Ruf an, ja? E.*

Mein Mobiltelefon, das ich direkt bei meiner Ankunft aufs Bett geworfen hatte, wies mich blinkend auf drei entgangene Anrufe hin (Ewa, Laura, Laura) und eine Nachricht (Gutachter). Laura rief meistens direkt zweimal hintereinander an, da sie wohl davon ausging, dass ich es nicht schnell genug ans Telefon schaffte oder aber, dass drei-, viermal Klingeln nicht ausreichten, damit ich mich doch überwand, den Anruf entgegenzunehmen. Mir fiel nichts ein, was es Dringendes zu bereden geben könnte, und ich rief nicht zurück. Wir hatten uns erst am Tag vor meiner Abfahrt gesehen. In der Großstadt trennten uns nur ein paar gerade Straßen. Im Winter, wenn die Bäume auf den Höfen leer waren, konnte ich von meinem Küchenfenster aus sogar einen Teil ihres Arbeitszimmers sehen. Weil Laura am Vortag bei einem längeren Termin gewesen war, hatte ich Erik aus der Schule abgeholt, den Nachmittag mit ihm verbracht und ihn am Abend wieder bei ihr abgeliefert. Erik, das geliebte Überbleibsel aus einer mehrjährigen und am Ende dann doch gescheiterten Beziehung zwischen Martin und Laura. Erik, mein Neffe zweiten Grades.

Der Gutachter informierte mich in seiner Nachricht knapp, dass der Termin, der für den nächsten Nachmittag im Haus von Martins Eltern angesetzt gewesen war, nach vorne verlegt werden musste. Ich leitete die Nachricht an Martin weiter und hoffte, er würde es trotzdem schaffen. Danach würden wir vielleicht mehr wissen, Martin und ich.

Am Morgen nach dem ersten Aufwachen war ich eigentlich überhaupt erst angekommen. Alles andere bis dahin – das merkte ich, als ich die Augen öffnete und die niedrige Decke eine Armlänge über mir auf mich hinabfallen sah – war nur Vorgeplänkel.

*Bin da!*, schrieb ich also Ewa und *Bist du da?*, an Martin. Die tröstliche Wirkung setzte sofort ein und überzeugte mich, nicht alleine da zu sein. Ich wollte gerade das Telefon wieder unter das Kopfkissen schieben, als es zweimal kurz piepte: *Wie schön*, schrieb Ewa und *Fast. Um 12 Bunker*, schrieb Martin.

Während der Wasserkocher auf dem Abtropfteil des Spülbeckens hin und her ruckelte, machte ich mich im Bad fertig. Danach goss ich Wasser über eine großzügige Menge Instantkaffee und setzte mich mit dem Becher nach draußen auf die Terrasse, die zwar keine Terrasse, dafür aber gerade der feinste Sitzplatz der Welt, zumindest dieser Stadt, war. Unten im Hof, ich konnte es nur hören, wurden Stühle und Tische hektisch über die dicken Pflastersteine gerückt. Anweisungen wurden durcheinandergerufen, nicht verstanden, wiederholt, anders formuliert. Alle machten sich bereit für einen neuen Tag mit den Touristen.

Ich beschloss, dass wir alles hinbekommen würden. Egal, was.

# Zwei

Es ging leicht. Am linken Am des Strichmännchens raus, durch die Fingerspitzen hinein in den blauen Himmel, immer weiter geradeaus, irgendwann an der unveränderten Siedlung links, und dann konnte man ihn ganz hinten schon erkennen und musste sich nur noch trauen, auf ihn zuzugehen.

Plump lag der alte Bunkerberg am Ende unserer Straße und sah aus, als hätte ihn jemand dort aus Versehen liegen lassen. Ich stellte fest, dass er kleiner wirkte, je näher ich ihm kam – ein Scheinriese also. Ein Gebirge aus der Ferne, ein Hügel, wenn man davorstand. Ich kniff die Augen zusammen und sah nicht auf die Häuserreihen neben mir, während ich einen Fuß vor den anderen setzte, rechts einatmen, links ausatmen. Links von mir befand sich der Wohnblock, der den Kleinen Hof zu dieser Straße begrenzte, und rechts von mir der Wohnblock, der den Großen Hof begrenzte.

Ich wollte die Geister hinter den Vorhängen nicht in die nächsten Nächte mitnehmen. Nicht die in den Schlaf hineingeisternde Frage, was aus den Menschen geworden war, wer noch da war, wer weg, wer was über wen, über mich, wusste, wer welches Geheimnis hütete, vor mir und vor sich selbst. Dann lieber die Augen zusammenkneifen und weiter geradeaus: zu dem Punkt auf dem Berg, der erst noch ganz klein war, und jetzt immer größer wurde. Im Gegensatz zum kleiner werdenden Berg. Er wurde nicht nur größer, sondern veränderte auch seine Form, ein länglicher schmaler Baum.

»Schau mal einer an. Traust du dich auch mal wieder her«, plärrte da eine gehässige Altweiberstimme von links.

Ich musste nicht hingucken, um zu wissen, wem diese Stimme gehörte. Die alte Kosloski hing also immer noch im Kittel auf einem Kissen am Fenster und ging den Leuten auf die Nerven. Auch noch nach hundert Jahren hätte ich die Stimme erkannt, die unsere halbe Kindheit wie eine schlechte Reporterin kommentiert hatte. Babajaga hatten wir sie genannt – wie die Märchenerzählerin, die im Vorspann der russischen Märchen die Fensterläden ihrer Holzhütte weit öffnete und so tat, als schaute sie direkt in unsere Stuben und in unsere Seelen. Nur, dass die echte Babajaga aus dem Fernsehen immer freundlicher war, als es auf den ersten Blick den Anschein hatte. Die Kosloski blieb auch auf den hundertsten Blick ein Drachen.

»Ach, und der kleine Martin ist auch da.«

Ich riss die Augen auf und erkannte, dass der schmale Baum, der sich langsam auf mich zubewegte, mein schmaler Cousin war.

»Martin!« Ich hatte es wieder nicht hinbekommen, als Erste an unserem verabredeten Ort zu sein.

Die Kosloski brabbelte lautstark weiter, eine ordinäre Melodie aus wiederholten Fragen und Behauptungen, während wir uns, ohne sie weiter zu beachten, von ihr entfernten. Ohne es zu wissen, hatte sie dazu beigetragen, es Martin und mir ganz leicht zu machen. Wir lächelten uns groß und leuchtend zu und das reichte als Begrüßung. Es war die beste Begrüßung. Mit Martin neben mir wechselten meine eben noch zögerlichen Schritte in einen anderen Rhythmus. Weil wir so sehr mit uns beschäftigt waren und damit, der Kosloski zu entkommen, stolperten wir über einen großen Riss im Asphalt. Wir wendeten den Blick auf die graue Straße vor uns.

»Beste Bedingungen.« Martin schaute in den Himmel und in die knallende Sonne, die genau über uns stand. Er kniff die Augen zusammen. »Eigentlich«, fügte er achselzuckend hinzu und ich wusste sofort, dass er an die in der Mittagssonne nass glänzende Straße nach Timbuktu dachte.

Die graue Kreisstraße war über einen langwierigen Zeitraum von Jahren zur Hauptschlagader für den Bau des Prestigeobjekts der Stadt geworden. Eines der modernsten Klärwerke des Landes war in seinen nicht zählbaren Einzelteilen über diese Straße transportiert worden. Weil all das in eine Zeit gefallen war, in der manche Menschen ihre langjährigen Jobs verloren und somit sonst nichts zu tun gehabt hatten, gab es einige, die Buch darüber führten. Martin hatte sich solche Aufzeichnungen zeigen lassen.

Krause – er nannte ihn immer nur Krause – hatte mehrere große Collegeblöcke vollgeschrieben und dabei etliche Kugelschreiberminen verbraucht, blaue und schwarze. Über zwei, drei Seiten hinweg konnte man sehen, wie die eine Farbe immer blasser wurde, in farblos auf das Papier gekratzte Buchstaben überging, schließlich ganz aufgab und einer neuen, kräftigen Farbe Platz machte. Krause hatte in Spalten vermerkt, welche Fahrzeuge (in Tonnen) zu welcher Uhrzeit die Straße baustelleneinwärts und baustellenauswärts entlangkamen. Den Schäden, die durch die permanenten Erschütterungen an der Straße, den Gehwegen und am Wohnhaus der Krauses entstanden waren, hatte er eine eigene Spalte gewidmet und die aus seiner Sicht gravierendsten mit Textmarker hervorgehoben. Das Neongelb und Neongrün hatten in den Jahren ihr Leuchten eingebüßt, man erkannte es nur noch bei gutem Licht und schräg dagegengehaltenem Blatt. Die *Akte Krause*, wie Eingeweihte die Aufzeichnungen scherzhaft nannten, dokumentierte den Bau über mehrere Jahre. Vier Jahre und acht Collegeblöcke hatte es gedauert, bis das überdimensionierte Klärwerk, das für eine Stadt mit dreimal so vielen Einwohnern ausgereicht hätte, fertiggestellt und fast zwei Drittel unserer Flusswiesen zerstört waren.

Aus unserem, damals dunkel und glatt hingegossenen Straßenfluss, der in den flirrenden Sommern unserer Kindheit das Meer in sich spiegelte, war eine gebrochene und ungeliebte Ausweichstraße geworden, in der sich gar nichts mehr spiegelte. Jeder hier, der nicht unbedingt musste, mied die Straße und benutzte sie nur im Notfall.

»Das war's dann wohl mit Timbuktu.« Mit der Fußspitze fuhr ich entlang der tiefen Kerbe, über die ich eben gestolpert war. Wie ein vom Sturm zerzaustes Spinnennetz verteilten sich die Risse über die gesamte Straße. Die Leute hatten bestimmt Angst, sich die Unterböden ihrer neuen Autos an ihnen aufzureißen.

»Nach Timbuktu zu schwimmen war leider sowieso nicht die beste Idee gewesen.«

Als wir an dem Haus ankamen, in dem Martin vom elften bis zum neuzehnten Lebensjahr mit seiner Mutter und seinem Stiefvater gelebt hatte, entdeckten wir schon das Auto des Gutachters. Kurz darauf kam dieser selbst hinter einem üppigen Busch hervor. Er notierte sich gerade etwas auf einem Klemmbrett, sah uns vor der Treppe zur Eingangstür stehen, unterbrach seine Notizen und knipste ein geschäftiges Lächeln an. Martin war die Enttäuschung über das frühe Auftauchen des Gutachters anzusehen. Auch ich hätte gern noch vorher mit ihm alleine Zeit gehabt

Während Martin und der Gutachter das Haus begingen, Zimmer für Zimmer und Stockwerk für Stockwerk, wollte ich mich in den Räumen umschauen und ein paar Fotos machen, um später entscheiden zu können, was wir von der Einrichtung mitnehmen oder verwerten wollten. Kurz nach dem Tod ihres Mannes hatten die Ärzte bei Martins Mutter eine schwere und unheilbare Nervenkrankheit diagnostiziert, sie konnte schon lange nichts mehr entscheiden. Jeden Tag vergaß sie ein bisschen mehr – wer sie war, wer ihre Männer einmal waren und wer Martin war.

Alles, was ich über ihren Zustand wusste, wusste ich von Martin. Seit zwei Jahren lebte sie in einer speziellen Pflegeeinrichtung. Martin telefonierte regelmäßig mit der Pflegedienstleistung des Hauses und erkundigte sich. Jedes Mal hatte die Frau weniger neue Informationen für ihn und wiederholte nur, was sie in den vorangegangenen Telefonaten schon gesagt hatte. Das Haus stand seitdem bis auf wenige Wochen im Sommer, die Martin zusammen mit Erik hier verbracht hatte, leer. Die Risse im Mauerwerk waren mit jedem Besuch größer und tiefer geworden. Letztendlich hatte er den Gutachter bestellt, damit dieser ihm sagen würde, was hiervon noch zu retten war und zu welchem Preis.

Ich ging die Treppe nach oben, heimlich, als wollte ich vermeiden, jemanden zu wecken Martins geradezu beschwörender Singsang drang zu mir und verriet, wie viel ihm dieses Haus wirklich noch bedeutete: »Warten Sie, bis Sie erst das Studio gesehen haben«, redete er auf den größtenteils schweigenden Gutachter ein. Als wäre es ein Architektenhaus.

Ich schloss die Augen. Meine Zehenspitzen berührten das Glas, das die komplette Giebelseite einnahm und meine Nasenspitze berührte die Scheibe, die sich kühl anfühlte, obwohl es draußen so heiß war. Ich breitete die Arme aus, drehte die Handinnenflächen nach außen, sodass sie die Scheibe berührten, und achtete darauf, dass jeder einzelne Finger bis zur Kuppe auf der Scheibe lag. Unter meinen Händen sammelte sich klebriger Schweiß. Es würden feuchte Flecken zurückbleiben. Der Abdruck eines riesigen, verirrten Vogels.

Blinzelnd öffnete ich die Augen. Die zitternde und durch meinen Atem neblig weißgraue Stadt lag mir zu Füßen. Zwischen futuristischen und fensterlosen Zylindern, Würfeln und Halbkugeln fuhren auf weißen Straßen eckige Autos. Vereinzelt liefen rot und blau gekleidete Menschen zwischen den Anlagen und den akkuraten, dunkelgrünen Rasenflächen. Ein letztes Mal fühlte ich die Spannung in meinen Schultern, Händen, Fingern. Der unablässige Fluss von Martins Stimme ging im Poltern der Schritte auf der Treppe fast unter.

Dann flog ich los und Martins Stimme brach. Er hatte recht gehabt. Es war genau wie fliegen.

# Drei

Ich konnte es nur deshalb aussprechen, weil wir beide seit einer Ewigkeit in den spitzen Winkel der Decke über uns starrten und weil uns beiden vollkommen klar war, dass die Hitze jede Bewegung unmöglich machte.

»Dein Herz hängt daran«, sagte ich.

»Wie kommst du darauf?«

»Man kann es hören.«

»Mein Herz?«

»Und dass es hängt.«

»Ich sage doch gar nichts.«

»Eben. Es ist irre laut.«

»Laura kommt mit Erik vorbei«, sagte er. »Vielleicht schon übermorgen.«

»Ich weiß. Du lenkst ab.«

»Ja.«

»Geht es dir gut?«

»Ja.«

»Geht es dir nicht gut?«

»Ja«, sagte er.

Seit der Gutachter gegangen war (er fand allein hinaus), lagen wir auf dem Korkboden in Martins ehemaligem Zimmer und bewegten uns nur, um mit dem nackten Arm oder Bein ein kühleres Stück Fußboden zu suchen. Dabei klebte die Haut jedes Mal am Boden fest und ich stellte mir vor, dass sich so vielleicht Tiere fühlten, denen man die Haut langsam abzog. Dann war es aber doch wieder nicht auszuhalten, wie uns der Schweiß vom Bein kitzelnd herunterrann und sich in der dunklen Kuhle sammelte.

Während ich überlegte, ob es für Martin in Ordnung wäre, wenn ich seine letzte Antwort einfach überging – nur für den Moment – und das Thema wechselte (In dieser riesigen Hütte muss es doch irgendwo einen Ventilator geben! Und wo ist eigentlich der Sicherungskasten, um den Strom anzustellen?), bemerkte ich, dass er eingeschlafen war. Und auch, wenn mir das gerade gut passte, spürte ich, dass sich Unruhe wie eine alte Bekannte zu meiner Hitzeschwere gesellte. Ich konnte es immer noch schlecht aushalten, wenn jemand neben mir schlief. Beziehungen waren daran zerbrochen, zwei schon. Werteten sie es am Anfang noch als niedliche, kleine Marotte, fanden sie es später unerträglich und suchten das Weite, froh, sich rechtzeitig von mir befreit zu haben. Es würde besser werden, hatte ich immer wieder gehört und gelesen. Die Seele würde wieder vertrauen lernen. Ich hatte Zweifel, dass eine, meine Seele so etwas Großes überhaupt lernen konnte, und die Erfahrung gab mir bis heute recht. Daran, dass Schlaf harmlos und heilsam war, konnte ich nicht mehr glauben.

Ich kontrollierte Martins Atem einige Zeit lang, dann machte ich mich mühsam daran, Körperteil für Körperteil vom Kork abzulösen, darauf vertrauend, dass Martin seinen Schlaf wahrscheinlich überleben würde, und begab mich auf die Suche nach frischer Luft und frischem Strom.

Im unteren Stockwerk stellte ich fest, dass Martin, wohl in der Hoffnung auf so etwas wie Durchzug, die Vorhänge zur Seite geschoben, die Jalousien nach oben gezogen und sämtliche Fenster aufgerissen hatte. Trotzdem stand die Luft unverändert schwer und unbewegt in den Räumen.

Von Martin wusste ich, dass Krause, nachdem der Bau des Klärwerks so gut wie abgeschlossen war, einen neuen Collegeblock für eine neue Beobachtungsaufgabe »aufgemacht« hatte. Der Titel seines neuen Projekts lautete fast prosaisch *Wind, Wetter und Geruch*.

Martin hatte das Deckblatt fotografiert und mir das Bild geschickt. Erst lachten wir darüber, dann erzählte mir Martin, dass es wirklich stimmte: Wenn der Wind ungünstig stand oder wenn es wie heute erst gar keinen gab, und noch dazu die Temperaturen eine bestimmte Höhe erreichten, dann ließ es sich nicht mehr leugnen. Man hatte ein Klärwerk vor der Tür, ein ziemlich großes, und man konnte es deutlich riechen. Der Gestank kroch durch die Ritzen im Haus und machte sich dort breit. Er steckte in den Polstern und Vorhängen fest, auch dann noch, wenn der Sommer sich langsam verabschiedete und es kühler wurde.

Krause war erfinderisch und bewies geradezu schriftstellerisches Talent, als es darum ging, den Geruch in seinen vielfältigen Dimensionen zu beschreiben. Er bediente sich aus dem Fundus seines Erfahrungsschatzes und einer schier unglaublichen Vorstellungskraft, wie die Dinge außerhalb dieses Planquadrats riechen könnten.

Obwohl alle Fenster geöffnet waren und das Licht förmlich einluden, wirkte es im Inneren trübe und fahl. Hier war schon lange kein Leben mehr. Die größeren Möbelstücke hatte jemand mit weiten Überzügen abgedeckt. Ich versuchte mir vorzustellen, wie Martin entschlossen eine solche Arbeit erledigte. Es gelang mir nicht. Ich konnte kein Bild von einem emsigen Cousin herstellen, der sich um so etwas Pragmatisches wie den Staubschutz der Polstermöbel kümmerte. Es muss jemand anderes gewesen sein.

Mit dem Blick einer Fremden lief ich durch die Zimmer auf der Suche nach dem Stromkasten und inspizierte die Abstellräume und den Keller, soweit es die Lichtverhältnisse zuließen.

Zweimal drehte ich die Runde und schlich mich dann wieder die Treppen hoch ins Dachgeschoss, so leise wie möglich. Auf den oberen Stufen angekommen spähte ich in den großen Raum hinüber zu der Ecke, in der wir gelegen hatten. Weil die Sonne inzwischen weitergewandert war, lag die Ecke nun im Schatten. Im rettenden Schatten, auf den wir gewartet hatten, aber ohne Martin darin.

Schnell sah ich mich um, so gut es von meinem Standpunkt aus ging. Da ein großer Teil des Raums mittlerweile zur Abstellfläche für allerlei in den unteren Etagen nicht mehr benötigten Kram verkommen war und noch dazu ein paar Balken die Sicht versperrten, brauchte ich etwas länger, um Martin dazwischen auszumachen. Als ich ihn schließlich entdeckte, hielt ich unwillkürlich die Luft an, vergewisserte mich, dass meine Füße einen sicheren Stand hatten, und umgriff das Geländer fester. Alles in diesem Haus war von einem klebrigen Film überzogen.

Zuerst sah ich das Zittern – und dann das Beben. Die Schulter – ich sah ihn im Profil, im Schneidersitz mit spitzen Knien vor dem Fenster sitzend – hob und senkte sich merkwürdig flatterig. Seine Haare, von denen ich wusste, dass sie weicher waren als sie aussahen, klebten in dicken Strähnen an der feuchtglänzenden Stirn. Ich sah den geöffneten dunklen Mund, geformt wie ein müdes, kleines O, die Zunge, die über die ewig trockenen Lippen fuhr, die schwarzen Augen, die das Handy in seiner Hand fixierten. Mit dem anderen Unterarm machte er einen Versuch, sich die Strähnen aus dem Gesicht zu wischen. Er wischte sie aber nur ein bisschen beiseite, sodass sie nun auf den Schläfen lagen.

Vor dem Fenster, das rahmenlos und bodentief die gesamte südwestliche Seite einnahm, wirkte es, als würde er über der weißen Industrielandschaft schweben. Mit einem Stück buntem Teppich darunter hätte er genauso gut eine dramatische Märchenfigur aus *Tausendundeiner Nacht* sein können. Das Bild hatte etwas Tröstliches, den Bruchteil einer Sekunde lang, doch einen Wimpernschlag später war es wieder weg, das Tröstliche daran, und ich hatte nur noch Augen für sein Zittern und den Schweiß in seinem Gesicht, dem ich ansehen konnte, dass er kalt war.

»Du warst eingeschlafen.« Es hatte nicht wie eine Entschuldigung klingen sollen, aber da war es schon raus. Und vielleicht lag es an dieser Entschuldigung, die keine sein sollte, dass an der Stelle ein Faden riss, den wir an diesem Tag und in der folgenden Nacht nicht mehr aufnehmen konnten.

Ich lag auf dem Rücken und wachte über Martins Nachtschlaf. Seit er mir beim Bunkerberg entgegengekommen war, bekam ich das Bild nicht mehr aus meinem Kopf: Ein schmaler Baum mit einem blassen und nassen Gesicht lag neben mir. Augen und Mund waren nur als dunkle Löcher zu erkennen. Einmal hatte ich genauer zu ihm hinübergesehen und in seinem Gesicht nach anderen Schattierungen gesucht, es dann aber gelassen, da ich Angst bekam, dass dieses Gesicht zu einem der Bilder würde, die man nie vergisst und an die man sich immer erinnert, wenn man an eine Person denkt, auch wenn es sie vielleicht schon ewig nicht mehr gibt. Ich hatte meine Bilder von Martin schon zusammen und brauchte keine neuen.

An eigenen Schlaf war sowieso nicht zu denken. Im Vergleich zum Tag hatte es sich kaum abgekühlt. In der Hoffnung auf einen kühlenden Effekt hatte ich Baumwolllaken untergelegt. Jede halbe Minute bewegte ich meine Arme und Beine synchron ein paar Zentimeter weiter, als wollte ich in dieser lähmenden Hitze den langsamsten Schneeengel der Welt machen.

Der kreisende, gelbe Scheinwerfer des Klärwerks sowie das beständige Blinken erleuchteten regelmäßig und kurz die Szenerie. Ab und zu streifte ein weißer Spot mein Gesicht und ich kniff so lange die Augen zu, bis es hinter oder vor meinen Lidern wieder schwarz wurde. Das Rauschen der Anlagen, ohne jegliche Höhen und Tiefen, bildete einen entrückten Klangteppich.

Am nächsten Morgen nahm ich einmal mehr zur Kenntnis, was die Nacht manchmal auch sein kann. Sie kann so vieles nicht. Und wenn man schon nicht mehr an sie glaubt, ist sie auf einmal eine von den Guten. Dann heilt sie den Schmerz des Tages und sorgt dafür, dass sich der nächste so groß und voll anfühlt wie ein ganzes gutes neues Jahr.

Als wir aufwachten – zeitgleich, keiner war der Erste – regnete es. Es war ein dünner und leiser Regen aus hellgrauem Himmel, von dem sich die Gebäude auf dem Werksgelände kaum mehr abhoben. Misstrauisch suchte ich Martins Gesicht nach Spuren ab, fand aber keine. Als hätten die Nacht und der Regen gemeinsame Sache gemacht und alle beiseite gewischt.

Später, nachdem Martin den Strom angestellt hatte (der Stromkasten befand sich unter der Treppenabseite im Erdgeschoss – wahrscheinlich die einzige Stelle, die ich nicht näher untersucht hatte), tauschten wir uns bei einem simplen Frühstück über alles Mögliche aus. Wir redeten über Laura und Erik, die ich, weil wir in derselben Stadt wohnten und weil zwischen uns keine alte Liebe stand, viel öfter sah als Martin. Wir redeten über Martins Mutter und was die Ärzte zuletzt gesagt hatten und wir redeten darüber, was vielleicht aus dem Haus werden könnte.

»Es wäre das Leichteste. Und für Erik das Beste«, sagte Martin und wiederholte damit den Vorschlag, den er mir schon am Telefon gemacht hatte und den ich übergangen war – Laura mit Erik und mir in diesem Haus, das in dieser Lage wohl kaum zu verkaufen sein dürfte. Die Lage in erster Reihe zum Klärwerk war doppelt ungünstig und unattraktiv. Die kleine Stadt hatte seit Jahren Bewohner verloren, aber keine gewonnen. Von hier zog man weg, aber nichts zog einen dauerhaft her. Das galt erst recht für diesen noch kleineren Vorort der kleinen Stadt. Dazu kam, dass aus dem früheren Elbblick ein weißer Industrieblick geworden war.

»Man könnte es umbauen. Ihr hättet euren eigenen Eingang«, sprach Martin weiter, als er mein Stirnrunzeln bemerkte.

In diesem Moment fing der richtige Regen an, gerade so, als wäre ich in der Lage, mit meinem Stirnrunzeln Regen heraufzubeschwören. Ein rauschender und dichter Regenteppich vor dem Fenster verdeckte den Blick nach draußen und ermöglichte uns gleichzeitig unsere eigene Filmvorstellung. So konnten wir wie Kinder den Gedanken von einem Leben in diesem Haus weiterspinnen. Wir malten uns aus, welche Wände wir einreißen könnten (viele) und welche wir neu ziehen würden (gar nicht so viele), welcher Teil des Hauses meiner werden würde (Südwest) und welcher Lauras und Eriks (Nordost). Wir krümelten und kleckerten und kicherten.

Wenn ich später an dieses Frühstück zurückdachte, wunderte ich mich, warum wir so selbstverständlich Martin dabei nicht mitgedacht hatten, warum es nur um Laura, Erik und mich in diesem Spiel ging und warum Martin trotzdem derart begeistert davon war. Hätte ich bei diesem Frühstück nicht längst etwas ahnen müssen, wenn ich nur aufmerksamer gewesen wäre?

Dazu kam es aber erst Wochen später. Nach diesem Frühstück rief ich erst einmal Ewa an und teilte ihr mit, dass ich jetzt wirklich angekommen war, und dass es gut war, dass ich hergekommen war.

## Vier

Es regnete zwei lange Tage lang, die ich größtenteils in der Gästewohnung zubrachte. Morgens schlief ich, bis ich von allein aufwachte, und an den Abenden blieb ich wach, bis ich von allein einschlief. Da es nur zwei Sitzgelegenheiten in der Wohnung gab, das Bett und den Dachstuhl, legte ich keine zweihundert Schritte am Tag zurück. Ich aß, was vom ersten Einkauf und von dem, was Ewa vorbeigebracht hatte, übrig war. Zweimal holte ich mir etwas aus dem nun leeren Café. Der Regen hatte die Touristen von den Straßen und aus dem Hinterhof gespült. Dann rückte ich den Stuhl auf dem Dach ganz nah an die rauverputzte Wand, sodass der schrägfallende Regen nur meine Knie und Füße erreichte, und aß das Essen, das ich in einer Aluschale auf den Oberschenkeln balancierte. Mein Oberkörper und mein Kopf blieben geschützt unter der Dachrinne, in der es leise tropfte und rauschte. Wenn die Regentropfen, die auf meinen Knien zersprangen, warm an meinen Schienbeinen herunterliefen, bildeten sie auf den Oberseiten meiner Füße Rinnsale und sammelten sich in den Zwischenräumen meiner Zehen. Immer, wenn die kleinen Sammelbecken vollgelaufen waren, spreizte ich die Zehen wie Sonnenstrahlen und beobachtete, wie sich der hellgraue Beton darunter von der neuen Feuchtigkeit dunkel färbte. So vergingen zwei Tage.

Am dritten Tag, an einem Samstag, machte ich mich gleich nach dem Aufstehen auf den Weg zu Ewa, die uns alle für diesen Tag eingeladen hatte. Es fühlte sich an, als würde ich nach langer Zeit aus einem Elfenbeinturm herabsteigen. Auch die Touristen, einige hatten sich sicherheitshalber dünne, bunte Regenjacken um die Taille geschnürt, wagten wieder zaghafte Schritte auf die Straße und blickten noch scheu wie Rehe um sich und in den Himmel, den sie misstrauisch nach neuen Wolken absuchten. Ich ging den ganzen Weg zu Fuß, ohne auch nur einmal über die Route nachzudenken.

Schon als ich die Straße zu Ewas Haus hinunterkam, hörte ich Eriks Stimme. Erik war die ganzen letzten Wochen voller Vorfreude gewesen und jetzt überschlug sich seine klare Kinderstimme, als würde alles im Bauch Aufgebauschte mit einem Mal heraussprudeln müssen. Immer, wenn er aufgeregt war, kamen die Worte noch weniger hinterher und blieben auf dem Weg nach draußen stecken, mussten sich in einem zweiten Versuch neu formen, um schließlich über die Lippen zu gelangen.

Seit Erik erfahren hatte, dass er die Ferien hier verbringen würde, gab es für ihn kaum ein anderes Thema mehr. Sein vierter Sommer mit Martin am Fluss – er hatte mehrmals nachgezählt und dabei immer neue Erinnerungen hervorgefischt. Seit Wochen schrieb er Listen, was er alles tun wollte, und fertigte Skizzen, was er alles bauen wollte.

Das Tor der Hofeinfahrt stand offen und ich ging direkt am Wohnhaus vorbei nach hinten zur Werkstatt, wo ich Erik und Martin vermutete. Ewa hatte mir auf meine wiederholte Nachfrage mehrfach zugesichert, dass Kay an diesem Wochenende seinen Vater zur Messe begleiten und ganz bestimmt nicht da sein würde. Am Telefon hatte ich das Bedauern in ihrer Stimme gehört und wusste, dass sie es sich anders gewünscht hätte, für Kay, für mich und bestimmt auch für sich selbst. Nach der letzten und endgültigen Trennung hatte ich auch die übriggebliebenen, aus Postkarten ausgeschnittenen Pappherzchen in den Eimer mit Hausmüll entsorgt. Das war vier Jahre, sechs Monate und siebzehn Tage her. Trotz Ewas Versprechen vergewisserte ich mich, dass die beiden Transporter der Firma nicht im Hof standen. Alles leer. Ich war erleichtert und war es doch nicht.

Ewa hatte uns nacheinander alle in ihrem Haus und in ihrem Herzen aufgenommen – unmittelbar nach Fannis Tod erst mich, dann Martin, meinen damaligen Schatten, und später auch noch die, die wir selbst in unseren Herzen trugen, zu denen gehörten Laura und Erik. Wir sahen uns nicht oft, telefonierten aber regelmäßig miteinander und schrieben uns kleine Nachrichten. Alle Dinge, die unvorhergesehen und groß über mich hereinbrachen, erfuhr immer Ewa zuerst – Schlussstriche, Neuanfänge, alte Menschen, neue Menschen. Ewa war zu dem Menschen geworden, den ich anrief, wenn das Schweigen mich überkam und ich nichts mehr sagen konnte. Dann hörte sie mir zu.

Kurz noch hörte ich Martins Stimme, die immer, wenn er mit seinem Sohn sprach, einen ganz eigenen Klang bekam – einen Klang, der anscheinend nur Erik vorbehalten war. Dann begann eine Maschine zu kreischen, von der ich inzwischen wusste, dass es die Schleifmaschine war, die über die Generationen der Tischlerei weitergegeben wurde.

Unter der Eingangstür zur Werkstatt blieb ich stehen und beobachtete sie: zwei Jungs, die von hinten nur anhand ihrer Größe zu unterscheiden waren. Der größere hielt dem kleineren gerade ein langes helles Holzrohr hin, nahm die kleinere Hand in seine größere und führte sie über die eben geschliffene Stelle. Das kleinere Gesicht schaute in das größere und ein Lachen breitete sich darin aus. Dann entdeckte es mich und rannte mir entgegen.

»Anna.« Atemlos warf Erik sich mir in den Arm.

Er hatte keine Zeit für unser übliches Du-bist-aber-groß-geworden-Spiel, das wir spielten, ganz egal, ob zwei Stunden oder zwei Monate seit unserer letzten Begegnung vergangen waren. Schnell löste er sich wieder aus der Umarmung und erzählte, woran er gerade mit Martin arbeitete. Erik hatte sich schon früh angewöhnt, bei den wichtigen Dingen das Erzählen immer auch mit dem Zeigen zu verbinden, damit ihm die holpernden Wörter nicht in die Quere kommen konnten. Er zog mich in den Raum hinein und fächerte sein Material auf der Werkbank vor mir auf: Bambusrohre, Ringe, Schnüre, anderer bunter Klimperkram und die Zeichnungen seiner geplanten Angelrute.

»Augen zu.« Erik streckte den Arm aus und legte seine warme, weiche Kinderhand auf meine Augen. »Nicht schummeln.«

Als ich die Augen wieder öffnete, musste ich einen Schritt zurücktreten, um überhaupt erkennen zu können, was er mir direkt vor das Gesicht hielt.

»Sogar mit Nachtangeln.«

»Eine Angelkarte«, sagte Martin, der meinen verständnislosen Blick aufgefangen hatte. »Ich habe ihm versprochen, dass wir unten am Fluss übernachten.«

»Kommst du mit?« Erik zupfte an meinem T-Shirt.

»Mal sehen«, antwortete ich ausweichend, weil ich die Nacht und den Fluss seit der Sache mit Fanni noch immer nicht gut zusammenbekam.

»Bitte. Du musst. Mitkommen.«

»Mal sehen, okay?« Meine Antwort fiel ein bisschen zu schroff aus und sie tat mir schon leid, als sie noch nicht ganz ausgesprochen war.

»Erst einmal brauchst du sowieso eine anständige Angel. Die Fische hier beißen wie verrückt. Die muss was aushalten können«, kam mir Martin zu Hilfe, wuschelte Erik durch das Haar, das exakt wie Martins Haar aussah, und zog ihn zurück zur Werkbank im hinteren Teil der Werkstatt.

Da erst bemerkte ich es: Die Werkbank, die seinerzeit zum Sinnbild eines stummen, aber erbitterten Streits zwischen Kay und seinem Vater geworden war, hatte die Seiten gewechselt. Nun also doch. Die Bank hatte »immer schon« an der Nordseite der Werkstatt gestanden und Kays Vater, der sich auf die ehrbaren Meistergenerationen vor ihm berief, bestand darauf, dass sich daran auch nichts ändern würde, wenn Kay als Inhaber und späterer Nachfolger in den Betrieb einsteigen würde. Kay hingegen, der sich nicht vom Vorteil eines gleichmäßigen, diffusen Lichteinfalls überzeugen lassen wollte, räumte die Werkstatt in einer eifrigen Nacht-und-Nebel-Laune nach seinen eigenen Vorstellungen um. Die Bank war dabei unter den sonnigen Fenstern der Südseite gelandet. Hinter den Büschen, durch die man ab dem späten Herbst hindurchsehen konnte, lag der Fluss und hinter dem Fluss hingen Pappelbänder in einer Landschaft, die so weit war, dass sie in jedem, der sie ansah, eine unklare Sehnsucht nach etwas Großartigem pflanzte.

»Ich gehe mal ins Haus«, sagte ich.

Martin nickte mir noch zu, während Erik schon wieder über die Fische sprach (über vierzig Arten beherbergte dieser Fluss, hatte er gelesen, und jede einzelne wollte er auf jeden Fall einmal fangen und für sein Buch fotografieren) und mich gar nicht mehr hörte. Bevor ich durch die Tür nach draußen schlüpfte, fiel mein Blick auf die ungefähre Stelle, an der die Bank vorher gestanden hatte. Hellere und klar umrandete Stellen zeichneten sich auf dem grauen Steinboden ab. Dann ging ich über den Hof zum hinteren Eingang des Hauses, um Ewa und Laura zu begrüßen.

Die Schiebetür des Wintergartens stand offen und es wirkte, als ob Terrasse und Wohnraum fast nahtlos ineinander übergingen. Ewa und Laura standen nebeneinander am Ateliertisch, auf dem unzählige groß- und kleinformatige Fotografien ausgebreitet lagen. Als Ewa mich entdeckte, kam sie sofort auf mich zu und begrüßte mich auf ihre besondere Art. Dabei fasste sie meine Schultern mit ihren Händen, hielt mich eine Armlänge von sich weg und betrachtete mich, als müsste sie sich jedes Mal aufs Neue vergewissern, dass ich es war und keine andere. Wenn sie sich sicher zu sein schien, löste sie den Griff, manchmal atmete sie auf, und nahm mich in den Arm.

»Wir brauchen noch ein bisschen, ja?«, flüsterte sie mir zu und schob mich zu einem der Liegestühle auf der Terrasse.

Mit dem wohligen Vertrauen eines Kindes ließ ich es geschehen und mich in den Stuhl sinken. Wie ein stiller Planet lag ich in meinem bunten Kosmos und lauschte, wie die anderen Sterne lärmten und um mich kreisten. Das Wispern und Rascheln der beiden Frauen hinter mir, das Stottern und Hämmern der beiden Jungs irgendwo neben mir, mit einer Wand und einer geöffneten Werkstatttür dazwischen. Über mir der weiße Himmel, in dem sich die Sonne auflöste. Kein einziger Vogel war zu sehen und zu hören, vielleicht hatten sie sich in Sicherheit gebracht, wispernd in flüsternden Pappeln.

Lachen und Klappern weckten mich irgendwann auf. Ein tropfender Windzug streifte meine Beine und schenkte mir einen kleinen Stecknadelschauer. Ich blinzelte und sah, wie Erik in einem Badehandtuch über die Terrasse galoppierte. Der kleine Fuchs, der immer schon auch die kleinste Veränderung in seiner Umgebung registrierte und in für ihn gültige Kategorien einteilte, bemerkte mein Blinzeln sofort und stürzte sich auf mich. Ich rollte das japsende, nasse Paket von mir herunter und in meinen Arm, wo ich es zur Ruhe kommen ließ.

Als es Abend wurde – obwohl ich nicht sicher sein konnte, dass es Abend war, die Tage hier verschwammen und auf das Licht war bei diesen wechselnden Wetterlagen kein Verlass – saßen wir alle um den Ateliertisch, den wir zum Esstisch umfunktioniert hatten, und diskutierten, ob wir noch einmal zum Fluss hinuntergehen sollten. Erik, der unbedingt dafür war, drängelte, auch um seine unfertige Angel auszuprobieren. Wir Erwachsenen waren einstimmig in eine meinungslose Trägheit verfallen, der wir uns noch lang hätten hingeben können. Mir entging nicht, dass Martin unruhig wurde (wie immer, wenn sein Sohn überdrehte, wie er es nannte), was mich unruhig machte (auf eine hilflose Art, wie immer, wenn etwas Martin unruhig machte), was Ewa bemerkte (wie sie überhaupt alles bemerkte). Laura, die die Situation ebenfalls erfasste, reagierte wie üblich darauf, indem sie neue und meist unnatürlich komplexe Themen anschnitt, bestimmt eine Art Hilfsangebot. Ich lachte ein bisschen darüber, als ich mir dieser Kette bewusstwurde – wie umeinanderkreisende Planeten waren wir.

»Warum denn eigentlich nicht?«, fragte Laura und sah dabei irgendwie in die Mitte des Tisches zu der Holzplatte, auf der Ewa Baguette, Salat und Aufstriche in einem Kreis arrangiert hatte.

Ich hatte nicht damit gerechnet – obwohl ich es hätte besser wissen können –, dass sie dieses Thema gleich am ersten Tag anschneiden würde.

»Ja. Warum nicht?«, fragte Erik, der natürlich etwas anderes meinte, und sah erst Martin und dann Laura an.

»Erik geht es hier doch gut. Viel besser als da oben. Ich kann von überall arbeiten. Und du bist sogar hier geboren und aufgewachsen, Anna.« Statt Eriks Frage zu beantworten, richtete Laura jetzt ihren Blick auf mich, als hinge alles an mir. Ich wog ab, ob ich Laura wirklich erklären sollte, dass hier geboren und aufgewachsen zu sein der Sache vielleicht sogar eher im Weg stand, als dass sie ihr zuträglich war.

»Weil morgen auch noch ein Tag ist.« Martin stand auf und bedeutete Erik mit einem Kopfnicken, dass sie sich jetzt auf den Weg nach Hause und nicht zum Fluss machen würden.

»Weißt du doch. Gar nicht!«, brüllte Erik, stieß seinen Stuhl nach hinten und stapfte wie ein trotziger, zu klein geratener Prinz über den Hof zur Werkstatt.

Wir alle schauten ihm und seinem wogenden Umhang aus buntem Frottee hinterher. Die Sonne stand mittlerweile so tief, dass Eriks langer dünner Schatten ihn begleitete, bis er durch die Tür verschwunden war. Trotz seiner Wut war dies ein schönes und glückliches Bild von Erik.

Dankbar, dass wir das Thema auf diese Weise zumindest für den Moment wechseln konnten, starrten wir alle wie gebannt auf die Tür, als wäre es genau das, was jetzt zu tun war – einfach auf Erik zu warten, damit wir weitermachen konnten.

Ich weiß nicht, wer es zuerst gehört und eine Reaktion gezeigt hatte. Unmittelbar in dem Moment war ich mir sicher, ich war es gewesen. Ich hatte zu den anderen hingeschaut, um mich zu vergewissern. Später am Abend, als ich schon längst in meinem Bett lag und das spitze Dach wie eine schwarze Decke auf mich zu fallen schien, war ich überzeugt, dass es doch Martin gewesen war, der es zuerst gehört hatte. Wie in einem Film, der in Zeitlupe ablief, sah ich Martin, der zu keiner Sekunde den Blick von der Tür gelöst hatte und sich dabei steif wie eine Puppe, die soeben per Fingerschnipp zum Leben erweckt worden war, auf die Werkstatt zubewegte, um seinem wütenden Sohn zu folgen. Wir anderen hefteten unseren Blick irritiert auf Martins Rücken. Der Schweiß hatte auf dem roten Stoff seines T-Shirts ein Muster hinterlassen. Ein Baum, dessen Krone sich flach wie ein schützender Schirm zu beiden Seiten auffächerte, oder ein Schmetterling, der seinem Kokon entkroch.

Wir alle hörten das Wimmern (eine Katze? ein Kind?) und sahen zeitgleich das Unglaubliche. Die Baumkrone, der Schmetterling, die ungelenke Martinpuppe wichen erst zurück, sackten zusammen und fielen schließlich gemeinsam zu Boden.

Wir rannten alle gleichzeitig los. Das Krachen des Stuhls, Metall auf Stein, weil Laura ruckartig hochsprang und dabei den Stuhl nach hinten schleuderte, blieb mir unnatürlich laut in Erinnerung.

Während ich zu Martin stürzte, der wie ein hingeworfener, zusammengerollter Teppich auf dem Rasenstück lag, sah ich aus dem Augenwinkel, wie unser Kosmos explodierte und die Sterne aus ihren gewohnten Bahnen ausbrachen: Laura lief in die Werkstatt und Ewa ins Haus. Die alte Sonne, die inzwischen orange hinter den entfernten Pappeln stand, spiegelte sich in den großen Fenstern des Hauses und warf ihr Licht auf uns zurück, als wollte sie die letzte Szene des Tages schmeichelhaft ausleuchten. Das vorteilhafteste Licht des Tages, dachte ich, und strich Martin, der aussah, als ob er schlief, die sonnengoldenen Haare aus dem Gesicht.

Erik hatte recht gehabt: Wir wissen es doch. Gar nicht.

# Fünf

Regenschirm, leichte Jacke, geschlossene Schuhe, notierte ich in Gedanken, und beschloss, auf dem Rückweg ein bisschen einzukaufen. Auf diese Wetterumschwünge war ich nicht vorbereitet. Ich hatte gepackt, als stünde mir ein Urlaub auf einer sonnensicheren Insel bevor. Stattdessen war ich an einem Ort, an dem die Welt an einem Tag auf- und schon am nächsten Tag unterging. Der Vorfall in Ewas Garten hatte es wieder einmal bewiesen. Zum Glück, man müsse es wirklich Glück nennen, hatte der diensthabende Arzt später gesagt, dauerte es nur wenige Minuten, bis der Rettungswagen eintraf und die beiden Jungs, den großen und den kleinen, ins Krankenhaus brachte. Weltaufgang und Weltuntergang an einem Tag, an einem Nachmittag.

Alles an mir klebte und ich spürte, wie ein Regentropfen sich erst über meine Stirn schlängelte und dann auf meinen Wimpern Rast machte.

Die Krankenschwester musterte mich wie schon am Vortag von oben bis unten und schien dabei zu überlegen, ob sie mir überhaupt antworten wollte. »Gestern habe ich Ihnen es doch schon gesagt. Besuchszeit ab vierzehn Uhr.« Sie drehte sich um und ging zur Stationstür, die sich automatisch öffnete.

»Es ist fünf vor«, rief ich ihrem dreieckigen weißen Rücken hinterher. Die Tür schloss sich hinter ihr, als hätte sie sie verschluckt, als hätte sie sie aufgefressen.

»Eben.« Ich konnte sie geradeso noch hören.

Der Plastikschalenstuhl im Wartebereich vor der Station hatte meine Proportionen, nur als eine Art Negativ und fester. Fünf Minuten lang liefen mir die Tropfen über das Gesicht, immer dieselben Wege und Falten entlang. Vielleicht kommen die Falten daher: weil einem das ganze Leben lang immer irgendetwas übers Gesicht läuft, Wasser, Regen, Tränen. Als ich aufstand, hinterließ ich einen feuchten Fleck auf Sitzfläche und Lehne.

»Hast du geweint?« Martin hielt die Fernbedienung für das Bett in der Hand und als ich näherkam, stellte er das Rückenteil so weit nach oben, dass er fast saß. Den Tropfständer neben seinem Bett rollte er wie einen guten, aber zu dünnen Bekannten ein wenig nach vorne. Ein leerer durchsichtiger Beutel hing darin und sah aus wie ein Luftballon, Wochen nach der Party. Ich gab mir Mühe, das Etikett nicht zu entziffern. Das Bett neben Martin war immer noch leer, aber bezogen und vorbereitet für den nächsten Patienten.

»Nein. Du?«

»Wie geht's Erik?«

»Und wie geht's dir?«, wollte ich fragen, ließ es aber bleiben. Ich war mir nicht sicher, ob ich die Antwort, die bisher nur lose im Raum waberte, eingefangen und ausgesprochen noch gut ertragen konnte.

»Er liegt im Bett und plant eure Angelnacht. Jedes Detail. Damit alles vorbereitet ist, wenn du rauskommst. Wir sind rund um die Uhr damit beschäftigt, ihn davon abzuhalten, einfach aufzustehen und schon einmal hinunter zum Fluss zu laufen.«

Bei Erik hatte es wegen all des Blutes zuerst viel schlimmer ausgesehen. Mit der langen Angel in der Hand war er über seinen Prinzenumhang gestolpert und gestürzt. Weil er ungünstig an der Werkbank aufschlug, hatte er sich eine Platzwunde und eine kleine Gehirnerschütterung zugezogen. Uns allen war später ein Stein vom Herzen gefallen, während Erik gedacht hatte, die Welt müsste untergehen vom vielen Ruhen.

Martin lehnte den Kopf gegen das Kissen, das wegen der aufrechten Position ein wenig nach unten gerutscht war. Ich wollte meine Hand danach ausstrecken, um es zu richten, behielt sie jedoch bei mir.

Mein Cousin trug ein Krankenhaushemd und hatte trotz der stickigen Luft im Raum die Decke bis zu den Schultern glatt über sich gebreitet. Hemd und Bezug trugen fast dasselbe verwaschene Muster aus dünnen, grauen Nadelstreifen. Mit demselben bleichen Gesicht und den feinen, gräulichen Falten hob er sich bis auf die dunklen Höhlen von Augen, Mund und Nase kaum ab. Man musste schon genau hinsehen.

»Haben sie dir etwas gesagt?«, fragte ich, weil er nichts darauf erwiderte.

»Was gesagt.« Es klang wie eine Feststellung und nicht wie eine Frage. Ich beantwortete sie trotzdem.

»Was mit dir ist. Oder war. Und wann du hier wieder raus kannst.«

»Ein Schwächeanfall. Wie ich gesagt habe. Zu wenig getrunken.« Martin schloss die Augen – zwei Höhlen weniger in seinem Gesicht. Die Oberseiten seiner Lider fügten sich nahtlos in das vorherrschende Muster ein.

Das Klirren und Scheppern, das die ganze Zeit schon vom Korridor hereindrang, kam vor dem Zimmer zum Stehen. Die Tür sprang auf, knallte gegen die Wand zum dahinterliegenden Bad und eine weitere weiße Frau stellte ein Tablett auf Martins Beistelltisch neben dem Kopfende ab: ein Becher Kaffee (am Aussehen konnte man erahnen, wie er schmecken würde), ein in Plastik eingepacktes Stück Marmorkuchen und einige mit einer Büroklammer zusammengeheftete Zettel.

»Bitte unterschreiben! Morgen früh CT!«, sagte die weiße Frau, als sie schon wieder Richtung Tür drängte. Keine Zeit für große Worte. Wieder gab ich mir Mühe, den Zettel zu übersehen und nicht zu lesen, worum es ging.

Ich hatte die ganze Zeit über an der langen Fensterbank gestanden, den Rücken zum Fenster. Weil mich umzudrehen und die Aussicht näher in Augenschein zu nehmen sich angefühlt hätte, wie Martin im Stich zu lassen, prägte ich mir stattdessen die gestreifte Landschaft auf seinem Bett ein, kleine und kümmerlich wirkende Hügel aus Gliedmaßen, und zählte mehrmals die Streifen, weil ich immer wieder durcheinanderkam – zweiundfünfzig oder vierundfünfzig, je nachdem.

Weil Martin nicht redete, redete ich: darüber, dass der Gutachter angerufen hatte und noch auf ein paar Informationen von der Stadt wartete, und darüber, dass ich erst einmal zu Laura und Erik ins Haus gezogen war, um für Erik da zu sein, und darüber, dass die Kirschen und die Eierpflaumen reif waren (»Weißt du noch?«). Ich redete gegen den leeren Beutel und gegen die eng und schwarz bedruckten Blätter auf dem Tisch an und irgendwann sagte ich: »Tschüss« und: »Morgen komme ich wieder«. Ich sagte nicht: »Ich halte es nicht aus, wenn du nicht mit mir sprichst. Ich zerspringe vor Angst.«

Kaum hörbar antwortete Martin etwas, vielleicht ein Abschied, vielleicht etwas anderes. Ich fragte nicht nach. Dann stand ich auf. An der Tür hielt ich inne und wiederholte mein »Tschüss«. Dieses Mal hatte ich das Zimmer im Rücken, die Türklinke schon in der Hand, und wartete ein, zwei, drei flache Atemzüge auf eine Erwiderung. Ich glaube, es war die Hoffnung auf eine Antwort, die mich aus dem Raum entlassen und die anders klingen würde, nicht so klein. Ich konnte Kraft gebrauchen und ich wollte, dass Martin mir welche gab, so wie früher.

Es kam keine Antwort. Die Akustik, dachte ich. Diese Räume sind einfach nicht darauf ausgelegt, dass alles, was in ihnen gesagt, geflüstert oder geweint wird, auch gehört wird.

## Sechs

Es war die Angst, die mich gehen ließ, immer einen Fuß vor den anderen, ohne nachzudenken. Das war schon immer so. Je größer die Angst, desto schneller wurde ich, desto besser, zuverlässiger und kopfloser funktionierten diese körperlichen Abläufe. Im Gegensatz zu Martin. Wenn Martin Angst hatte, blieb er stehen, sackte zusammen, hörte auf zu reden, vielleicht zu leben. Deswegen wusste ich überhaupt, dass Martin Angst hatte, und das war vielleicht das Schlimmste – zu sehen, wie klein er vor ihr wurde und wie die dünne Decke nicht half, sich vor ihr zu verstecken.

Stumm nahm mich Ewa an ihrer Haustür entgegen: wie man ein Paket entgegennimmt, das man schon erwartet hat. Sie musste mich wohl kommen gesehen haben und empfing mich mit einem großen Handtuch, das sie mir um die Schultern legte, bevor sie mich zum Sofa schob. Mit beiden Händen drückte sie mich sanft in das Polster, blieb vor mir stehen und trocknete langsam mein Haar und mein Gesicht, als wäre ich eigens zu diesem Zweck gekommen, um eine stille und zärtliche Dienstleistung in Anspruch zu nehmen. Der Geruch von Nadelbäumen und Gebäck ging von Ewa aus und bewirkte, dass meine hastenden Füße und mein hastendes Herz sich beruhigten.

Im Haus ging alles so weiter, wie es weitergegangen wäre, wenn ich nicht gekommen wäre. Ich lag quer in dem großen Ohrensessel, denn so lag man am besten in ihm, schaute in den Garten und hörte dem Haus und den entfernten Geräuschen aus der Werkstatt zu.

Erik war zu hören, lange bevor es an der Tür klingelte. Er näherte sich dem Haus als Hubschrauber. Ich rutschte weiter in den Sessel, zog die Beine an meinen Oberkörper und umschlang sie mit den Armen, um noch ein Weilchen unentdeckt zu bleiben. Der Hubschrauber düste um den Esstisch, mindestens ein Stuhl fiel um, raste die Treppe nach oben, flog einmal durch die Zimmer, die über dem Wohnzimmer lagen, und wieder die Treppen nach unten, um schließlich aufs Sofa zu plumpsen. Seine Propeller brabbelten noch nach und wurden dann immer leiser. Woher hatte ein Kind so viel Spucke?

»Ich konnte ihn einfach nicht mehr im Bett halten. Ich hätte ihn dort anbinden müssen«, hörte ich Laura aus meinem Versteck zu Ewa sagen. Sie hob den umgeworfenen Stuhl auf und schob ihn über den Holzboden. »Und ich musste auch mal raus. Seit zwei Tagen habe ich keinen Fuß vor der Tür gehabt und rund um die Uhr darauf gewartet, dass jemand anruft. Dafür habe ich an den Texten weitergearbeitet. Schau mal.«

Ich hörte Papier rascheln und mir fiel auf, wie weit weg die Bibliothek und die große Stadt schon waren.

»Hat denn jemand angerufen?« Ich konnte Ewas Wortlaut aus der Küche, in der der Wasserkocher schnaufte, kaum hören. Ich hatte die entstandene Lücke einfach aufgefüllt.

»Nein, bisher nicht. Ich werde noch verrückt mit dieser Ungewissheit. Hoffentlich morgen. Damit wir endlich so etwas wie Fakten schaffen können. Eine Entscheidungsgrundlage oder so.«

Das dumpfe Geräusch von schweren Büchern, die auf einer Tischplatte abgelegt werden, verdrängte das leise Papier. »Mit Anna und Martin kann man ja nicht normal reden.«

»Das kommt schon noch.« Der Wasserkocher hatte sein Werk getan. Ewa war auch ins Zimmer gekommen und stellte ein Tablett auf dem Tisch ab. Mehr sagte sie nicht dazu.

Tiefer konnte ich mich nicht in den Sessel verkriechen. Ich war gespannt, ob Ewa gleich auflösen und mich wie einen Überraschungsgast ankündigen würde.

»Allein der Papierkram. Schule, Behörden, Verlag. Und Erik kann auch nicht auf jede x-beliebige Schule. Das dauert. Wir können doch nicht nur hier herumsitzen und abwarten, dass uns jemand die Entscheidung abnimmt. Es hängt so viel daran.« Ich kannte Laura gut genug, um mir ihre ausufernde Mimik und Gestik vorzustellen.

Der Helikopter nahm seinen Betrieb wieder auf und ratterte mit neuer Spucke los zu einem neuen Ziel, das ich nicht sehen, nur hören konnte. Und weil Hören und Sehen manchmal eins sind, konnte ich es eben doch auch sehen – so wie es sich auf alle Zeit eingebrannt hatte: mit Schneeflocken, die auf den Schultern liegenbleiben und auf den Wangen schmelzen. Mitten im Juli.

»Wer hängt woran?«

Immer noch, durch und durch. Drei Worte nur und ich dachte, ich hänge daran, an dir, warf den Gedanken jedoch im selben Augenblick wieder weg. Kays Stimme konnte ich anhören, dass er bestimmt nicht damit rechnete, dass ich ebenfalls hier war und mir eine Höhle in den Sessel gegraben hatte.

Erik liebte natürlich Martin, aber er flog auch immer schon auf Kay, vielleicht, weil er von beiden so wenig hatte, dass seine kleine Seele sich die Summe aus allem nehmen wollte, was möglich war. Wann immer sich die Gelegenheit bot, hängte er sich an Kay und ließ ihn nicht mehr los.

Auch das war ein Grund, warum Laura unbedingt dieses Haus wollte. Erik, der die meiste Zeit auf seinen Vater verzichten musste, weil der berufsbedingt in der Welt unterwegs und lieber allein mit sich war, hätte hier so etwas wie eine Familie, eine selbst ausgesuchte Familie. So argumentierte sie und sprach dabei immer auch für sich selbst und für uns, die wir dann ebenfalls eine Familie hätten.

Der Helikopter und sein großer Passagier kreisten durch das Zimmer und an meinem Sessel vorbei. Ducken und Verstecken zwecklos. Fast wären sie an mir vorbei gerauscht, ohne mich zu bemerken.

»Anna.« Er lächelte. Er war überrascht, freute sich. Es war ihm anzusehen.

Ich unterdrückte das Gefühl, dass ich mich freute, weil er sich freute und war froh, dass ich sicher saß und nicht spüren konnte, ob Knie oder Beine weich geworden waren.

Kay löste sich sanft von Erik und blieb unschlüssig an der Stelle stehen, an der der Helikopter mit ihm als Passagier zum Landen gekommen war. Als ich keine Anstalten machte, für eine Begrüßung aufzustehen, gab er dem Quengeln von Erik nach und düste mit ihm die nächste Runde durch das Zimmer. Ein bisschen schwerfälliger, so kam es mir vor.

»Anna.« Laura war nur überrascht, nicht erfreut, dafür aber schnippisch. Offensichtlich fühlte sie sich hinters Licht geführt, was ich in gewisser Weise nachvollziehen konnte. Normalerweise war sie mit ihren Abzügen immer übervorsichtig und versuchte, sie nicht auf der Oberfläche zu berühren, um keine Fingerabdrücke zu hinterlassen. Jetzt schob sie alles an Fotos, Texten und Material auf dem Tisch unwirsch und rücksichtslos umher. Ich vermutete, dass diese Behandlung eigentlich mir galt.

Der Hubschrauber mit Passagier brummte lauter als eben durch die aufgeschobene Terrassentür. Ich erhob mich, faltete meine Glieder wieder auseinander und folgte ihm nach draußen. Lauras Zischen ignorierte ich.

Inzwischen hatte es aufgehört zu regnen. Alles glänzte und sah aus wie frisch gewaschen, vielleicht wie frisch geboren. Der sachte Wind würde alles bald wieder trocknen, auch die restliche Regenfeuchte in meinen Haaren. Sie würde verdunsten, sich in einer Wolke sammeln und als neuer Regen auf mich herunterfallen. Vielleicht morgen schon. Regen müsste man sein.

»Anna.« Erik, der meinen Namen aussprach wie A-Na, ruderte mit den Armen, um auf sich aufmerksam zu machen. Ich stand still auf der Terrasse und sah zu dem kleinen, wilden Flummi im Fenster des Baumhauses hoch. Er formte die Hände vor seinem Mund zu einem Trichter und rief zu mir herunter: »Komm. Hier.«

Eriks Sprache, die wir schon längst nicht mehr als eine fehlerbehaftete wahrnahmen, war klar und auf den Punkt, jede Silbe ein neuer und unverbrauchter Atemzug. In Gesprächen mit ihm gab es keine peinliche Stille, nur eine schöne und reiche. Mit einer Geste, die heißen sollte »Ist ja gut, ich komme schon« begab ich mich zum Baumhaus und kletterte die Leiter nach oben.

Als sich mir Eriks kleine schmutzige Hand mit den schwarzen Halbmonden an den Nägeln entgegenstreckte, griff ich sie, weil ich irgendwann beschlossen hatte, Dinge oder Angebote von kleinen schmutzigen Händen niemals abzulehnen oder auszuschlagen.

Fast oben angekommen fiel mein Blick auf ein Brett über dem Eingang, das mir bisher nie aufgefallen war. *Sommerhaus 2000* hatte jemand in eckigen Buchstaben und Zahlen hineingeritzt. Der Titel könnte vieles sein, überlegte ich: die Typenbezeichnung eines Raumschiffs oder der Titel eines alten Reisekatalogs aus jenem Jahr, in dem die Uhren entgegen allen Voraussagen dann doch nicht stehengeblieben und kein Meteorit eingeschlagen war.

In Wahrheit handelte es sich natürlich um das Jahr, in dem Fannis Sommerhaus abgerissen und alles, was noch halbwegs verwertbar erschien, hierher transportiert worden war. Das Jahr, in dem ich den Schuppen, der sich müde an den Baum in Fannis Garten gelehnt hatte, und aus dessen Brettern dieses Baumhaus entstanden war, nicht aus dem Kopf bekommen hatte. Das Jahr, in dem ich dachte, wie oft ich eigentlich noch »Auf Wiedersehen« sagen sollte.

Mit einem Ruck zog mich Erik nach drinnen und mit einem Ruck ließ er mich wieder los, sodass ich auf den Boden plumpste.

»So hoch seid ihr also geflogen«, sagte ich.

»Hi«, sagte Kay und lächelte.

Weil meine Augen sich noch nicht an das Licht gewöhnt hatten, konnte ich das Lächeln nicht sehen, sondern nur hören. Ich lächelte zurück, als Antwort, und sah mich um, als es langsam ging. So gut man sich in dem niedrigen Baumhaus eben umsehen konnte.

Das Haus verfügte über drei kleine Fenster in drei Himmelsrichtungen und man konnte sich aussuchen, ob man die Sonne im Gesicht, im Nacken oder auf der Wange haben wollte. Zumindest wenn man allein, höchstens zu zweit war. Hielt man sich zu dritt im Baumhaus auf – was eigentlich gar nicht ging und im Moment nur deshalb möglich war, weil Erik kleiner war als die anderen Zehnjährigen, die ich kannte, und weil er sich die meiste Zeit mit dem Oberkörper weit aus dem Westfenster lehnte, um mit dem Kescher nach einer Eierpflaume vom nahegelegenen Strauch zu angeln –, hatte man diese Wahl nicht und musste die Sonne nehmen, wie sie kam.

Ich kniff die Augen zusammen und erinnerte mich daran, wie wir damals zu zweit hier drin gehockt hatten und die Sonne mich an meiner rechten Wange und an meinem rechten Ohr gekitzelt hatte. Als hätte es sich eingebrannt, spürte ich es noch Stunden später an Ohr und Wange, wie ein Phamtomkitzeln.

Am Morgen darauf war die Erinnerung an das Kitzeln und das ganze Gefühl, das an ihr hing, weg. Fahrig tastete ich danach, um es schnell zu greifen und besser zu verstauen, damit es mir nicht noch einmal abhandenkommen konnte. An diesem Morgen wurde uns klar, dass wir es nicht würden aufhalten können. Ich hatte mich aufs Sofa geworfen, meinen Kopf in ein Kissen gedrückt, es nass gebissen und nass geweint und die Ecken des Bezugs ausgeleiert, weil ich so fest daran gezogen hatte. Am Ende sah es aus wie ein Schmetterling.

Danach hatten wir kein Wort darüber verloren, dass uns das Gefühl, es könnte doch noch etwas mit uns werden, einfach verloren gegangen war, dass es sich vielleicht in den Pappeln, ganz oben, verheddert hatte. Und dann vergingen die Jahre, eins nach dem anderen, und einfach war natürlich nichts daran.

Eine grüne Eierpflaume kullerte auf den Boden und blieb vor mir liegen. Ich nahm sie zwischen Daumen und Zeigefinger und hielt sie vor uns in die Luft, zwischen mein Gesicht und Kays Gesicht.

»Noch nicht reif«, stellte ich fest.

»Wie lange? Noch?«, fragte Erik.

»Hängt davon ab.« Vorsichtig drückte ich in die gelbe Frucht, die nicht nachgab. Noch nicht.

»Wovon?« Erik stand zwischen uns und wir schauten zu seinem schwarzen Umriss nach oben.

»Von allem Möglichen.« Ich dachte an Temperatur, Licht, Wasser und daran, dass die falsche Dosis von nur einer dieser Komponenten eine ganze Ernte kaputtmachen konnte. Dann würde dies als das Jahr ohne Eierpflaumen in unsere Geschichte eingehen. Das Jahr ohne Eierpflaumen und das weitere Jahr ohne uns.

»Zwei Wochen. Wir schauen in zwei Wochen wieder nach. In Ordnung?« Kay hielt Erik die geöffnete Hand entgegen, damit er einschlagen konnte.

Er schlug ein.

Und ich beschloss, uns ebenfalls zwei weitere Wochen zu geben und dann erneut nachzusehen.

Die Eierpflaume steckte ich mir sicherheitshalber, damit ich es nicht vergessen würde, in die Hosentasche.

## Sieben

Die folgenden Nächte waren wie die folgenden Tage. Zerfasert, unruhig und lauernd darauf, dass etwas passierte.

Nach einer halben Woche beschlossen wir, der Hin- und Hergerissenheit etwas Konkretes entgegenzusetzen und teilten uns auf: Laura und ich wechselten uns im Krankenhaus ab – ein Tag sie, ein Tag ich, Ewa und Kay sprangen ein, um Erik nebenbei einen unbeschwerten Sommer zu verschaffen. Ich wusste, dass wir auch vor Erik nicht ewig würden geheim halten können, dass Dinge passierten, die so groß und schwer und unerträglich waren, dass sie etwas kaputt machen konnten, das kaum mehr zu reparieren war.

Laura bekam freie Tage, um mit Ewa ihren Bildband fertigzustellen. Ich bekam freie Tage, um mich um meine Dinge zu kümmern. So hatten sie es genannt, als wir zusammensaßen. Ich hatte genickt und gehofft, dass mir rechtzeitig einfallen würde, was »meine Dinge« sein könnten.

Weil ich jeden Meter in diesem Ort kannte und jeden Weg zielstrebig zurücklegen konnte, ohne darüber nachzudenken, kam ich überhaupt nicht auf die Idee, dass es sich hinter den Friedhofsmauern anders verhalten könnte.

Ich war gerade durch das Tor getreten und stand mit meinen beiden Blumensträußen – in der linken Hand bunte Gladiolen für meine Eltern, in der rechten gelbe Rosen für meine Oma – auf einem Hauptweg, als ich sah, dass ich nichts mehr wiedererkannte. Es war, als würde ich auf einem anderen, fremden Friedhof stehen.

Hätte ich keine Blumen dabeigehabt, wäre ich sicherlich einfach umgekehrt und hätte versucht, die Sache schnell zu vergessen. So aber fühlte es sich an, als hätte ich eine Mission zu erfüllen: die Blumen rechtzeitig in einer der herumstehenden grünen oder schwarzen Vasen an die ihnen zugedachten Plätze zu bringen.

Meine alte und immer noch abrufbare Orientierungsfolge »geradeaus-links-Bank-links-bei der Buche« galt nicht mehr, das erkannte ich auf den ersten Blick und lief eine Weile planlos herum in der Hoffnung, überhaupt irgendetwas wiederzuerkennen, vielleicht eine Bank oder eine Buche, vielleicht durch einen glücklichen Zufall ein ganzes Grab.

Erschwerend kam hinzu, dass ich den Friedhof kaum je in diesem Licht gesehen hatte. Früher hatte ich, so oft es mir möglich war, darauf geachtet, möglichst nach einem ausgiebigen Regen hinzugehen. Nie ist ein Friedhof so leer wie nach einem Regen, der alles bereits gegossen hat. Manchmal, wenn er nicht vorhersehbar gewesen war und auf dem Weg dorthin plötzlich eingesetzt hatte, wartete ich sogar vor dem Eingang und beobachtete, wie die Menschen hinauseilten, um das Trockene zu suchen. Erst danach, wenn schon eine Weile keiner mehr kam, ging ich durch das Tor, geradeaus-links-Bank-links-bei der Buche, stand unter dem hohen Baum und sah hinüber zu meinen Toten. Und manchmal, wenn der Regen so dicht fiel wie ein gut gewebter Teppich, verschwamm die Schrift auf dem Grabstein zu grauer Gischt und ich konnte mir ausmalen, dass es die Toten anderer Leute wären.

Dieser Tag aber leuchtete und schien selbst Spaziergänger, die keiner pflegenden Tätigkeit nachzugehen schienen, hergelockt zu haben.

»Ich brauche eine Nummer.« Widerwillig klemmte sich der Mitarbeiter der Friedhofsverwaltung hinter einen großen Röhrenmonitor, und das Gesicht, mit dem er mich ansah, leuchtete vom Schein seiner Datenbank so grün wie seine Arbeitskleidung.

Nichts in diesem Raum stimmte. Herr Meier, so teilte das Stoffetikett auf dem Latz seiner Hose mit, war zu groß für den Schreibtisch und zu jung für das Alter des Inventars. Drinnen war es zu dunkel für die Helligkeit des Tages und zu muffig für die Trockenheit draußen.

»Wenn ich eine Nummer hätte, müsste ich Sie doch gar nicht fragen. Dann würde ich den Weg ja selbst finden.«

»Sie haben ja gar keine Ahnung.« Ungelenk – man konnte sehen, dass die Arbeit am Computer nicht den Hauptteil seiner Tätigkeit in der Verwaltung ausmachte – bewegte Herr Meier die Maus auf dem Tisch hin und her.

»Wie bitte?«, fragte ich und dachte: ›Ich muss an meinem Auftreten arbeiten.‹

»Wenn Sie wüssten, womit wir es hier andauernd zu tun haben. Manche Leute kann man an der Hand zu ihrem Grab bringen und dann stehen sie direkt davor und glauben es einem immer noch nicht.«

»Vielleicht können sie ja nur den Tod nicht fassen.«

»Dann brauche ich das Datum.« Und weil ich wohl nicht schnell genug antwortete, ergänzte er: »Das Sterbedatum.«

»Das habe ich auch nicht«, stellte ich fest, nachdem ich eine Weile ungläubig in meinem Kopf danach gekramt hatte. Eine schwere Welle von schlechtem Gewissen überkam mich. Lange Zeit hatte ich nicht einmal die Geburtsdaten parat, wenn ich unvorbereitet danach gefragt wurde, bis ich sie irgendwann auswendig gelernt hatte, so als wären sie der Beweis, dass es sie wirklich einmal gegeben hatte. Sie alle.

»Direkt gegenüber steht eine sehr große Buche. Und nicht weit hinter dem Grab, vielleicht drei Reihen weiter, ist eine Mauer. Hilft Ihnen das?« Langsam wurde mir klar, dass ich – wenn ich nicht den gesamten Friedhof ablaufen wollte – von diesem Mann abhängig war, und legte eine Mischung aus Hilflosigkeit und vorauseilender Dankbarkeit oder das, was ich dafür hielt, in meine Stimme.

»Sie können den Friedhof von heute nicht mit dem Friedhof vor zwanzig Jahren vergleichen.«

»Hab ich bemerkt.«

»Wir mussten erweitern. Der ganze Westteil ist über die Jahre dazugekommen. Wegen Lehmboden. Und auch im alten Teil ist teilweise kein Stein auf dem anderen geblieben.« Er lachte. Mir war nicht klar, ob deshalb, weil er das mit den Steinen so passend und witzig fand, oder ob er über mich lachte, die in seinen Augen wirklich keine Ahnung hatte. Nach seinem Dialekt zu urteilen, war Herr Meier einer von hier. So sprachen sie nur hier, wo der Fluss sich irgendwann dazu entschieden hatte, in munteren Schlangenlinien aus der Reihe zu tanzen. Zwei- oder dreimal war ich nach meinem Weggang dieser Sprache, die die Vokale verschluckt und die Konsonanten aufweicht, andernorts begegnet und konnte sie auch jetzt wieder sofort verorten.

»Wegen Lehmboden?« Ich kannte Lehmboden nur aus meiner Kindheit. Der Lehmboden in meiner Erinnerung war so trocken, dass wir in den tiefen Rissen etliche Murmeln unwiderruflich verloren hatten. Das Bild ließ sich nicht mit diesem Friedhof oder überhaupt einem Friedhof in Verbindung bringen.

»Zu nass. Die alten Toten sind noch nicht weg, obwohl die neuen schon da sind. Wie am Fließband hier.« Meiers Gesicht wechselte die Farbe ins Bläuliche. Vielleicht hatte er das Programm gewechselt und wir kamen mit der Recherche voran.

»Namen?« Herr Meier wurde ungeduldig und setzte gleich nach: »Von Ihren Verstorbenen?«

Ich nannte ihm die Namen, die ich seit Ewigkeiten nicht mehr laut gesagt hatte, und war erschrocken, sie aus meinem Mund zu hören. Dabei fiel mir auf, wie fremd und vertraut zugleich sie klangen. Als wären die Menschen, denen sie gehörten, nur für ein paar Monate weggefahren, auf Reisen vielleicht, und bald wieder zurück.

Dann hörte man eine Weile nichts außer dem Schnarren des Rädchens auf der Maus.

»Ha.« Herr Meier hatte eine Entdeckung gemacht. »Da können wir uns ja freuen, dass der Zufall Sie heute hierhergeführt hat.«

»Ja?«, fragte ich zurück und spürte tatsächlich kurz so etwas wie eine groteske Hoffnung, dass er mir gleich einen guten Grund zur gemeinsamen Freude nennen würde.

»Sie haben sich ja wohl eine ganze Weile nicht hier blicken lassen, was?« Herr Meier lehnte sich auf dem Drehstuhl, der unter seiner

Gestalt komplett verschwand, zurück und verschränkte die Arme vor der Brust. Er genoss die Situation sichtlich. Anscheinend war es doch keine gemeinsame Party, sondern nur seine eigene.

»Das sage ich Ihnen doch die ganze Zeit.«

»Und die Briefe, die man Ihnen schreibt, öffnen Sie wohl auch nicht?«

»Kommt darauf an«, sagte ich vorsichtig, »eigentlich schon.« Ich dachte an all die Briefe und E-Mails, die ich geöffnet hatte, obwohl ich sie besser nicht hätte öffnen sollen, und an all die anderen, die ungelesen blieben, weil ich eine Hoffnung oder einen Glauben nicht vorsätzlich zerstören wollte.

»Kommen Sie mal mit.«

Draußen hatte ich Mühe, Schritt mit ihm zu halten und ein paar Mal spielte ich mit dem Gedanken, einfach in ein Gebüsch zu springen, mich zu verstecken und die Sache auf sich beruhen zu lassen. Ich würde ein anderes Mal, nach einem langen Regen, wiederkommen.

Wir müssen ein seltsames Bild abgegeben haben. Aus den Augenwinkeln bemerkte ich, dass ein paar Besucher stehenblieben und uns neugierig nachschauten.

»So. Bitte schön.« Ich wäre fast in ihn hineingerannt, als Herr Meier plötzlich stehen blieb. »Glauben Sie mir jetzt?«

»Wie bitte? Was?« Eine hilflose Antwort, die eine neue Frage in die Luft warf, um Zeit zu gewinnen. Mir war auch nicht klar, was ich ihm bisher nicht geglaubt haben könnte.

Herr Meier deutete auf das Grab, das von zaghaft blühenden Bodendeckern bedeckt war. Zwei Schilder steckten mittig in der Erde: »Die Pflege übernimmt die Gärtnerei Bollbusch«, stand auf dem einen. »Angehörige bitte dringend bei der Friedhofsverwaltung melden«, stand auf dem anderen.

»Bestimmt fünf Briefe sind schon an Sie rausgegangen. Es ist so weit. Seit letztem Jahr schon.«

»Es ist so weit?«

»Dreißig Jahre sind rum. Jetzt müssten sie durch sein. Wir brauchen den Platz. Wie schon gesagt: Fließband hier. Drüben auf dem neuen Teil haben wir anderen Boden. Da geht's dann schneller, zum Glück.«

Das Glück von Herrn Meier war offensichtlich ein anderes als meins. So kann das Glücksempfinden also variieren, von Fall zu Fall und von Mensch zu Mensch.

»Kann sein, dass die Post bei meiner Tante gelandet ist. Sie hat sich immer um diese Dinge gekümmert. Aber sie lebt seit einiger Zeit im Pflegeheim«, sagte ich und heftete den Blick weiter auf das Grab meiner Eltern. Mit den Augen verfolgte ich die kleinen Verästelungen des Grüns. Jeder kleine Zweig suchte sich einen anderen, an den er sich klammern und um den er sich schlingen konnte. Kleine Umarmungen für immer. Die Grabstätte meiner Oma bot das gleiche Bild, nur mit weißen anstelle der lila Blüten. In der Zeit, als meine Eltern hier beerdigt wurden, hatte man diesen Teil des Friedhofs, der vorher immer nur eine Wiesenfläche gewesen war, neu erschlossen und meine Eltern bekamen eins der ersten Gräber.

»Ja. Gut.« Meier verlagerte sein Gewicht und machte endlich Anstalten zu gehen. Aus irgendeinem Grund schien seine Laune zu kippen und an einem anderen Tag bei einem anderen Wind hätte ich vielleicht nachgefragt.

»Dann melden Sie sich doch bitte mal im Büro und geben durch, wie man Sie erreichen kann. Sie wissen ja …«

»Ja, Fließband, ich weiß.«

Einer ging und einer kam. So war es ja meistens. Meier in seiner grünen Kluft entfernte sich und war in all dem Grün bald kaum noch zu erkennen. Auf dem Weg traf er auf jemand anderen, der ihm entgegenkam, einen kleineren, schmaleren, einen, der leichter ging und die Schultern höher trug, der ging, als ob er eigentlich tanzen wollte.

Kay stand auf einmal neben mir und ich war mir sicher, dass er genau wie ich mit den Augen den kleinen Irrgarten vor uns nachzeichnete.

»Was passiert alles in dreißig Jahren?«, fragte ich.

»Wie kommst du auf dreißig Jahre? Ich weiß nicht einmal, was in fünfzehn Jahren alles passiert ist.«

Fünfzehn Jahre war es her, dass wir zusammen im Baumhaus saßen und im Bett lagen. Beide Male hielten wir die Augen geschlossen und waren so vorsichtig miteinander wie vielleicht nie wieder.

»Der Typ von der Verwaltung schien sich zu freuen, dass dreißig Jahr rum sind. Was meint er mit ›Jetzt müssten sie durch sein‹?« Aus dem Augenwinkel sah ich, dass Kay mich zum ersten Mal direkt ansah.

»Lehmboden«, sagte er schließlich und widmete sich wieder dem Geflecht auf dem Grab.

»Was stimmt nicht mit Lehmboden?«

»Ich glaube nicht, dass du das so genau wissen willst. Das Grab kann jetzt jedenfalls aufgelöst werden. Das wollte er dir damit sagen, denke ich.«

»Verstehe.«

»Weißt du schon, ob du bleibst?«

»Gestern Abend dachte ich, ich würde bleiben. Heute Nacht wusste ich es nicht. Und heute Morgen dachte ich, ich würde gehen.«

Nach einer Pause deutete er auf die Blumen, die ich immer noch in beiden Händen hielt: »Wasser ist übrigens dahinten.« Er zeigte auf einen Brunnen, der damals noch nicht dort gestanden hatte. »Vasen auch. Ich muss dann mal.«

Erst jetzt fiel mein Blick auf das große Holzkreuz, das er neben sich abgestellt hatte. *Helma Peters (1919-2015).* Ich dachte an Fanni und an die Jahre, die uns entgangen waren.

Kay ging ein paar Schritte rückwärts, ließ mich nicht aus den Augen und lächelte. Ich lächelte auch. »Tschüss«, sagten wir beide und »bis später.«

In Gedanken sah ich uns tanzen. Erst als ich ihn nicht mehr sehen konnte, ging ich zum Brunnen, um endlich die Blumen mit Wasser zu versorgen.

An diesem Abend lag ich in meinem Bett in der Altstadt und schaute in die hinterste Ecke des spitzen Winkels über mir. Weil ich wusste, dass gleich dahinter die Sterne anfingen, fühlte ich mich groß, wo ich mich sonst oft klein gefühlt hatte.

Ich dachte an Naiad, den erst im Jahr 1989 bei einem Vorbeiflug der *Voyager 2* entdeckten Neptunmond. Später Herbst nach einem langen Sommer. Wir saßen in Martins neuem Zimmer und richteten wieder und wieder sein Teleskop neu aus, um ihn am Himmel zu finden. Es war der Herbst, in dem wir – trotz allem – immer noch an das Unglaubliche glaubten. Nur, dass sich da zu dem unglaublich Guten auch das unglaublich Erschreckende gesellt hatte. Naiad hatten wir natürlich nicht gefunden. So wie die Generationen von Wissenschaftlern ihn in den folgenden vierundzwanzig Jahren auch nicht finden würden.

Vor zwei Jahren dann, als schon niemand mehr damit gerechnet und jeder sich neuen Monden und anderen Sonnen zugewandt hatte, tauchte der kleine Mond auf den Fotos eines Weltraumteleskops plötzlich wieder auf. Verhuscht und verschwommen, aber zweifelsfrei: Naiad.

Ich hatte es zufällig gelesen und die Notiz kommentarlos an Martin weitergeleitet.

Keine Minute später hatte mein Telefon auf der Tischplatte vibriert: *Yeah!*, schrieb er zurück. Eine weitere Minute darauf folgte die Frage, ob ich eigentlich wisse, dass der Name auf die Najaden zurückgehe, jene Nymphen der griechischen Mythologie, die über Seen, Flüsse und Meere wachten. »Passt ja.«, hatte seine Nachricht geendet. Ja, passt, hatte ich gedacht.

# Acht

Als endlich der Anruf des Gutachters kam, war ich allein. In allen vorangegangenen Tagen hatte es kaum zwei Minuten gegeben, in denen jemand von uns allein gewesen war. Selbst Martin im Krankenhaus hatte darüber geklagt, dass nicht einmal nachts an Ruhe zu denken war. Die Schwestern kämen jede Stunde und machten Lärm und Licht, hatte er mir erzählt, und dabei in diesem einen Satz drei Pausen gemacht. Mit jedem Tag wurden die Sätze, die Martin während unserer planmäßigen Besuche sprach, weniger und die Pausen darin länger. Und mit jedem dieser Tage machte ich dafür mehr Sätze und weniger Pausen.

Die Schwestern antworteten auf unsere zaghaften, weil ängstlichen, Fragen mit einem Schulterzucken und einer emsigen Hinwendung zu dem, was gerade im Zimmer oder an Martin zu tun war – Kissen aufschütteln, Tabletten zurechtlegen, Blutdruck oder Fieber messen. »Es muss ihm schon länger nicht gut gehen«, hatte eine Schwester auf dem Flur zu mir gesagt. Dabei achtete sie darauf, dass keine ihrer Kolleginnen es hörte. Ihren mitfühlenden Blick hatte ich mir sicher nicht eingebildet.

Wir riefen im Personalbüro seiner Hochschule an und teilten mit, dass es noch dauern würde, auch wenn unser Gefühl ein anderes war.

An dem Tag also, an dem der Gutachter anrief, war ich allein. Laura und Ewa waren schon morgens mit dem Zug in die Hauptstadt gefahren, um mit ihrem Verlag die finalen Änderungen für ihr Buch zu besprechen.

Kay und Erik waren unterwegs bei verschiedenen Kunden, um Möbel aufzubauen und Aufmaße zu nehmen. Seit dem Unfall – wir nannten es »Unfall«, obwohl wir es lieber »Zwischenfall« genannten hätten, – nahm Kay Erik mit zu allen anstehenden Tischlereiterminen und machte ihn zu seinem zwar jüngsten, aber wichtigsten Mitarbeiter. Jeden Morgen zur selben Zeit holte er Erik zu Hause ab. Ich blieb während dieser ganzen Phase bei Laura und Erik im Haus statt in meiner kleinen Dachwohnung, die ich trotzdem nicht aufgeben wollte.

Der Gutachter hatte nichts gesagt, was wir alle nicht ohnehin schon gewusst hätten. Ich merkte es daran, dass dieses Gespräch nichts, wirklich gar nichts änderte. Alles danach fühlte sich genau an wie vorher. Ich konnte weiter die guten Teller durchgehen und aussortieren und die Kristallgläser gegen das schmutzige Licht halten, um sie auf Risse zu prüfen.

Ich hatte es geahnt und das Gespräch hatte es bestätigt. Das Gutachten, das wir jeden Tag erwartet hatten, hatte lediglich als Ausrede für unsere immer wieder vertagte Entscheidung hergehalten. »Wir warten das Gutachten ab«, war zu einem geflügelten Wort geworden. Nun war es da – zumindest mündlich, die Niederschrift würde folgen – und alles war gleich geblieben. Das Haus hätte gelitten, so hatte er sich ausgedrückt. Er hatte alle Floskeln aus seinem gutachterlichen Wortschatzkoffer bemüht, er hatte vom Zahn der Zeit und von langen Leiden gesprochen. Als ich weiter die Gläser und das übrige Geschirr in der Vitrine auf Alters- und Gebrauchsspuren durchging, war ich mir plötzlich gar nicht mehr sicher, ob er wirklich vom Haus oder doch von mir gesprochen hatte und ob der Gutachter oder nicht doch ein Therapeut am anderen Ende der Leitung gewesen war.

Wir, die wir ebenso gelitten hatten, würden diese Entscheidung also allein treffen müssen. Und ich ahnte, dass wir sie alle längst getroffen hatten. Jeder seine und ich die meine.

# Neun

Ich stand neben Ewa auf der Terrasse und spürte, wie die von einem langen Tag gespeicherte Wärme meine Beine entlang nach oben kroch. Zusammen sahen wir Kay dabei zu, wie er zwischen der Werkstatt und dem Transporter hin und her eilte und die Ausrüstung für die bevorstehende Nacht einlud. Ich wollte mir einen Ruck geben und ihm helfen, damit es schneller ging und wir bald loskonnten, schaffte es aber nicht.

In einer Hand hielt ich noch immer den Korb, den Ewa mir gleich nach der Begrüßung überreicht hatte. Sie hatte ein Geschirrtuch darüber ausgebreitet und mir verboten, schon vorher hineinzuschauen. Damit ich später etwas von Eriks Geburtstagsfreude nachfühlen könne, hatte sie auf meinen fragenden Blick geantwortet. Sofort spürte ich Vorfreude auf diese Freude und war Ewa allein dafür dankbar.

»Weiß er es?«, fragte sie.

Wenn man Ewa nicht ansah und nur ihre Stimme hörte – zum Beispiel, wenn die Augen gerade sehnsüchtig, weil sie keinen Millimeter verpassen wollten, hinter jeder Bewegung eines anderen herwanderten –, klang sie wie Fanni. Plötzlich hatte ich sie wieder zurück, ein Atemzug stockte auf halber Strecke, und ich sprach mir ihren Satz in Gedanken nach, um ihn mir einzuprägen und nicht wieder so schnell davonfliegen zu lassen: ›Weiß er es?‹ Eine Stimme, die viel jünger klang, als sie selbst es damals gewesen war. Als hätte sie an einem bestimmten Punkt aufgehört zu wachsen. Als wäre Fanni über ihre Stimme hinausgewachsen.

Aus den Augenwinkeln sah ich, dass Ewa ihren Kopf gedreht hatte und mich ansah. Nur dieser kurze Moment, in dem ihr Klang nicht mehr losgelöst von ihrer Gestalt war, genügte, und die fragile Erinnerung verflog.

»Nein, es ist eine Überraschung. Laura hat vor ein paar Minuten geschrieben, dass er gerade eingeschlafen ist.«

»Und das andere?«

Eigentlich wusste ich, dass Ewa mit ihrer Frage das andere und nicht Eriks elften Geburtstag gemeint hatte. Das, wofür wir eigentlich noch gar keine Worte hatten und es deshalb noch für uns behielten. »Nein. Heute ist erst einmal Geburtstag.«

Ewa nickte. Ich nickte auch, als müsste ich mir selbst noch einmal bestätigen, dass es die richtige Entscheidung gewesen war, bis nach dem Geburtstag zu warten.

»Okay, wir können.« Die Hecktür des Transporters knallte und Kay kam als dunkler Schemen über den Hof auf uns zu. Mit dem dramatisch dunkelblauen Himmel als Kulisse sah er aus wie in einem dieser Filme: der Typ, der sein Mädchen abholen kommt. Und alles wird gut, nachdem lange gar nichts gut gewesen war. Ich wollte so gerne daran glauben.

Das Haus war das letzte in der dünn beleuchteten Straße. Im Halbdunkel konnte man es zwischen den hohen Büschen, die es umgaben, kaum sehen. Jetzt, wo kein Licht die Fenster erleuchtete, schien es mir, als würden wir uns auf ein Geheimversteck zubewegen. Die Vorstellung von einem Ort, den nur wir kannten, gefiel mir.

Auf dem Weg hatten wir besprochen, dass Kay im Auto warten sollte, während ich Laura und Erik holte. Ich ging um das Haus herum, um durch die Hintertür, für die ich einen Schlüssel hatte, hineinzugelangen. Für die Eingangstür vorne an der Straße gab es nicht genügend Schlüssel für alle.

»Hey.« Die Stimme schien eigentlich zu klein oder zu weit weg, als dass sie mir hätte gefährlich werden können, und dennoch blieb mir in dem Moment, in dem ich sie hörte, das Herz kurz stehen.

Der Schlüssel rutschte mir durch die Finger und hinterließ bei seinem Fall auf die Steinplatte eine glänzende silberne Schnur in der Luft, bevor er mit einer kleinen Melodie liegenblieb. Ich erinnere mich an das Gesicht, das noch viel mehr Angst hatte als ich. Und daran, dass es im Augenblick des gegenseitigen Erkennens den Versuch unternahm, seinen Ausdruck zu wechseln –

von Angst zu Keine-Angst zu Niemals-Angst – und daran, wie der Versuch misslang und wir es beide eigentlich längst wussten.

»Wie kommst du denn hierher?«, schaffte ich es nach einigen atemlosen Sekunden zu fragen. Flüsternd, warum auch immer.

Martin stand eigentlich direkt hinter mir, es war nur seine Stimme, die so weit weg schien, vielleicht, weil sie wirklich so klein geworden war.

»Mit dem Taxi. Ich habe hier auf euch gewartet. Wo sind alle? Wo ist Erik?«

»Schläft. Wieso bist du nicht im Krankenhaus?«

»Erik wird elf.«

»Bist du abgehauen, oder was?«

»Elf, Anna. Ich kann ihn doch nicht allein elf werden lassen.«

»Haben sie dir freigegeben? Oder wie nennt man das?«

»Vor morgen früh bin ich zurück.«

Ich hob den glänzenden Schlüssel auf, traf nach ein paar Versuchen das Schloss und hielt die Tür geöffnet, damit Martin als Erster durchgehen konnte.

»Warte hier«, flüsterte ich Martin zu und machte ein entsprechendes Handzeichen. Flüstern erschien mir nicht nur weniger aufsehenerregend, sondern auch energiesparender.

»Warte«, hörte ich Martin hinter mir, als ich mich gerade Richtung Treppe und Obergeschoss aufmachen wollte, um die beiden zu holen. »Geht das so?« Er zeigte unbeholfen an sich herunter. »Für Erik?«

Da erst sah ich, dass er sich im Rahmen seiner eingeschränkten Möglichkeiten zurechtgemacht hatte. Er trug ein langes und frisches Shirt, das die Einstiche und deren Muster auf seinen Armen verdeckte und dazu eine Jeans. Er war gekämmt und rasiert. Wie hatte er das hinbekommen, ohne bemerkt zu werden?

»Ja«, sagte ich und lächelte traurig. »Das geht sehr gut.« Dem Impuls, zu ihm zu gehen und ihn in den Arm zu nehmen, widerstand ich.

Ich hatte noch nicht zu Ende gesprochen, als Erik die Treppe heruntergepoltert kam und Martin in die Arme fiel. Ich fand es seltsam, dass Erik sich über nichts zu wundern schien: nicht darüber, dass Martin einfach aus dem weißen Krankenhausnichts hier aufgetaucht war und nicht darüber, dass wir zu dieser ungewohnten Uhrzeit das Haus verließen und nach draußen gingen, wo Kay im Transporter schon auf uns wartete. Entweder hatte Laura ihm schon vorher von unserem Plan erzählt oder aber, was ich viel eher glaubte, es war ein weiterer Beweis dafür, wie unser Kosmos funktionierte.

Der Tag und sein Abend waren wie geschaffen für das, was wir vorhatten. Ein leichter Tag inmitten von schweren. Ein seltener inmitten von vielen. Schon morgens beim Aufstehen das untrügliche Gefühl, dass man sich auf den Tag würde verlassen können, mindestens bis zum nächsten Morgen. So viel Zeit hatten wir.

Als wir das Auto endlich an der Uferböschung parkten, war die Nacht dunkelblau. So gleichmäßig und tief, als hätte jemand, der es gut mit uns und besonders mit Erik meinte, eine schützende Plane über uns ausgebreitet.

Der Himmel über Martins Haus, das war mir in diesem Sommer aufgefallen, wurde auch in seiner nächtlichsten Stunde nie richtig dunkel, weil er die Lichter des Klärwerks in sich aufsog und reflektierte. Wenn alles normal war, war es ein milchiger, gelber Himmel, in dem sich die Sterne auflösten. Wenn an irgendeinem Teil der Anlage etwas Außerplanmäßiges passierte, was in diesem Sommer mit seinen technischen Defekten häufiger vorkam, mischte sich in die Milch ein hastiges, rotes und blaues Blinken. In einer der späten Nächte, in der keiner von uns hatte schlafen können, lagen wir alle vor der verglasten Giebelseite auf dem Boden, unsere Köpfe auf dicken Kissen und großen Stofftieren, und taten so, als jagten wir rote und blaue Sternschnuppen. »Da!« und »dort!« riefen wir durcheinander, zeigten zu den Stellen, an denen gerade eben noch ein Wunsch aufgeleuchtet war, und führten unsere Strichlisten fort. Erik hatte die meisten Striche, über hundert, die Nacht war endlos gewesen. Martin und Laura, die viel weniger Striche verzeichnen konnten, hatten ihn dann gekitzelt, damit er ihnen ein paar seiner

Wünsche verraten oder ihnen welche abgeben würde. Aber Erik war hartnäckig geblieben, hatte keinen Wunsch verraten und keinen Wunsch verschenkt.

Das Zuschlagen der Autotüren war das letzte laute Geräusch in dieser Nacht. Eins, zwei, drei, vier Türen – im Dunkel von einem fast ohrenbetäubenden Echo begleitet – und dann wurde es still um uns, als hätten die Türen den Startschuss für diese Stille gegeben: Auf die Plätze, fertig, Stille! Diese Art Stille, die zu einem Rauschen wird, wenn sie überhandnimmt.

Als wir über einen schmalen Weg den kleinen Uferabschnitt erreichten, erwartete uns eine Überraschung. Die Spitze der nächsten Buhne war erleuchtet von grünen, gelben und roten Knicklichtern, die zwischen den Steinen steckten. Es standen Angelstühle für uns bereit, fünf Stück. Am Ufer lag Fannis altes Floß, das Kay, Martin und Erik in einem gemeinsamen Sommer vor etlichen Jahren aufgearbeitet hatten. Kay, der schon ein ganzes Stück vorausgegangen war, verteilte gerade den Inhalt aus Ewas Korb auf einem größeren Stein, auf dem er die Decke ausgebreitet hatte: Essen, Getränke und ein Geburtstagskuchen mit Kerzen und Wunderkerzen.

Ich versuchte, mir diesen Abend und diese Nacht genau einzuprägen und trotzdem war schon ein paar Tage später nur ein Bruchteil der Bilder übrig.

Es blieb übrig das erste Bild: Martin und Erik, die stehengeblieben waren; Martin, der zu Erik hinuntersah, um festzustellen, wie ihm all das gefiel – die Lichter, der Fluss, die Nacht, die ganze Überraschung, während ich gleichzeitig erkannte, dass Martin eingeweiht gewesen sein musste. Es blieb außerdem übrig das Bild, in dem sich alles Bunte und alles Glitzern in Eriks nachtschwarzen Augen gespiegelt hatten, als er um Mitternacht die Kerzen auf seinem Geburtstagskuchen auspustete – das Grün und Gelb und Rot der Knicklichter, die flackernden Geburtstagskerzen, die zuckenden Blitze der Wunderkerzen; ein einziges Feuerwerk. Und es blieb übrig, wie Martin, als er dachte, ich würde es nicht sehen, das Gesicht vor Schmerz verzerrte, nur kurz, wie er dann meinen Blick bemerkte und seinen Ausdruck schnell korrigierte. Die Sekunde, die Millisekunde dazwischen, die blieb auch.

Dann war Erik elf. Elf und müde. Dass er auf seinem Stuhl eingeschlafen war, bemerkten wir erst daran, dass er nicht reagierte, als das neongrüne Licht an seiner Rute wild tanzte, um anzuzeigen, dass ein Fisch angebissen hatte. Den Fang dieses Sommers, der später sogar eine Meldung im Lokalblatt wert war, bekam er nur im seligen Taumel des Halbschlafs mit. Auf seinem Schoß hielt er Greta, die so viel herumgekommen war, und der er versprochen hatte, immer auf sie aufzupassen. Die Schildkröte ruhte auf einem Salatblatt, damit sie nicht weglief, falls Erik einschlafen würde.

Am nächsten Morgen machte Laura ein Foto, das ihn mit Martin und dem Zander zeigte, als sich die Sonne gerade so eben auf den Weg machte. Beiden sieht man das große Glück einer kurzen Nacht im Draußen an. Die sommerstrohtrockenen Haare stehen ihnen wild von den Köpfen, auf den Wangen aufgeregte rote Flecken vermischt mit den Reißverschlussabdrücken ihrer Schlafsäcke. Zwei blühende Jungs, ein großer und ein kleiner. Im Hintergrund unser Fluss, unser leiser, langsamer Fluss, dem all das nichts anhaben kann. Auf dem Bild hört man nichts als das sachte Rauschen des Grüns, ein Glucksen im Wasser und das Kichern von Erik und Martin, das vor dieser Landschaft laut und durchdringend wirkte.

Was ich an diesem Abend noch sah, war eine Ahnung von einem neuen »Davor« und »Danach«. Im Nachhinein ist es immer schwer zu sagen, wo genau der Punkt war, an dem eine Ahnung in Wissen überging, ob es ihn überhaupt gab oder ob es uns fließend bewusst geworden war.

Wir blieben bis zum späten Nachmittag am Fluss. Zweimal klingelte ein Handy, erst Lauras, dann meins. Sie riefen wirklich zuerst bei Laura an, dachte ich noch, aber dann war es mir egal. Wir wunderten uns, weil die Welt längst so fern schien. »Nein, keine Ahnung, wo er ist«, sagten wir beide und machten den anderen Zeichen, dass sie leiser sein sollten. »*Sie* müssen doch auf Ihre Patienten aufpassen«, fügten wir empört hinzu, verkniffen uns ein

Lachen, bevor wir auflegten, dann die Telefone ganz ausschalteten und in unseren Taschen vergruben.

Als Martin das Sitzen zu anstrengend wurde und seine Schultern und sein Kopf immer weiter nach unten sackten, halfen wir ihm auf das Floß, das wir vorher mit der Matratze aus dem Transporter und den Schlafsäcken zu einem schwimmenden Bett umfunktioniert hatten. Zuerst drehte Erik eine kleine Runde mit ihm. Wir anderen saßen am Ufer und beobachteten, wie Martin, der so flach war, dass er fast nicht zu sehen war, Erik mit langsamen Handbewegungen zeigte, wie er das Floß steuern konnte. Eine ganze Weile noch drang Eriks Lachen zu uns hinüber, dann stockte es und wurde zuletzt ganz still. Als sie sich wieder dem Ufer näherten, konnte ich es sofort sehen. Martin hatte es ihm erzählt. Ich hielt den stummen und erstarrten Erik, der sich jetzt noch kleiner anfühlte, fest im Arm, während Laura und Kay mit Martin auf dem Wasser waren.

»Du sollst kommen«, sagte Kay leise zu mir, als er und Laura zurück auf die Buhne kletterten, und wortlos übergab ich Erik Finger für Finger, Körperteil für Körperteil an Laura, deren Augen und Wangen glänzten und deren Lippen röter waren als normalerweise. Ganz am Anfang, in der Zeit unseres Kennenlernens, vielleicht in einer gemeinsamen Mittagspause in der Bibliothek, hatte sie mir einmal erzählt, dass man Tränen zurückhalten könne, wenn man sich nur kräftig genug auf die Lippen biss. Sie hatte von der Umleitung des Schmerzes geredet, davon, seelischen Schmerz zu körperlichem zu machen und davon, dass man abwägen müsse, welchen man in der jeweiligen Situation erträglicher fände. Das hatte ihr jetzt offenbar nicht geholfen.

Martin hielt die Augen geschlossen, obwohl ich das Floß durch meinen ungeschickten Aufstieg heftig zum Schwanken brachte. Weil ich dachte, dass mir schlecht werden könnte, wegen allem, legte ich mich neben ihn, Schulter an Schulter, Arm an Arm, Bein an Bein, und schloss ebenfalls die Augen. Hinter meinen Lidern leuchtete es orange, ein tiefes und brennendes Orange, in dem kleine Punkte wie ein wilder Mückenschwarm tanzten. Ich griff

Martins Hand, die genau neben meiner Hand lag und die trotz der Wärme kühl war, und zeichnete in Gedanken das Band zwischen uns von oben nach unten nach und kontrollierte dabei sorgsam, als sollte ich ein Meisterstück abnehmen, dass kein Luftloch zwischen uns war (und nie eins sein würde).

»Mir hat es immer geholfen.« Martin machte eine Pause, die ich diesmal nicht auffüllte. Auf dem Wasser ging seine Stimme fast verloren. »Dass du gesprochen hast, wenn ich aufgehört habe, weil ich nicht mehr konnte.« Er sprach so leise, dass ich froh war, dass mein Ohr so nah an seinem Mund war. »Macht das auch mit Erik so, ja?«

Ich drückte dreimal kurz seine Hand. »Versprochen«, hieß das in unserer alten Geheimsprache. Mit der Zunge strich ich über meine blutige Unterlippe. Dann, irgendwann, es können Minuten oder Stunden vergangen sein, stand ich auf und brachte uns zurück zum Ufer.

# Zehn

»Ja? Meier hier.«

»Hallo. Ich sollte mich melden. Wegen der Grabstätte. Die, die ›durch‹ ist. Ich war vor ein paar Tagen da.«

»Nummer sieben-zwei-zehn?«

»Bestimmt. Lehmboden.«

»Ach, ja, ich weiß. Sie sollten doch aber in der Verwaltung anrufen. Nicht bei mir. Ich bin Friedhof.«

»Sie sind Friedhof?«

»Nun sagen Sie schon. Hab was zum Schreiben da. Name und Adresse brauchen die drüben.«

»Ich habe jemanden. Also jemanden, der gestorben ist und nachrutscht. Dahin – auf sieben-zwei-zehn. Geht das?«

»Ist ja …«

»Wie Fließband?«

»Genau. Wie Fließband hier. Traurig, traurig.«

»Ja. Traurig.«

»Mein Beileid.«

»Danke, Herr Meier.«

Nachdem ich aufgelegt hatte, ging ich hinaus zu den anderen, die sich im Garten verteilt hatten. Auf dem Tisch lagen die Pläne des Hauses ausgebreitet. Laura hatte mit rotem Edding Wände markiert, die sie einreißen wollte. Ich nahm mir den blauen Edding und zeichnete zittrige Linien für mögliche neue Wände. Die »schönste Tür der Welt«, die seit Jahren in Kays Werkstatt auf ihren Einsatz wartete, skizzierte ich ebenfalls. Als Haustür würde sie uns zukünftig die Welt ein- und auslassen.

Kay und Erik waren im Baumhaus. Der Wind trug Kays unablässiges Murmeln zu uns herüber. Sogar während er mit dem Kescher aus dem Fenster lehnte und Eierpflaumen angelte, redete er.

Gut so, dachte ich.

# ANHANG

## Fannis Briefe und Notizen

Notiz vom 23. August 1959
*Übergabe am 1. Sept., 10 Uhr, blaues Auto, Ecke Feldstraße, eine Tasche nur, allein, pünktlich*

Brief vom 1. September 1959
*Mit einer einzigen Tasche gingst du die Straße hinunter. Das Auto hatte schon eine Stunde vor der Zeit an der Ecke auf dich gewartet, um dich zu deiner neuen Familie zu bringen. Die ganze Zeit hatte ich das Auto vom Fenster aus gesehen und versucht, es mir nicht anmerken zu lassen, um alle letzten sechzig Minuten und 3600 Sekunden (wieviel das klingt, und wie wenig es in Wirklichkeit ist) mit dir auszukosten. Du hast dich nicht noch einmal umgedreht. Nur der Kopf deiner Puppe mit den Schlafaugen hing eingeklemmt im Reißverschluss aus der Tasche und guckte mich an, bis er verschwamm. Ihre Augen klappten im Takt deiner schnellen Schritte auf und zu. Klipp. Klapp.*

Postkarte, Motiv »Schöne Grüße aus der märchenhaften Sächsischen Schweiz«, nicht abgeschickt, 30. August 1959
*Eines Tages werden wir wieder dort sein. Ich verspreche es. PS: Fast hätte ich dich nach diesem unfassbaren Felsen benannt – Carola. Die weite Belohnung nach einem schweren Aufstieg.*

Notiz vom 21. September 1959
*Ewas elfter Geburtstag. Ihr erster ohne mich. »Herz(lichen). Glück(wunsch).«*

Notiz vom 13. Dezember 1959
*Vierzig. Alles mit Null wollten wir besonders feiern. Nun ist es anders gekommen. Vielleicht die Hälfte geschafft, vielleicht aber auch schon drei Viertel. Oder noch mehr. Trotzdem eine Kerze. Und deswegen.*

Brief, nicht abgeschickt, 19. September 1960
*Zum Geburtstag sende ich dir …*
*Ach, was soll das?*

Notiz vom 13. August 1961
*Eine Mauer. Noch eine.*

Notiz vom 14. April 1964
*Ewa in der Stadt gesehen. Von weitem und von der Seite. Es geht ihr gut. Vielleicht stelle ich doch den Antrag. Aber es geht ihr gut.*

Brief vom 30. Mai 1967
*Seitdem es wieder wärmer geworden ist, sind Hedi und ich damit beschäftigt, das Sommerhaus aufzupäppeln. Die ganzen Jahre lang (wie lang die Jahre ohne dich sind!) lag es brach und dementsprechend viel gibt es zu tun. Wie gut, dass die Arbeit mich ablenkt, denn jeder Busch, jeder Winkel ruft eine Erinnerung in mir hervor. Und auch, wenn mir all die Weißt-du-noch-Fragen bei anderen immer einfältig und dumm erscheinen, so drängeln sie sich ständig in meine Gedanken: Weißt du noch, wie wir uns mit Eierpflaumen beworfen haben, weil wir so viele, wie der Garten hergab, niemals im Leben hätten essen können und weil uns nichts Besseres einfiel, was man mit ihnen hätte machen können? Weißt du, wie wir in einem Sommer zusammen den kleinen Schuppen gebaut haben? Du wolltest ihn direkt neben der Eiche stehen haben, damit er nicht so allein ist und damit er jemanden hat, an den er sich anlehnen kann, wenn es wieder einmal so windig ist. Weißt du noch unser Frage-Antwort-Spiel?*

Brief, Sommer 1969, nicht abgeschickt
*Liebe Ewa,*
*gestern bin ich wieder auf der anderen Seite gewesen und habe einen Blick in euer Wohnzimmer geworfen. Die an dieser Stelle so dünne Elbe liegt zwischen uns und jedes Jahr seit zehn Jahren, wenn ich um diese Zeit dort hocke, muss ich an die beiden Königskinder denken. Wie ist die Geschichte eigentlich ausgegangen, frage ich mich dann und denke, dass ich das nachlesen muss. Dieses Jahr wirklich. Schon morgens, ach was, gestern und*

*vorgestern schon, war ich aufgeregt wie ein kleines Kind. Und ängstlich wie ein kleines Kind. Und jetzt am Tag danach erleichtert wie ein kleines Kind, dem eine große Last genommen wurde, wie sie eigentlich nur Kinder in dieser Unmittelbarkeit und Schwere, die sich nicht wegdrücken und wegreden lässt, spüren können. So schwer es sich anfühlt, so leicht lässt es sich aufheben: die Umarmung von jemandem, der verspricht, immer und ein ganzes Leben lang auf einen aufzupassen oder die Finger, die sanft und beruhigend im Takt des Schlaflieds das Haar hinter die Ohren streichen. In meinem Fall die Gewissheit, dass sie es dir auch in diesem Jahr wieder schön gemacht haben. Ich bin dankbar, dass ich das spüren kann, denn in diesem Spüren bin ich uns nah, dir und mir zusammen.*

*Deine Geburtstagsgirlande hing wie immer, seit deinem elften und ersten Geburtstag bei ihnen, quer über die gesamte Breite des Hauses, von einer Wohnzimmerwand bis hinüber an die gegenüberliegende Wand bei eurem Esstisch. Auf der Anrichte haben sie deine Geschenke aufgebaut. Durch sie hindurch fuhr wie immer die bunte Holzeisenbahn, auf jedem Waggon eine Kerze. Zwanzig Kerzen. Zehn davon ohne mich. Ihr kamt alle erst später am Abend nach Hause, vielleicht seid ihr zur Feier des Tages Essen gewesen, und habt zusammen den Abend ausklingen lassen. Du hast ein Buch von der Anrichte, offenbar ein Geburtstagsgeschenk, genommen und es dir in dem Sessel mit der hohen Lehne und den riesigen Ohren gemütlich gemacht. Ich konnte nur noch deine Füße und einen kleinen Teil deiner Unterschenkel sehen. Ein spannendes oder ein lustiges Buch – ab und zu wippten deine Füße munter oder nervös auf und ab, als ob du lachen oder die Anspannung nicht aushalten würdest.*

*Deine Eltern – es wird mir nie über die Lippen gehen, ohne dass ich darüber stolpern werde – saßen auf dem Sofa und manchmal drehten sie den Kopf zu dir und ihr habt etwas gesprochen. Irgendwann bist du aufgestanden, holtest dir etwas zu trinken aus der angrenzenden Küche und verschwandst nach oben in dein Zimmer. Das Licht ging an, du kamst ans Fenster, bliebst dort ein bisschen stehen und sahst mich an. Nein, nicht mich, aber das Draußen, in dem ich mich versteckte. Ich sah dich an und vermisste dich mehr als alles andere. Ich sehe was, was du nicht siehst, dachte ich, als du die Vorhänge zuzogst und mein Blick wieder zu deinen Eltern ging. Deine Mutter schmiegte sich deinem Vater in den Arm und las ihm aus dem Buch vor, während er mit geschlossenen Augen seinen Kopf auf ihren legte.*

*Nicht viel später oder viel, viel später, ich weiß es nicht, fuhr ich mit dem Fahrrad zurück in unser Sommerhaus. Schwer und leicht.*

Brief, nicht abgeschickt, Sommer 1969

*Liebe Ewa, Meine Ewa, Meine geliebte Ewa oder einfach nur Ewa-Herz – eine ganze Schublade habe ich inzwischen voll davon. Weiße Blätter, auf denen sonst nichts steht, weil ich weiter nicht gekommen war. Weil in diesen wenigen Wörtern alles steckt, was ich fühle und was ich sagen will. Damit schien immer schon alles gesagt. Seit deinem letzten Geburtstag ist es anders. Ich liege nachts wach und formuliere Sätze an dich, über die ich dann doch irgendwann einschlafe. Fast plötzlich ist das passiert. Vielleicht hängt es damit zusammen, dass du zwanzig geworden bist und damit so alt wie ich, als ich das erste Mal aus dem Staunen über das Leben und über das Sterben nicht mehr herauskam. Erinnerst du dich an deine Schwester? Wie oft haben wir überlegt, wie sie wohl geworden wäre, wenn sie den ersten, den zweiten und jeden weiteren Tag weitergelebt hätte. Du hast immer gelacht und ich habe mitgelacht, obwohl mir nur zum Weinen war.*

*Ich habe nun das Gefühl, dass es um mehr als nur um mich geht und um das, was ich fühle, wenn ich deinen Namen zu Papier bringe oder dich vom Elbufer aus beobachte. Mir selber, aber das habe ich erst spät gemerkt, fehlt die Geschichte. Diese eine Geschichte, die man vielleicht seinen Enkelkindern erzählt. Die, die sie am Anfang langweilig finden, die sie aber später gehetzt zwischen Tür und Angel einfordern, weil sie die Angst überkommt, dass es vielleicht das letzte Mal sein könnte, dass man sich sieht. Die letzte Gelegenheit, die eigene Geschichte zu hören. Die, die einem vielleicht eine Antwort darauf gibt, warum man manchmal so oder so reagiert. Warum es einem wehtut, wenn eine Jahreszeit geht und eine andere kommt. Warum man derart verletzt ist, wenn man nicht gesehen wird von dem, den man so gern ansieht. Warum einen das Licht in den Fenstern während der Herbstdämmerung so traurig macht. Diese Dinge. Irgendwann sucht man nach Antworten. Ich möchte dir deshalb nicht vorenthalten, was ich weiß, und vertraue darauf, dass dich meine Notizen erreichen, wenn es soweit ist. D.M.F.*

Brief, nicht abgeschickt, Herbst 1969

*Liebe Ewa,*
*ich dachte, es würde leichter gehen mit dem Schreiben. Im Sommer noch war es, als wäre ein Knoten geplatzt. Seither aber doch wieder nur viel Papier mit vielen Anfängen.*

*Wieso eigentlich setzt die Erinnerung an trübe und verregnete Tage erst viel später ein? Woran liegt es, dass sich die Erinnerungen der jungen Jahre durchgängig bei hellem, meist freundlichen Wetter abspielen? Wieso erinnert man sich viel eher an die heißen Tage, an denen man gleich morgens nach dem Aufstehen mit dem Fahrrad zum See gefahren und erst abends wieder zurückgekommen ist? Wieso an die kitzelnden Gewitterwürmchen in den Armbeugen an diesen Tagen? Wieso aber nicht an jene Tage, an denen der Regen keine Pause machte und wir vielleicht mit jeder Stunde gelangweilter und trübsinniger wurden? Die muss es doch auch gegeben haben, sagt mir mein Verstand.*

*Bis ich etwa zwanzig Jahre alt war, bin ich in meiner Erinnerung leuchtend umgeben von Blau. Himmel und Wasser und Roggenblumen. An manchen Tagen floss all das in seinen blauen Schattierungen ineinander und uns allen wurde andauernd schwindelig davon. Rückblickend denke ich, dass es mit zwanzig vielleicht aufhörte, leicht für mich zu sein. Damit einher gehen meine ersten nennenswerten Erinnerungen an graue und wolkenverhangene Tagen, an denen der Himmel bis zum Boden hängt und alles unter sich erdrückt. Wie ein endloser und tonnenschwerer Herbst.*

*Hast du auch Regenerinnerungen? Wenn ja, wann fingen sie bei dir an? Ich weiß nicht, was man dir erzählt hat, welche Version du kennst, und möchte dir keine weitere zumuten. Für den Fall, dass du irgendwann eine Lücke spürst, möchte ich dir aber ein wenig Füllmaterial liefern. Wie sich eine Lücke anfühlt? Man spürt sie irgendwann, vielleicht, dann spürt man sie ein zweites Mal und ein drittes Mal. Am Anfang fühlt sie sich klein an und unbedeutend und man kann leicht über sie hinweggehen, zum Beispiel, indem man etwas isst, was man mag. Oder man schaltet das Radio ein. Im Gegensatz zu uns Menschen und auch zu Tieren, die wachsen und gedeihen, wenn man sich gut um sie kümmert, verhält es sich bei den Lücken so, dass sie wachsen und größer werden, je weniger man ihnen Beachtung schenkt. Man muss sie sehen und sich um sie kümmern, Füllmaterial bereithalten, um sie sorgsam zu stopfen.*

*Es war das Jahr 1939, in dem ich zwanzig Jahre alt war. In der Rückschau bekommt dieser schlichte Satz mit seiner Jahresangabe zusätzliches Gewicht. Zu dem persönlichen Drama gesellte sich in dieser Zeit immer mehr das große, weltumfassende Drama.*

*An einem Abend in diesem Jahr kam ich nach Hause und fand zwei umgekippte Eltern vor. Meine Mutter auf die Knie gekippt – sie brüllte und trommelte mit den Fäusten auf die Brust meines toten Vaters, der der Länge nach über den Steinfußboden der Küche gekippt lag. Seine riesigen, wasserblauen Augen starrten mich an und durch mich hindurch. Ich wusste sofort, dass er tot war, obwohl ich vorher noch nie einen Toten gesehen hatte. Hinter meiner Mutter meine Schwester, die sich ihr an den Hals hing und ebenfalls schrie. Meine Schwester wurde, wie ich, von diesem Moment an vom Leben vergessen. Ich sehe es heute noch vor mir. Als stummes Bild, trotz des Gebrülls. Mit zwanzig waren wir auf einen Schlag erwachsen geworden und versorgten von da an eine Mutter, die genauso schlagartig zum hilflosen und trotzigen Kind geworden war. Anfang 1939 war ich verliebt, Ende 1939 hatte ich es aufgegeben. Zwischen Anfang und Ende haben wir meinen Vater beerdigt und das ganze Dorf getröstet. Alle hatten Angst, von nun an im Dunkeln leben zu müssen. Als Elektromeister war er es, der im Winter Licht in die Stuben brachte. Zusätzlich betrieb er im Erdgeschoss unseres Hauses ein kleines Fahrradgeschäft mit angeschlossener Reparaturwerkstatt. Die Leute machten sich also nicht nur Sorgen um ihr Licht, sondern auch um ihre Räder und ihre Freiheit und darum, wie sie nun ihre alltäglichen Besorgungen und ihre Wochenendfluchten erledigen sollten. Wir redeten ihnen gut zu und versprachen, dass sich schon alles richten würde. Dass eine Zeit, die Wunden heilen, bestimmt auch Lösungen zaubern konnte. Wir konnten es selbst nicht glauben. Vielleicht haben manche Menschen ein bestimmtes Kontingent an Wörtern und Sätzen, die sie im Lauf eines Lebens sprechen können. Wenn das so sein sollte, gehört meine Schwester Hedi zu diesen Menschen. In diesem Jahr hat sie so viel getröstet und gut zugesprochen, dass danach nichts mehr übrig war. Seit Weihnachten 1939 spricht sie nur noch das Nötigste und das nicht einmal in ganzen*

*Sätzen. Als ich sie einmal darauf ansprach, sagte sie, alles Reden hätte ja doch nichts geholfen.*

*Den Fahrradladen hielten wir am Laufen, die Werkstatt gaben wir auf. Um die fehlenden Einnahmen zu kompensieren, vermieteten wir zwei Zimmer an den Sohn des Pastors. Über den Sohn des Pastors kann ich heute noch nicht sprechen, ohne rot zu werden. Meine Schwester und ich wechselten uns mit Mutter im Mansardenzimmer und Laden im Erdgeschoss ab. Das Mansardenzimmer war der kleinste, aber auch der gemütlichste Raum im Haus. Schon als Kind hatte ich mir immer vorgestellt, dass es einmal mir gehören würde. In Gedanken hatte ich es schon komplett eingerichtet und einen Teil davon tatsächlich für Mutter übernommen – den Lehnstuhl am kleinen Fenster, die winzigen Rahmen mit Zeichenversuchen von mir über dem Bett und die grünen Vorhänge, die den Raum in Abendwiesenlicht tauchten, wenn die Sonne hineinfiel. Abwechselnd übernahm eine von uns die Morgen- und eine die Abendschicht. Wir wuschen unsere Mutter, kämmten ihr immer noch hüftlanges Haar und halfen ihr in den Stuhl, wo sie den Tag verbrachte und aus dem Fenster sah. Mit immer demselben entrückten Gesichtsausdruck, der nichts mehr verriet. Abends alles in umgekehrter Reihenfolge. Im ersten Jahr ließen wir ab und zu noch den Arzt kommen und löcherten ihn mit nervösen Fragen. Er schüttelte nur den Kopf und irgendwann kam er nicht mehr und alles ging so weiter, bis wir uns daran gewöhnten. Das war 1939. Das Jahr, das mein Leben zum ersten Mal in ein Davor und ein Danach teilte.*

## Brief, Herbst 1974, nicht abgeschickt

*Meine Ewa! Weißt du noch? Heute, am ganz frühen Nachmittag? Ich kam gerade aus dem Konsum, in dem ich wie immer freitags meine kleinen Wocheneinkäufe erledigt hatte. Noch im Gehen sortierte ich meine Sachen in meinen zu kleinen Beutel und versuchte, das, was nicht passte, passend zu machen. Wie immer schon ein müßiges Unterfangen, von dem ich mir eigentlich vorgenommen hatte, es irgendwann ganz und gar sein zu lassen. Dabei fiel mir eine der Wechselgeld-Münzen, die ich noch in der Hand behalten hatte, auf den Boden und kullerte über die Stufen nach unten. Ich sprang dem Ding, so gut es mit den*

*Einkäufen eben ging, hinterher, um es nicht aus den Augen zu verlieren. Graues und stumpfes Aluminium auf grauem und stumpfem Asphalt. Unsichtbares und lautloses Geld haben wir in diesem Land. Ich wollte das kleine Ding gerade einfangen und nach dem Geldstück greifen, als eine Hand mir zuvorkam. Zum Boden hinuntergebeugt begegneten sich unsere Augen und fast auch unsere Nasenspitzen. Ich hielt die Hand wie ein Gefäß auf – fast so, als wollte ich um eine milde Gabe bitten. Du legtest die Münze hinein, genau in die Mitte, und lachtest mir ins Gesicht. Ich stammelte ein »Danke.« Du sangst ein »Bittegerne.« Als ich mich wieder aufgerappelt hatte, sah ich gerade noch, wie die Tür des Konsums hinter dir zuschwang.*

*Ganz am Anfang (damals hatte ich es noch als ganz am Anfang vom Ende empfunden, vielleicht war das Ende da aber schon fortgeschritten) hatte ich mir in klaren Momenten, wovon es für mich nicht mehr allzu viele gab, Sorgen gemacht. Sorgen darüber, wie das gehen sollte: du und ich so dicht beieinander. Auf Anraten des Amts habe ich dann ein paar Jahre in einer anderen Stadt gelebt. Meine Schwester, deine Tante Hedi, hat auf mich aufgepasst. Mit Argusaugen hat sie darüber gewacht, dass ich nicht verrückt werde und dass ich beim Nichtverrücktwerden »trocken« bleibe.*

*Als ich nach ein paar Jahren wiederkam, habe ich dich einige Male auf der Straße gesehen, aber nie waren wir uns so nah. Und es stimmte, was man sagte, stellte ich fest. Du hast mich nicht erkannt, obwohl dein Blick mich streifte. Du hast dich selbst nicht in mir erkannt, obwohl immer alle gesagt hatten, wie ähnlich wir uns doch sähen. Aber man selbst kennt sich nur von seinem eigenen Tagaus-Tagein-Spiegelbild. Spiegelverkehrt, aber immerhin vertraut. Sieht man sich dann andersherum, erkennt man sich nicht wieder. Mit Fotos, die jemand von einem gemacht hat, verhält es sich auch so.*

*Die Münze liegt jetzt in einer kleinen Schale auf meinem Nachttisch und ein bisschen freue ich mich auf die kommende Nacht. Dabei ärgere ich mich aber auch ein bisschen über mich selbst und darüber, dass ich so naiv bin, an den Zauber einer Aluminiummünze zu glauben. Aber ich kann nicht anders. Wann werden wir nur erwachsen? Weißt du das schon?*

Brief, Sommer 1979, nicht abgeschickt

*Ewa! Ich bin unvorsichtig gewesen. Oder?*

*Für den Bruchteil einer Sekunde war ich mir sicher, dass du mich zwischen den gegenüberliegenden Büschen entdeckt haben musst. Dass es eigentlich gar nicht anders gewesen sein kann. Ich war mir so sicher, wie ich mir später sicher war, dass es doch nur Einbildung war und dieser Ausdruck der Überraschung in deinem Gesicht vielmehr den von mir aufgeschreckten Vögeln galt. So sicher, wie ich mir jetzt unsicher bin, wie es eigentlich wirklich gewesen ist. Was zuerst da gewesen war – war es dein Erstarren, mitten in der Bewegung, wie früher in diesem Spiel, bei dem man in der Sekunde, in der die Musik stoppte, innehalten musste; oder waren es die Vögel, die mit einem lauten Flattern aus dem Busch heraus nach oben in den Himmel zu fallen schienen, oder war es das Krachen des Astes, der unter meinem Gewicht brach und mehrere Äste splitternd mit sich riss?*

*Ich hatte nicht damit gerechnet, dass du dich an diesem Tag im hinteren und mir näheren Teil des Gartens aufhalten würdest. Seit Tagen schon hattet ihr euch rund um die Trauerfeierlichkeiten im Wohnzimmer mit der gesamten angereisten Familie versammelt. Ich hatte es in der Zeitung gelesen und auf der Straße gehört. »Bürgermeisters sind tot!«, erzählten die Leute. Ein tragischer Unfall, stand in der Zeitung. Flugzeugabsturz, sagten die Menschen. Über dem Atlantik. Es gibt Dinge, die sofort ein Bild im Kopf erzeugen. Ein Flugzeugabsturz über dem Atlantik ist eins dieser Dinge. Das weiß ich jetzt. Man sieht alles vor sich – den Himmel, das Wasser, das ganze Blau und dazwischen dieser weiße Vogel von einem Flugzeug. Die Vorstellung endet abrupt, weil ein Flugzeugabsturz ab einem bestimmten Punkt einfach undenkbar ist. Dann schon waren meine Gedanken bei dir. Wie sollst du das ertragen?, schoss es mir durch den Kopf.*

*An jedem Tag der letzten und dieser halben Woche habe ich an meinem Platz auf der anderen Uferseite gesessen und versucht, dich zwischen den ungewohnt vielen Menschen in eurem Haus ausfindig zu machen. Manchmal wurde es dunkel und ich habe dich nicht entdecken können. Zweimal habe ich dich am Fenster im oberen Stockwerk gesehen. Du hast dort gestanden, dein Baby auf dem Arm geschaukelt und nach draußen gesehen. Einmal kam der Mann zu dir, stellte sich hinter dich und legte die Arme um deinen Oberkörper. Dann ging er wieder nach unten und hielt die anderen von dir fern. Das konnte ich daran erkennen, dass er die Leute, die sich gerade auf dem Weg zur Treppe nach oben machen wollten, in ein Gespräch verwickelte und sie dabei fast nebenbei wieder in den Wohnbereich hineinlotste. An dieser Stelle, von der aus ich immer zu dir hinübersehe, macht die Elbe einen kleinen Bogen und ist noch schmaler als sie auf dieser Höhe ohnehin schon ist. Mein Platz befand sich damit nicht mehr als vielleicht zwanzig kräftige Schwimmzüge von dir entfernt. In Gedanken habe ich mir jeden einzelnen Zug und die sich dabei einstellende Mischung aus Erschöpfung und Vorfreude ausgemalt. So sehr ausgemalt, dass ich sie spüren konnte. Das ist das Schöne am Schwimmen, finde ich. Man spürt es im Ganzen, von oben nach unten und von außen nach innen.*

*Was wirst du jetzt tun? Jetzt, wo Bürgermeisters nicht mehr im Haus sind? Bleibst du dort? Gehst du woanders hin? Darf ich dich besuchen? Darf ich eine Lücke füllen? Gibt es eine? Gibt es keine?*

Brief, Winter 1985, nicht abgeschickt

*Liebe Ewa,*

*wir saßen heute beim Frühstück zusammen, Hedi und ich, als Hedi plötzlich aus dem Nichts heraus fragte, warum ich nie einen Versuch gemacht hätte, noch nicht einmal einen zaghaften. Ich hätte dir schreiben oder dich besuchen können. Ganz unverfänglich. Es hätte nichts gekostet. Deine Tante Hedi. Die, die sonst kaum den Mund aufbekommt. Sie fragte das mit diesem Unterton, der voll ist von Vorwürfen. Du kannst dir denken, was dann passierte? Woher sollst du dir das denken können, entschuldige. Es gibt manchmal einfach immer noch dieses Gefühl in mir, du stündest im Türrahmen und würdest uns bei unserem seltsamen und von allen belächelten Zwillingsleben zusehen. Keine Männer, keine Kinder, keine Katzen.*

*Sie hatte dich vor ein paar Tagen erst in der Stadt gesehen, zusammen mit deinem Sohn, von dem sie nicht einmal wusste, dass es ihn gibt, weil ich es ihr nie erzählt hatte. Weißt du, was ich ihr geantwortet habe? Nichts. Ich habe ihr nichts darauf geantwortet. Bis jetzt nicht und ich habe die Ahnung, dass es morgen nicht anders sein wird. Wütend ist sie in ihr Zimmer gerauscht und hat die Tür hinter sich abgeschlossen. Das ist jetzt acht Stunden her. Seit acht Stunden denke ich darüber nach. So lange habe ich noch nie am Stück darüber nachgedacht.*

*Die ersten zehn Jahre mit dir waren meine schönsten. An zweiter Stelle stehen meine eigenen ersten zehn, vielleicht mit gutem Willen die ersten zwanzig Jahre. Heute erscheint mir mein Leben zu lang für nur zwanzig gute Jahre. Dir nicht auch? Ich habe dein Leben beobachtet und mit Glück festgestellt, dass sich bei dir ein gutes Jahr an das andere reiht. Das ist nur der Blick von außen, innen sieht es ganz anders aus, könntest du einwenden. Und bestimmt hast du auch recht. Aber ich weiß, dass es anders gekommen wäre, wenn du bei mir geblieben wärst. Ich konnte mich nie gut um andere kümmern. Schon um mich selbst konnte ich mich nie kümmern. Und eine, die das mit sich selbst nicht kann, kann es mit anderen erst recht nicht. Lange war ich aber sicher, dass ich dir das beste Leben ermöglicht habe, indem ich dich zu anderen habe gehen lassen. Am Anfang noch dachte ich, ich bräuchte nur Zeit, dann würde auch ich ganz erwachsen sein. Erwachsensein erschien mir überhaupt als Lösung für alles. Jahr um Jahr verging und nichts passierte. Kein neues Gefühl, das das alte abgelöst hätte. Schade, denke ich oft. Ich hatte manchmal so viel Hoffnung. Und nun scheint mir sechsundsechzig zu sein nicht viel anders als sechs-, na gut, sechzehn zu sein. Wirklich schade. Für uns.*

Brief, Winter 1985, nicht abgeschickt

*Hedi ist wieder herausgekommen. Wir sprachen dann nicht mehr darüber. Sie hat nur kurz gesagt, dass sie glaubt, dass ihr der Winter langsam zu viel würde. Es wäre an der Zeit, dass wir wieder in unser Sommerhaus kämen. Wir haben den Kalender von der Wand genommen und die Tage gezählt. Sechsundfünfzig. Das schaffen wir auch noch. Da waren wir uns einig.*

Brief, Sommer 1989, nicht abgeschickt

*Liebe Ewa,*

*nur kurz, weil es mir zu lang wird:*

*Es wird mir wirklich zu lang. Lange schon.*

*Hedi weiß Bescheid. Du, falls du das liest, auch. Sie wird meinen alten Freund Dieter Meier ansprechen. Er ist mir noch etwas schuldig. Sagt er selber auch. Deshalb weiß er ebenfalls Bescheid. Dieter arbeitet teils auf dem Friedhof, teils im Krematorium. Er macht die Papiere und das Feuer. Was nicht über seinen Tisch geht, gibt es nicht. Meine Asche kommt in die Elbe. Die Elbe kommt in die Nordsee. Ein Trost, ein kleiner.*

*Anna. Ich lasse schon wieder ein Kind im Stich. Noch nicht einmal elf. Hab bitte ein Auge auf sie. Gerne zwei und dazu zwei Arme um sie. Sie könnte welche gebrauchen.*

*Meine Ewa!*

*Danke.*

*Deine Mutter.*

Mehr über Felicitas Geduhn erfahren Sie unter
www.felicitasgeduhn.de

MIX
Papier | Fördert
gute Waldnutzung
FSC® C083411
FSC
www.fsc.org

Bibliografische Information der Deutschen Nationalbibliothek
Die Deutsche Nationalbibliothek verzeichnet diese Publikation in der Deutschen Nationalbibliografie; detaillierte bibliografische Daten sind im Internet über http://dnb.d-nb.de abrufbar.


Dieses Werk wurde vermittelt durch die Agentur
Editio Dialog Dr. Michael Wenzel (www.editio-dialog.com)
Lektorat: Tabea A. Rotter
Covergestaltung: Karina Bertagnolli, Wiesbaden
Bildnachweis: © Westlight - stock.adobe.com
Umschlag, Satz und Layout: Anja Carrà, Weimar
Der Titel wurde in der Bembo Infant gesetzt.
Gesamtherstellung: CPI books GmbH – Germany

ISBN: 978-3-7374-1212-4

Mehr über Ideen, Autoren und Programm des Verlags finden Sie auf
www.verlagshausroemerweg.de und in Ihrer Buchhandlung.